dtv
premium

Birgit Hasselbusch

Der Mann im Heuhaufen

Roman

Deutscher Taschenbuch Verlag

Von Birgit Hasselbusch
ist im Deutschen Taschenbuch Verlag erschienen:
Sechs Richtige und eine Falsche (21556)

MIX
Papier aus verantwortungsvollen Quellen
FSC® C006701
www.fsc.org

Originalausgabe 2015

Dieses Werk wurde vermittelt durch die Literarische Agentur
Thomas Schlück GmbH, Garbsen
Umschlagkonzept: Balk & Brumshagen
Umschlaggestaltung: Wildes Blut, Atelier
für Gestaltung, Stephanie Weischer
Gesetzt aus der Dorian 11/14,2˙
Satz: Greiner & Reichel, Köln
Druck und Bindung: CPI – Ebner & Spiegel, Ulm
Gedruckt auf säurefreiem, chlorfrei gebleichtem Papier
Printed in Germany · ISBN 978-3-423-26042-8

Manche leben mit einer so erstaunlichen Routine,
dass es schwerfällt zu glauben,
sie lebten zum ersten Male.
STANISŁAW JERZY LEC

Ich war eher der träge Typ. Mehr Seegurke als Piranha. In meinem Lebensaquarium schwappte ich mit dem lauwarmen Wasser hin und her, trieb durch Alltägliches, Banales und Vorhersehbares. Alles lief so geregelt, dass sich die kleinen Wasserwogen nicht einmal trauten, über die Kante des Bassins zu treten. Damit rechnete ich auch gar nicht. Viel zu sehr genoss ich es, gemütlich vor mich hin zu leben und daran ja nichts zu ändern. Mich konnte auch nichts mehr überraschen. Das dachte ich zumindest bis zu jenem Tag, an dem mein Freund Kai etwas für ihn Untypisches tat: Er schrieb mir einfach so eine SMS. »Habe eine Überraschung für dich!«, simste er. »Morgen wird sie gelüftet.«

Puh, hoffentlich nichts Zeitaufwändiges, dachte ich. Das würde mir jetzt gar nicht in den Kram passen. Am nächsten Tag hatte ich vier Physio-Patienten, und so kurzfristig konnte ich die Termine nicht mehr absagen. Sie an eine Kollegin abgeben wollte ich auch nicht.

Ich beschloss, mich nicht voreilig aufzuregen und mich stattdessen darüber zu freuen, dass sich mein Freund etwas hatte einfallen lassen. Vielleicht ein romantisches Picknick am Elbstrand, eine Kinovorstellung oder zumindest ein Besuch im Supermarkt.

»Bist du schon gespannt?« Kai empfing mich bereits an der Wohnungstür.

Um seine schmalen Hüften hatte er eine rote Schürze geschlungen, und aus der Küche waberte ein appetitlicher Duft nach gegrilltem Fisch in zerlassener Butter. Kai war mal wieder voll in seinem Element.

Kochen war für ihn Entspannung pur. Töpfe stemmen statt Hanteln. Zwischen blanchieren, tranchieren und filettieren tänzelte er leichtfüßig in der Küche hin und her. Das überforderte mich gelegentlich, da ich eher der praktische Dosenaufmachertyp war. Manchmal brachte ich zwar ein paar selbst gebackene Kekse in die Physiotherapiepraxis mit, das Rezept zum Nachbacken wollte hinterher aber keiner. Kai würde so ein Patzer nie passieren. Bei ihm war alles im Leben bis ins letzte Detail durchgeplant und immer *à point*. Nie halb gar und nie über den Punkt.

»Was ist daaas denn?«, hatte ich Kai einmal gefragt, als er über dem Herd einen Zettel mit ordentlich gemalten Pfeilen befestigte.

»Ein Kochstrahl«, antwortete er eifrig und platzierte mit heraushängender Zunge einen Tesastreifen im richtigen Winkel. »Ich habe errechnet, wann welche Zutat in die Pfanne oder den Topf muss. Damit alles gleichzeitig fertig ist.«

Geräuschvoll biss ich in eine Mohrrübe und inspizierte mit großen Augen den Kochstrahl. »Kann man das nicht alles irgendwie so ungefähr reinkippen?«

»Nein, natürlich nicht.« Kai hatte mich betrachtet, als hätte ich vorgeschlagen, für den Bau einer Atombombe könne man doch Semtex, Schwarzpulver und ein paar Zündschnüre so Pi mal Daumen zusammenmixen.

Ich sollte nicht zu sehr über seine Kochkünste lästern. Schließlich ließ ich mir karamellisierte Mangoscheiben an Pastinakenpürree und Entenbrustfilet gerne schmecken. Auch wenn ich heimlich von Pommes träumte. Aber solche Fast-Food-Seitensprünge mochte Kai gar nicht.

Kai machte den Anschein, als wäre er ziemlich gespannt auf meine Überraschung. Offenbar mehr als ich selbst.

Natürlich fand ich es aufmerksam von ihm, etwas für mich vorzubereiten, nur war ich momentan nicht in der richtigen Stimmung für romantische Überfälle. Erst neulich hatten wir einen Streit gehabt, der mir ziemlich an die Nieren gegangen war, auch wenn Kai vermutlich gar nichts davon mitbekommen hatte. Er hatte sich über meine Mutter beschwert, die »kulinarische Niete«, weil sie statt frisch geschlagener immer Sprühsahne servierte. Nachdem er sie zur Genüge beleidigt hatte, wechselte er zu mir.

»Kein Wunder, dass du nur Tiefkühlpizza hinbekommst bei so einer Mutter.« Das ging mir entschieden zu weit.

»Meine Mutter und ich haben einen komplett unterschiedlichen Geschmack«, ereiferte ich mich am Thema vorbei.

»Vielleicht ist es auch besser, dass wir keine Kinder haben«, sagte Kai unvermittelt und schnitt damit ein delikates Thema an. »Du würdest ihnen nur Burger servieren.«

Ich ließ die Schultern hängen. Immer und immer wieder piesackte Kai mich damit. Er hätte gern einen ganzen Stall voller Kinder gehabt, um kleine Sternchenköche aus ihnen zu machen. Ich hingegen wollte auch mit Mitte dreißig noch warten. »Worauf denn?«, fragte er immer. Ich wusste es ja auch nicht so recht.

»Gibst du mir einen kleinen Tipp, worum es geht?«, fragte ich ihn jetzt.

»Nein, sonst wäre die Überraschung kaputt.« Kai würde seine Lippen versiegelt lassen.

»Muss ich was packen?«, fragte ich.

»Vielleicht«, antwortete er augenzwinkernd.

Oh, ich würde alles Böse, das ich jemals gesagt oder gedacht hatte, zurücknehmen. Er plante eine Kurzreise. Irgendetwas zwischen Venedig und Wangerooge. Ob ich das mit meinen Terminen in der Physio-Praxis würde vereinbaren können? Auf einer Nordseeinsel mit schlechtem Handyempfang konnte ich mir Telefonate zwischen Düne und Wellnessbereich abschminken. Aber egal. Ich fand es so außergewöhnlich, dass Kai nach all den Jahren über seinen Schatten gesprungen war und einfach so ins Blaue hinein ein Entspannungswochenende für uns gebucht hatte. Bestimmt hatte er meine Chefin eingeweiht, und sie würde meine Termine, wenn auch murrend, übernehmen.

»Nun warte es einfach mal ab.« Kai zog mich in die Küche und drückte mich auf den Stuhl am ordentlich gedeckten Tisch. Dort machte ich es mir nur zu gern bequem.

Stets findet Überraschung statt,
da wo man's nicht erwartet hat.
WILHELM BUSCH

»Wohin geht's denn nun?« Ich lächelte Kai am nächsten Morgen an und versuchte an seinem Blick zu erkennen, ob er wusste, dass ich wusste, was anstand.

»Schnapp dir deine Handtasche und komm«, sagte er nur und zog mich zur Tür.

Vorsichtshalber hatte ich mir eine dünne Tunika und einen Jeansrock in meine Tasche gestopft, weil ich befürchtete, Kai hätte die falschen Sachen eingepackt. Ich ging einfach mal davon aus, dass wir in sonnige Gefilde flogen. Vielleicht ein Städtetrip nach Rom oder Barcelona. In der Unordnung meines Kleiderschrankes konnte ich nicht ausmachen, was fehlte. Nur dass meine Sporttasche sich nicht mehr an ihrem Platz befand, war unübersehbar. Die hatte er also genommen und vermutlich schon gestern Abend im Kofferraum verstaut. Man musste sagen: In Sachen Planung und Organisation ließ sich Kai nichts vormachen.

»Wir fahren ein bisschen in Richtung Norden«, erklärte er, als wir starteten.

Der Weg zum Airport Hamburg in Fuhlsbüttel war nicht weit. Eigentlich hätten wir auch mit der U- und S-Bahn hinfahren können. Ich vermutete, dass unser Rückflug erst spät ging, sodass es angenehmer war, das Auto am Flughafen zu haben. Zufrieden lehnte ich mich im Beifahrersitz zurück und ärgerte mich auch nicht über die Moderatorin im Radio, die betont fröhlich einen »Guuuten Moooorgen« wünschte und ihn mir damit beinahe versaute.

»Wo fährst du denn längs?«, fragte ich ein paar Minuten später, als Kai nicht von der Alsterkrugchaussee links auf die Straße zum Flughafen abbog, sondern weiter geradeaus fuhr.

»Lass dich überraschen«, meinte er nur und bemerkte nicht die Panik in meinem Blick.

Hastig durchwühlte ich mein Gedächtnis, ob es einen Flughafen-Außenparkplatz weiter nördlich gab. Ich glaubte eigentlich nicht. Aber hier wurde ja so viel gebaut, dass auch das möglich war.

»Ah, nach Lübeck«, sagte ich laut.

Mir war eingefallen, dass es dort einen kleinen Flughafen mit günstigen Flügen gab. Ich meinte sogar, mich zu erinnern, dass einer nach Italien ging. Lübeck war zwar nicht um die Ecke, aber mir sollte es recht sein.

»Wieso Lübeck?«, fragte Kai lachend. »Das wäre ja nun wirklich sehr weit draußen«, merkte er noch an. Eine Bemerkung, die sich mir nicht erschloss.

»Ist doch egal. Kommt ja auf das Angebot an«, sagte ich nur.

»Ach echt. Das macht dir nichts aus?« Kai schaute mich liebevoll an. »Das hätte ich nicht gedacht. Umso besser. Das macht ja alles viel einfacher.«

Er berührte mich sanft an der linken Schulter.

Ich starrte auf die Straße und die neben uns her rauschenden Autos. War ich ein so komplizierter Mensch? Mein Freund dachte, ich sei so etepetete, dass ich nicht einmal Lust hätte, eine Stunde Fahrzeit zum Flughafen in Kauf zu nehmen. Ich musste dringend an meinem angekratzten Image arbeiten und mich als unkomplizierte, fröhliche, aufgeschlossene Frau präsentieren.

»Was machen wir denn hier?!« Meine Stimme überschlug sich.

Wir waren links von der lang gezogenen Langenhorner Chaussee, die nach Norden führte, abgebogen. Und zwar weit *vor* Lübeck.

»Du bist viel zu ungeduldig. Warte es doch einfach mal ab.«

Kai hielt in einer kleinen Wohnstraße vor einem Einfamilienhaus. Im tiefsten Langenhorn. An der Grenze zu Schleswig-Holstein und weit entfernt von der City. Zumindest konnte man auf den ersten Blick den Eindruck gewinnen, doch eine längere Reise in den Süden unternommen zu haben. Nach Bayern. Oder gleich in den Schwarzwald. Das Haus hatte einen Holzbalkon und jede Menge Fachwerk. Es nahm sich aus wie ein Forsthaus. Eigentlich sehr hübsch.

»Was machen wir hier?«, wiederholte ich mit ruhiger Stimme. Unkompliziert, fröhlich, aufgeschlossen.

Bevor Kai antworten konnte, parkte ein weiteres Auto in einer Lücke ein. Daneben entdeckte ich einen Wagen, der mir vage bekannt vorkam.

»Guten Tag, Frau Wagner? Herr Redlitz, schön, Sie wiederzusehen. Krüger ist mein Name.«

Der Mann trug einen perfekt sitzenden blauen Anzug und kam mit ausgestreckter Hand auf uns zu. Automatisch schüttelte ich Herrn Krüger die Hand. Kai begrüßte den Mann wie einen alten Bekannten. Ich hatte ihn noch nie zuvor gesehen.

»Na, dann wollen wir mal! Und, weiß sie schon Bescheid?«, fragte Herr Krüger mit einem Augenzwinkern in meine Richtung.

»Nein, nein, es ist eine Überraschung.«

Und was für eine. Als wir die Pforte zum Garten öffneten und über einen Steinplattenweg zum Haus spazierten (vielleicht lustwandelten wir auch?), dämmerte mir ganz allmählich, was hier vor sich ging.

»Sag mal, Kai …«

Ich schaffte es nicht, ihn zur Seite zu nehmen und sofort, auf der Stelle eine Erklärung einzufordern, weil wir unterbrochen wurden.

»Juuuhu! Wir sind schon einmal reingegangen. War doch nicht schlimm, oder?«

Aus dem hinteren Gartenbereich stieß eine gut gelaunte Frau zu uns, die ich im Gegensatz zu dem Herrn im Anzug schon länger kannte. Viel zu lange. Meine Mutter. Die mit der Sprühsahne. Hinter ihr tauchte, versteckt in einem Rhododendronstrauch, mein zerknirschter Vater auf.

»Na, Süße, was sagst du?« *Süße?*

Meine Mutter fiel erst Kai, dann mir um den Hals. Danach begrüßte sie Herrn Krüger. Wie einen alten Bekannten.

»Heute sieht das hier alles noch vieeel schöner aus, Herr Krüger.« Ganz anders als meine Mutter, zog mein Vater es vor, nicht zu sprechen.

Ich kam mir vor, als wäre ich Gast auf meiner eigenen Hochzeit.

»Kann mir mal irgendjemand erklären, was hier …«

Wieder kam ich nicht dazu, meinen Satz zu beenden, weil sich die Haustür öffnete.

»Ah, da sind Sie ja schon«, sagte ein Mittvierziger, der ein Kind auf dem Arm hatte.

»Pünktlich wie die Maurer!«, kalauerte Kai und lachte zu laut.

»Ach, und da ist ja auch die kleine Lisa wieder.« Meine Mutter strich dem Kind über die Haare, und ich überlegte kurz, ob meine Eltern, ohne mein Wissen, eine Patenschaft für ein Langenhorner Kind übernommen hatten und hier seit Jahren ein und aus gingen.

»Hallo, Frau Wagner. Schön, Sie wiederzusehen.«

Schon wieder dieser Satz. Schön, Sie wiederzusehen. Mit Frau Wagner konnte er nur meine Mutter meinen.

»Hallo, und Sie sind die Tochter, oder? Beziehungsweise Freundin? Ich bin Christian Lubosch, der Hausherr. Also *noch* Hausherr!«

Wieder lachten alle gekünstelt. Kai schob mich über die Schwelle ins Haus. Wäre ich nicht so paralysiert gewesen, hätte ich durchaus Geschmack an dem Häuschen finden können. Herr Maßanzug Krüger, der natürlich Makler war, führte uns durch zwei miteinander verbundene Räume mit Holzfußboden und Kamin. Danach begutachteten wir einen Wintergarten, die kleine Küche und ein Gästeklo »leider ohne Dusche, aber die könnte man, wenn Sie es wünschen, Frau Wagner, in die Speisekammer integrieren«.

Herr Krüger redete ununterbrochen auf mich ein, zählte zu jedem Raum Quadratmeter samt Isolierungsmöglichkeiten und Stromverbrauch auf. Ich versuchte zuzuhören. Jede Menge Zahlen ratterten in ein Ohr hinein und aus dem anderen wieder heraus.

»An der Treppe haben wir ein ganz typisches Sprossenfenster. Im Keller gibt es einen Luftschutzraum. Das

Haus ist ein Jahr vor Kriegsbeginn gebaut worden. Extra für Arbeiter, die aus dem Schwarzwald nach Hamburg gezogen sind.«

Ich überlegte, ob ich auf der Stelle in den Schwarzwald auswandern sollte.

»Ist das nicht reizend?«, fragte meine Mutter.

Mein Vater hielt sich diskret im Hintergrund. Er war der Einzige, der außer mir nichts sagte und sich auch nicht traute, mich anzusehen.

Als wir im zweiten Stock angelangt waren und über eine Dachterrasse in den großen Garten blickten, seufzte meine Mutter. »Das ist so schön. Guck mal, Charly, all die Obstbäume. Das da ist ein Kirschbaum.« Sie zeigte nach links. »Und das da hinten drei Apfelbäume.«

»Hast du die alle selbst gepflanzt, oder was?«, fragte ich. Meine Mutter überging den gehässigen Unterton.

»Da würde prima eine Hängematte hinpassen.«

Ich sah sie bereits Obst in unserem Vorstadtgarten ernten, in unserer neuen Küche einen Apfelkuchen backen, während Kai auf der Terrasse in der Hängematte baumelte. Was für ein Familienglück. Ich verschanzte mich zur selben Zeit offenbar im Luftschutzbunker, denn in den Bildern in meinem Kopf fehlte von mir selbst jede Spur.

Kai glaubte doch nicht allen Ernstes, dass ich mit ihm hier rausziehen würde? Wie kam er auf die Idee, ein Haus zu besichtigen, ohne mir Bescheid zu geben? Ich geriet in Rage bei dem Gedanken, dass er es meinen Eltern vor mir gezeigt hatte.

Einmal hatten Kai und ich über einen Auszug aus unserer Mietwohnung gesprochen. Kai meinte, ihm als Anlageberater tue es in der Seele weh, jeden Monat das Geld zum Fenster hinauszuschmeißen. Das konnte ich verstehen, machte ihm aber auch klar, dass für mich Randbezirke nicht infrage kamen. Ich wollte in Citynähe bleiben. Und das hier war ganz klar Randbezirk. Obstbäume hin oder her. Schlimmer konnte es nicht kommen.

»Guck mal«, freute sich meine Mutter. »Und das hier könnte das Kinderzimmer werden.«

Doch, es konnte. Meine Mutter stand strahlend in einem großen lichten Raum, den momentan offenbar die kleine Lisa bewohnte. Von meinem Vater vernahm ich noch ein Räuspern, bevor er schnell die Treppenstufen hinunterstieg. Er ergriff die Flucht.

»Wieso verkaufen die jetzigen Besitzer denn?«, wollte ich von Herrn Krüger wissen.

Alle freuten sich, dass ich meine erste interessierte Frage stellte.

»Ach, Herr Lubosch hat einen neuen Job bekommen und möchte näher an der Stadt wohnen.«

Ha! Er hatte auch keine Lust mehr auf die Einöde und lag vermutlich deswegen seit Langem mit seiner Frau im Clinch.

»Na, Charly, wie gefällt es dir?«

Kai wagte es tatsächlich, mir seinen Arm um die Schulter zu legen und verliebtes Pärchen kurz vor der Kinderzeugung zu spielen. Er wusste genau, dass ich es nicht mochte, in die Ecke gedrängt zu werden. Und dass ich Überraschungen nicht leiden konnte. Es sei denn, sie führten nach Italien!

Was hatte ich Kai gefragt: »Muss ich was packen?« Er hatte »Ja« geantwortet, weil er gedanklich schon zwischen den Umzugskisten saß, während ich meine Reisetasche meinte. So sehr konnte man aneinander vorbeireden. Ich lachte laut auf. Kai wertete dies als Begeisterung.

»Wusst ich's doch, dass du es charmant findest. Ich habe vorsichtshalber schon einmal die Papiere für unsere Wohnungskündigung vorbereitet.«

»Du hast was?!« Fassungslos sah ich von einem zum anderen. Ich konnte einfach nicht glauben, was hier geschah. Haus im Grünen, Familienplanung, Hochzeit. Ich musste offenbar nur noch unterzeichnen.

»Na ja«, erklärte Kai dozierend. »Sechs Wochen vor Quartalsende. Du weißt ja, wie das ist. Da muss man die Termine gut im Auge behalten und rechtzeitig reagieren. Damit hast du's ja nicht so.«

»Wie auch?«, merkte ich an. »Ich wusste ja bis eben nichts davon.« Meine Stimme hatte einen gefährlichen Unterton, den Kai überhörte.

»Siehst du, und dafür hast du ja mich.«

Wäre ich zehn Jahre jünger gewesen, hätte ich einen Riesenaufstand veranstaltet, mit Kai vor den Augen des Maklers schreiend Schluss gemacht und ihm zu guter Letzt eine Bratpfanne über den Kopf gezogen. Inzwischen war ich ruhiger geworden, was fast noch bedrohlicher war.

Nach einem endlosen Monolog des Maklers über Einkaufsmöglichkeiten in der Nachbarschaft, die Grundsteuer und Ausbaumöglichkeiten im Dachgeschoss sowie Überreichen des Exposés verließen wir das Haus.

»Da hinten liegt ein Kindergarten«, zeigte uns Herr Lubosch noch.

Meine Mutter zwinkerte Kai zu.

»Wisst ihr was?«, sagte ich, als wir wieder unter uns waren. »Ich finde die Nachwuchsidee fantastisch.« Dabei blickte ich Kai und meine Mutter an, die erfreut strahlten. »Ihr beide habt jetzt viel Zeit, euch darum zu kümmern. Viel Spaß!« Dann wandte ich mich kurz an Kai. »Die Nacht heute verbringst du jedenfalls nicht bei mir. Und für all das hier«, ich machte eine ausholende Bewegung mit beiden Armen, »musst du dir eine verdammt gute Entschuldigung einfallen lassen.«

Damit ließ ich meine Mutter und meinen Freund stehen. Mein Vater gab einen grunzenden Lachlaut von sich.

»Komm, Papa, wir gehen was essen.« Er konnte bestimmt nichts dafür. Ich wusste ja, wie es war, wenn meine Mutter die Zügel in die Hand nahm. Was leider nicht zu selten vorkam.

»Das ist wieder typisch«, hörte ich meine Mutter noch lamentieren. »Total undankbar.«

Zwei Stunden später setzte mein Vater mich vor meiner Wohnung ab. Wie vermutet, war er komplett unschuldig. Erst auf dem Weg heute nach Langenhorn hatte Mama ihn in das »Projekt« eingeweiht. Er hatte heftig protestiert und war kurz davor gewesen, die Scheidung einzureichen – oder zumindest die nächste Kegelrunde zu boykottieren.

»Manchmal verstehe ich deine Mutter einfach nicht«, hatte er wieder und wieder kopfschüttelnd gestammelt, während wir uns XXL-Steaks mit Pommes gönnten.

»Tschüs, Papa, und vertrag dich nicht gleich wieder mit ihr.«

»Mal sehen. Was wird denn jetzt aus Kai und dir?«

»Keine Ahnung. Der soll mir erst mal nicht unter die Augen kommen. Aber mach dir keine Sorgen.«

»Ist gut«, sagte mein Vater, und auf seiner Stirn machte sich eine steile Sorgenfalte breit.

Immerhin hatte Kai den Ernst der Lage erkannt und war nicht nach Hause gekommen. Sollte er doch bei irgendeinem Freund Unterschlupf finden. Wie konnte er nur! Glaubte er, ich würde meine Meinung ändern, nur weil er mich vor vollendete Tatsachen stellte?

Lange hatte ich die Wohnung schon nicht mehr so wohlwollend betrachtet. Ich liebte die hohen Decken, die knarrenden Holzdielen, den Lärm von der Hauptstraße und die Geräusche aus der Nachbarwohnung. Vielleicht würde ich eines Tages von selbst auf die Idee kommen, weiter rauszuziehen. Die Betonung lag auf *von selbst.*

Ich war so stinksauer auf Kai, dass ich ihn in der Luft zerrissen hätte, wäre er jetzt aufgetaucht. Stattdessen riss ich eine Tüte Chips auf, mit der ich mich auf einem Stuhl niederließ. In Krisensituationen wie dieser passte nach einem üppigen Steak auch noch ein Kilo Chips in den Magen.

Ich ließ meinen Blick durch die Küche schweifen, von den blank polierten Stahltöpfen über die säuberlich dekorierte Gewürzbank bis hin zu Kais Lieblings-Rezeptbuch. Und all das stellte ich mir jetzt mit zusätzlichem Gruselfaktor verfrachtet in die Einöde vor. War das auch mein Leben?

Das Schicksal ereilt uns oft auf den Wegen,
die man eingeschlagen hat, um ihm zu entgehen.
JEAN DE LA FONTAINE

Wie aus dem Nichts war er aufgetaucht. Der Mann, mit dem ich spontan hundertsechzig werden wollte. Entweder jeder für sich oder zusammengerechnet. Das war mir egal. Denn ja, ich hatte mich verliebt. Und nein, er hieß nicht Kai. Vor dem war ich ja geflüchtet, weil ich auch nach einer einsamen Nacht in unserer Wohnung immer noch keine Lust auf ein Wiedersehen hatte. Um das Debakel in der Hamburger Vorstadt zu vergessen, war ich nach Berlin gefahren. Ich brauchte ein Kontrastprogramm. Und Italien konnte ich mir ja wohl abschminken.

In Berlin hatte ich eine Freundin besucht. Freundin war übertrieben. Eine Klassenkameradin, mit der ich ab und zu mailte. In meiner momentanen Lage hätte ich selbst meine Sandkastengefährtin besucht, ein rotztriefendes Mauerblümchen, das inzwischen in Darmstadt mit den grauen Wänden verschmolz.

Das Berlin-Intermezzo fiel kurz aus, weil zu Hause meine Patienten warteten und weil das Ganze ohnehin ein Desaster gewesen war. Trotzdem kam mir die Rückreise viel zu früh, weil ich Kai noch nicht über den Weg laufen wollte. Wollte ich das überhaupt jemals wieder?

Während ich noch darüber sinnierte, ob ich meinen Freund einfach sitzen lassen sollte, hatte der andere bereits vor mir gesessen. Und nun hatte ich weder seinen Namen noch seine Telefonnummer. Im entscheidenden Moment hatte ich einfach nicht schnell genug geschaltet.

Beinahe hätte ich ihn und den Zug verpasst.

»Ist hier noch frei?«, hatte ich atemlos gefragt, nachdem ich in letzter Sekunde aufgesprungen war.

Ich stand in der Tür eines Sechser-Abteils, in dem ein einzelner Mann am Fenster saß. Er blickte kurz von den Unterlagen auf seinem Schoß auf und nickte.

»Wenn sich keiner unter den Sitzen versteckt hat.«

Die Antwort verwirrte mich, und ich ging tatsächlich leicht in die Knie, um unter den Sesseln nachzuschauen. Prompt wurde mir klar, wie lächerlich ich wirken musste.

»Unten ist keiner. Könnten Sie bitte das Gepäcknetz kontrollieren?«, sagte ich und erntete ein kleines Lächeln.

Er stand wirklich auf, fixierte aber nicht das Gepäcknetz, sondern mich.

»Geben Sie mal her, ich mach das«, bot er an und zeigte auf meine Tasche. Sie wog ungefähr drei Kilo, und ich hätte es unter Aufbringung all meiner Kräfte gerade noch selbst geschafft, sie hochzubugsieren. Allerdings mochte ich es, wenn Männer hilfsbereit waren und einer Frau ganz altmodisch die Tür aufhielten oder eben eine federleichte Tasche im Gepäcknetz platzierten.

»Das ist sehr nett, danke schön«, sagte ich lächelnd und reichte ihm mein Reisegepäck.

»Gern geschehen. Na, Sie sind aber außer Puste, setzen Sie sich doch.«

Er klang freundlich und ein wenig besorgt. Unauffällig versuchte ich mich im Zugfenster zu mustern. Ich befürchtete, dass ich nach der Rennerei einen knallroten

Kopf hatte. Mein Gegenüber unterstrich meine Vermutung.

»Hatten Sie so einen anstrengenden Tag?«, fragte er grinsend.

»O ja!«, antwortete ich und ließ mich in einen Sessel ihm schräg gegenüber plumpsen. Nicht nur einen anstrengenden Tag, im Grunde ist mein gesamtes Leben eine einzige Anstrengung. Dieses Knäuel an Frustration warf ich dem Unbekannten glücklicherweise nicht zu.

»Ich war bei einer ehemaligen Schulkameradin hier in Berlin zu Besuch.«

»Und die hat sie fertiggemacht?« Er lehnte sich amüsiert zurück und wartete gemächlich, ob ich bereit war, meine Geschichte mit einem Fremden zu teilen.

»Und wie!« Ohne zu zögern begann ich zu erzählen. Dass der Streit mit Kai der Auslöser für den Ausflug gewesen war, ließ ich geflissentlich unter den Tisch fallen. Stattdessen berichtete ich, dass ich ja auch selbst schuld war. Britta einfach so nach fünfzehn Jahren zu besuchen! Ein unbedachter Facebook-Chat hatte es möglich gemacht.

Es war die Art von Treffen gewesen, die normalerweise nie zustande kam. Doch auf Brittas unverbindliche Einladung, »Ach, wir müssen uns mal wiedersehen. Komm mich doch einfach mal besuchen«, hatte ich nicht mit: »Ja, müssen wir unbedingt machen!« geantwortet, sondern war tatsächlich gefahren. Um Kai eins auszuwischen und nicht Gefahr zu laufen, ihn mitsamt meiner Mutter in einer Hängematte einzudrehen und sie ganz oben an einen Apfelbaum zu hängen.

Bereits am ersten Nachmittag in Brittas atmosphärisch eisigem Loft stellte sich heraus, dass sie und ich in tendenziell gegensätzlichen Richtungen unterwegs waren. Sie hatte sich gerade mit einem Banker verlobt, der eine Filiale in London, Shanghai oder Tadschikistan übernehmen sollte. Das konnte ich mir so schlecht merken, nachdem Britta mir jedes Möbelstück einzeln mit Preisangabe präsentiert hatte. Ich stellte mir vor, wie sie beim Anblick des kleinen Schwarzwaldhauses verächtlich die Nase gerümpft hätte. Auch sie wäre dort niemals hingezogen. Aber aus ganz anderen Gründen. Ich zog es also vor, Britta nichts von meinem Ärger mit Kai zu erzählen. Sie hätte es nicht verstanden.

»Nachher kommt Philipp, der kennt sich noch viel besser mit den einzelnen Materialien aus«, erklärte sie. Inzwischen waren wir im stylishen Badezimmer angelangt, und Britta setzte ihr Kleinmädchenlachen auf, das schon in der Schule genervt hatte.

»Ach, du bist mit Philippe Starck zusammen?«, fragte ich sie.

Brittas verwirrter Gesichtsausdruck hatte mich zumindest ein klein wenig für den bedrückenden Aufenthalt entschädigt.

»Das hat sie natürlich nicht kapiert.« Mein Zugbegleiter grinste bis über beide Ohren. Während meiner Schilderungen hatte er sogar seine blaue Mappe weggelegt.

»Natürlich nicht. Teuerste Möbel in der Wohnung, aber den französischen Designer kennt sie nicht.« Im Nachhinein musste ich immer noch den Kopf schütteln. »Gehört ja nicht zum absoluten Allgemeinwissen«, schob ich hinterher. »Aber, wenn jemand so …«

»… einen auf wichtig macht«, vollendete der Mann, der mir gegenüber saß, meinen Satz. »Was hat sie dann gesagt?«

Schon während er sprach, brach ich in Gelächter aus, in das er kurz darauf mit einstimmte.

»Sie sagte«, erklärte ich amüsiert, »mein Verlobter heißt Philipp Rosner. Nicht Starck!«

Ich musste mich beherrschen, um mich nicht an meiner Sesambrezel zu verschlucken.

»Genial«, fand mein Gegenüber und kniff dann die Augen zusammen. »Oh, gab's am Berliner Bahnhof Sesambrezeln?«

Ich fand, er hätte sich ruhig noch länger über den Rosner/Starck amüsieren können, allerdings sah er auch ganz schön hungrig aus.

»Nö, hab ich woanders gekauft. Für die Dinger würde ich meilenweit laufen.«

»Ich auch. In Hamburg gibt's die ja nicht überall.«

Ich nickte ernsthaft. Offenbar hatte ich es mit einem Sesambrezel-Leidensgenossen zu tun. Kommentarlos reichte ich ihm ein Stück. Kai hatte diese Leidenschaft noch nie teilen können, weil er ja sowieso am liebsten aß, was er selbst gekocht, gebraten, gebacken oder gestrickt hatte!

»Auf diesem blöden Seminar gab's überhaupt nichts Anständiges zu essen. Und die Klimaanlage war absoluter Schrott«, schimpfte der Mann und schob sich erleichtert einen Happen in den Mund. Ein paar Krümel landeten auf seinem braunen T-Shirt, auf dem eine Vespa abgebildet war. »Informatiker. Die haben alle keinen Sinn für die wirklich guten Dinge im Leben!« Selten hatte ich jemanden so glücklich mampfen gesehen.

»Für einen Informatiker essen Sie viel zu genüsslich«, merkte ich an, als sein Handy anfing zu klingeln.

Er hob entschuldigend seine Hand und kramte sein Smartphone aus der Tasche hervor.

»Hallo! Hallo? Hallo!?« Kopfschüttelnd blickte er auf sein Handy und nuschelte irgendetwas von schlechtem Empfang. »Was hatten Sie gerade mit genüsslichem Essen gesagt?«, fragte er.

»Ach nichts«, meinte ich, weil ich es mir nicht mit ihm verscherzen wollte. Dafür war die Fahrt noch zu lang und bisher viel zu unterhaltsam verlaufen.

So hatte der Ausflug zu Britta womöglich doch noch sein Gutes. Und ich konnte das Aufeinandertreffen mit Kai verdrängen. Was ich ihm sagen wollte, wusste ich immer noch nicht genau. Außerdem hatte ich zunehmend Bammel, dass mir meine Chefin inzwischen auf die Schliche gekommen sein könnte. Vor ihr hatte ich eine Blitzerkältung und Rückenschmerzen simuliert, um mich zwei Tage verdrücken zu können.

»Was fällt Ihnen spontan zu Rücken ein?«, fragte ich in die kurze Stille im Abteil, um mich auf andere Gedanken zu bringen.

»Ich rück gern ein Stück, wenn Sie sich dann neben mich setzen.« Er schluckte kurz. Und ich verschluckte mich vor Lachen.

»Gibt es auch tiefgefrorene Sesambrezeln?«, fragte er dann, ohne sich sonderlich über meine Frage zu wundern oder weiter nachzuhaken. »Dann müsste man nicht so lange danach suchen.«

»Die würden sicher nicht so gut schmecken wie frische«, warf ich ein und war von meinen akuten Problemen schon wieder meilenweit weg.

»Die Fahrkarten bitte!« Kurz nach der Stimme erreichte auch der Kontrolleur unser Abteil und besah sich unsere Tickets.

»Angenehme Weiterfahrt wünsche ich den Herrschaften«, sagte er sein Sprüchlein auf und zwinkerte uns dabei zu. Ich konnte ihm nur recht geben.

»Ich find's auch angenehm«, sprach ich mal wieder viel zu schnell aus, was ich dachte. »Also gemütlich!«, fügte ich rasch hinzu.

»Diese alten Abteile hier«, meinte mein Mitfahrer, »sind für meinen Rücken wirklich besser als die Sitze in den Großraumwaggons.«

Ich fixierte ihn, um herauszubekommen, ob er sich über mich lustig machte, und drehte den Spieß einfach um.

»Tatsächlich? Kommen Sie aus den anderen Sitzen nicht mehr hoch?« Ich biss mir sofort auf die Lippe, weil ich befürchtete, zu weit gegangen zu sein.

Er grinste.

»So schlimm ist es noch nicht. Ich hab bei einem Umzug geholfen und mir irgendwie den Rücken verrenkt. Die Waschmaschine.«

»Oh, und ich hab Sie vorhin meine Tasche heben lassen ... Wenn Sie möchten, kommen Sie doch zu mir in die Praxis. Dann kann ich mir Sie mal vornehmen.«

»Klingt interessant«, sagte er und hob eine Augenbraue.

Bevor ich überlegen konnte, ob meine Wortwahl mal wieder haarscharf am eigentlichen Inhalt vorbeigeschrammt war, unterbrach ein Summen in meiner Jacke unser Gespräch. Ich hatte mein Handy auf lautlos gestellt, um nicht im Minutentakt von Kai genervt zu werden. Doch erstaunlicherweise hatte er sich bisher sehr zurückgehalten mit Anrufen und SMS. Ich ging ran und bedauerte, dass mein Empfang besser war als der meines Mitreisenden.

»Na«, sagte ich und bemühte mich um einen neutralen Tonfall.

»Charly, hallo, wie geht es dir?« Er klang, als hätte er unsere Auseinandersetzung längst vergessen.

Das war typisch für Kai. Anstatt sich darüber zu beschweren, dass ich mit wehenden Fahnen einfach so das Weite gesucht hatte, oder aber heulend am Telefon um Verzeihung zu bitten, ignorierte er das Geschehene einfach.

»Alles wieder gut, oder?«, fragte er weiter, was mir drei Schritte zu schnell ging.

»Ich bin schon noch sauer, aber ...« Mitten im Satz brach ich ab, weil es mir unangenehm war, vor meinem Reisebegleiter ein Beziehungsgespräch zu führen. »Ich bin trotzdem auf dem Weg nach Hause«, sagte ich, damit er zumindest wusste, dass ich nicht nach Australien ausgewandert war.

»Das ist gut«, fand Kai, und ich spürte durchs Telefon, wie er erleichtert grinste. Alles wieder im Lot, weitermachen. »Ich mach uns was zu essen«, schlug er auch prompt vor. »Worauf hast du Hunger?«

Wäre ich theatralisch veranlagt, hätte ich ins Telefon gebrüllt: »Ich habe Hunger aufs Leben!«

Das wollte ich aber weder meinem Freund noch meinem neuen Bekannten zumuten. Ich selbst hätte das schon weggesteckt.

»Jedenfalls nicht auf Apfelkuchen«, versetzte ich ihm doch noch einen Seitenhieb.

»Nein, nicht Kuchen, ich meinte Abendessen«, sagte er. Ich verdrehte die Augen.

»Nimm doch irgendwas, Hühnchenflügel aus der Tiefkühltruhe oder so.«

Mit der Tiefkühlkost wollte ich ihn verärgern, merkte aber, dass ich damit schon wieder einen Schritt zurück war, zwar nicht im Schwarzwaldhaus, aber dafür in meinem alten Leben.

Unsicher blickte ich den Mann mir gegenüber an. Ob er mitbekommen hatte, dass es sich um ein Post-Problemgespräch mit meinem Freund handelte?

»Manchmal kann man mit Dingen einfach nicht aufhören, die einem offensichtlich nicht guttun«, sagte er, nachdem ich aufgelegt hatte, aß ein Stück Schokoriegel, hielt mir die andere Hälfte hin, zerdrückte das leere Papier und stopfte es in den kleinen Mülleimer.

Gewichtsprobleme hatte er eigentlich nicht, befand ich. Ob er den Spruch wirklich auf seinen Schokoladenkonsum bezogen hatte, konnte ich nicht ausmachen. Es klingelte wieder. Sein Handy.

»Ach, das klappt doch sowieso nicht hier im Zug«, sagte er, stand auf und ging auf den Gang, weil er sich dort einen besseren Empfang erhoffte. Bevor er aus dem Abteil trat, meldete er sich mit seinem Namen und schob die Tür hinter sich zu.

Zwei Minuten später war er wieder da.

»Mein Friseur, mit ein paar Aussetzern«, erklärte er fröhlich und deutete auf sein Handy.

»Aussetzer? Das Handy oder der Friseur?«

»Beide«, gab er lachend zurück.

»Ich wusste nicht, dass Friseure ihre Kunden einfach so anrufen.«

»Nee, nee.« Er grinste. »Er hat den Termin verlegt, den wir eigentlich morgen gehabt hätten.« Ich blickte ihn an. Mir gefielen seine nicht zu kurzen braunen Haare. Leicht wuschelig an den Seiten.

»René hat eine Schulung. Eine neue Methode, damit die Strähnchen noch schneller gehen.«

»Das ist nicht wahr.« Ich lachte auf.

»Was?«

»Der heißt nicht René! Und er hat Ihnen nicht was über Strähnchen erzählt!« Ich presste meine rechte Hand gegen die Stirn, um mich wieder einzukriegen.

»Doch. Beides ja. Muss man hinnehmen.«

»Er ist bestimmt eine Friseur-Koryphäe«, warf ich mit wissender Miene ein.

»Haarkünstler, bitte schön.«

»Selbstverständlich. Ich müsste auch mal wieder hin«, merkte ich an, ließ meinen Pony nach vorne fallen und inspizierte ihn mitleidig.

»Jetzt kommen Sie mir nicht mit dem Spruch«, begann er neckisch grinsend, »dass das einzig Dünne an Ihnen die Haare sind.«

Mein Kopf sackte nach vorne vor Lachen. Den Spruch hatte ich noch nie gehört, dabei war er so wahr. Unfassbar. Mit seinem charmanten Lächeln könnte der hier jeder Frau weismachen, ihre Augen seien die schönsten, ihr Haar das seidigste und ihr BMI der idealste.

Den Schaffner hätte ich erwürgen können. Mit seiner Ansage, dass wir in fünf Minuten Hamburg Hauptbahnhof erreichen würden, und danke, dass wir uns für die Deutsche Blabla entschieden hätten, beendete er abrupt unser Geplänkel. Ich hätte noch bis zum Nordpol weiterfahren können. Aber glücklicherweise war ich ja nicht so der emotionale Typ.

Ich stand auf, hielt meinem Mitfahrer kurz scherzhaft meine Hand hin, um ihn und seinen Rücken zu unterstützen. Er schüttelte nur lächelnd den Kopf und reichte mir meine Tasche. Danach reihten wir uns auf dem Gang in die Schar der anderen Reisenden ein. Ein merkwürdiges Gefühl, die vergangenen eineinhalb Stunden in der Intimität dieses Abteils verbracht zu haben und mit Öffnen der Tür wieder Teil der großen unbekannten Masse zu sein. Ich fühlte mich unbehaglich und fragte mich, wie wir uns voneinander verabschieden würden. Mit »Gute Heimfahrt, alles Gute«?

Unschlüssig drückte ich mich länger als nötig noch auf dem Bahnsteig herum, um zu sehen, welchen der beiden Ausgänge er wählte. Zufällig hatten wir denselben Weg.

»Taxi, Auto?«, fragte er, während wir an einem Croissant-, einem Zeitungs- und einem Süßigkeitenladen vorbeiliefen.

»U-Bahn«, entgegnete ich und zeigte ihm meine HVV-App auf meinem Handy. Umständlich tippte ich darauf herum, um mir eine Fahrkarte zu kaufen.

»Nicht nur dünne Haare. Auch sehr schlanke Finger«, bemerkte er.

Mir war nicht klar, ob er sich über mich lustig machte. Wahrscheinlich nicht, denn er schaute sehr nett und bewahrte mich durch einen sanften Stoß davor, mit einer älteren Dame und ihrem Koffer zu kollidieren. Wir verließen gemeinsam das Bahnhofsgebäude in Richtung der U-Bahn-Zugänge und des Parkplatzes.

Vor dem Abgang zur U1 räusperte ich mich kurz und sagte »Tschüs!«. Er sagte auch Tschüs. Und berührte mich sachte an der Schulter. Eine Berührung, die weniger war als ein Windhauch, aber gefühlt mehr als ein Orkan.

Während ich noch überlegte, ob das Absicht oder Zufall war, sagte er: »Er soll kein Hühnchen aus der Tiefkühltruhe nehmen. Die Grillhühnchen im ›O Frango‹ im Portugiesenviertel sind die leckersten.«

Das vernahm ich nur wie durch Watte und antwortete: »Und er soll nicht zu viel abschneiden.«

Er lachte und ging in Richtung Parkplatz davon. Leider steuerte er nicht nur auf ein schwarzes, teuer aussehendes Auto zu, sondern auch auf die Person, die davorstand. Ich konnte zwar nicht ihr Gesicht erkennen, es handelte sich aber eindeutig um eine junge Frau. Sie umarmte ihn kurz mit beiden Armen. Er erwiderte die Umarmung, und ich überprüfte, was ich mehr spürte: den Stich in der Herzgegend oder seine Berührung an meiner Schulter.

War ja klar, dass so jemand nicht unbetreut durchs Leben wanderte! Die Frau stieg auf der Beifahrerseite ein und reichte ihm den Schlüssel. Vermutlich war es sein Auto. Wie auch immer. Die beiden würden gleich gemeinsam nach Hause fahren, und sie würde sich ausgiebigst um sein Rückenleiden kümmern.

Als sie losfuhren, kniff ich angestrengt meine Augen zusammen, um das Nummernschild erkennen zu können. Dabei fragte ich mich, wie es wohl meinem früheren Lehrer Torsten Hennig ging, denn der hatte genau dieselben Initialen wie auf dem Nummernschild: HH-TH. Wie der Fahrer des schwarzen Autos hieß, fragte ich mich in diesem Moment nicht. Das fragte ich mich erst, als er weg war. Der Mann, der mich so aus der Bahn geworfen hatte. Da fragte ich mich, wie man so blöd sein konnte, so jemanden ohne Identitätsnachweis, dafür mit seiner Freundin einfach laufen zu lassen.

Es ist leichter, einen Mann zu finden,
als ihn wieder loszuwerden.
GINA LOLLOBRIGIDA

Ich würde ihn finden.

Der Satz war ein Witz, denn das mit dem Finden war so eine Sache. Ich fand ja nicht einmal meinen Schlüssel. Inzwischen war ich an der Station Stephansplatz und hätte mich ohrfeigen können, dass ich nicht nach seinem Namen gefragt hatte.

Die Lage war aussichtslos. Ich spürte, wie mein Herzschlag schneller wurde, wie meine Körpertemperatur langsam, aber konstant stieg und mein vor langer Zeit lahmgelegter Ehrgeiz wiedererwachte. Hamburg hatte 1,8 Millionen Einwohner, etwa die Hälfte davon mussten erwachsene Menschen im erwerbsfähigen Alter sein, schätzte ich, noch einmal die Hälfte, um meine Geschlechtsgenossinnen abzuziehen. Also rund eine halbe Million Männer. Und einen davon musste ich finden. Wollte ich finden. Würde ich finden.

Zwei Stationen weiter am Klosterstern zog ich die Euphorie-Bremse und machte kurzerhand ihn verantwortlich, weil er vergessen hatte, mich um meine Handynummer zu bitten.

Noch eine Station weiter überlegte ich, ob er vielleicht gar nicht danach fragen wollte, weil er schließlich schon die Nummer seiner Freundin hatte. Vielleicht war sie auch nur eine Bekannte. Aber dafür hatten die beiden zu vertraut ausgesehen. Die Umarmung war herzlich, aber nicht wirklich leidenschaftlich, analysierte die Verhaltensforscherin in mir. Vielleicht war sie seine Physiotherapeutin, die zur Behandlung direkt an den Bahnhof gekommen war. Sollte es ja geben, solche Leute, die ihren Patienten hinterherliefen, anstatt sie in die Praxis zu zitieren.

Einen Halt später musste ich raus. Und *es* musste auch raus.

»Ines, hast du einen Moment Zeit? Ich muss dir was erzählen!«

Meine Freundin Ines war noch im Blumenladen, als ich anrief. Vor sechs Jahren hatte sie das Geschäft übernommen und band seitdem einen Strauß nach dem anderen. Inzwischen konnte sie das wohl auch im Schlaf. Vor allem bei Dekorationsfragen machte ihr niemand etwas vor. Den Menschen sollte mir erst einmal jemand zeigen, der wie sie aus einem Ast, einem Stein, einem Glas und einer Weintraube ein so charmantes Stillleben zaubern konnte, dass selbst Caspar David Friedrich sogleich seinen Pinsel geschwungen hätte.

Sie war eine echte Ästhetin. Sowohl das Erscheinungsbild ihrer Wohnung als auch ihr eigenes sprachen Bände. Wäre sie nicht meine Freundin gewesen, ich hätte sie hassen müssen, weil sie in allem so gut war: Ausdruck, Aussehen, Anstand. Doch ich war ihre Freundin, auch wenn ich von Blumen und Pflanzen keinen grünen Schimmer hatte, ständig Geranien und Gerbera, Hortensien und Hyazinthen verwechselte. So hatten wir uns auch kennengelernt, als ich eines schönen Herbsttages in ihrem Blumenladen nach Tulpen fragte. Sie antwortete nicht unfreundlich, aber bestimmt.

»Kommen Sie später wieder.«

»Später? Wann?«, erkundigte ich mich. »In einer halben Stunde?«

»In einem halben Jahr!«

Sie war meine Freundin, obwohl sie mir stets so offenkundig die Meinung geigte. Oder gerade deswegen.

»Ich mach hier heut früher zu. Matti ist bei einem Freund und übernachtet dort, ich habe also ein bisschen Zeit. Kommst du ins Café?«, fragte sie mich jetzt.

»Super. Bis gleich!«

Neben ihrer Direktheit und der Naturverbundenheit schätzte ich Ines' Flexibilität. Sie jonglierte locker mit Tulpen, ihrem Ex und dem gemeinsamen achtjährigen Sohn.

Natürlich stand es mir als Frau ohne Kinder nicht zu, über Mütter und deren Auslastungen und Kapazitäten zu urteilen. Wenn ich jedoch mitbekam, wie überfordert einige Frauen damit waren, hauptberuflich ihr Kind vom Hockey zur Ergotherapie zu fahren, um danach erschöpft auf dem Sofa zusammenzubrechen, wunderte ich mich schon. Ines regelte das alles spielend, arbeitete, war alleinerziehend, schaffte es noch zum Friseur und traf sich nicht zu selten auch noch mit mir.

»Sprich bitte nicht immer so nett über mich«, bat sie mich einmal, als wir Matti gemeinsam von der Schule abholten und ich im Kreise der anderen wartenden Mütter zu einer Lobhudelei angesetzt hatte. »Die hassen mich doch jetzt schon.« Wir amüsierten uns wie die Mädchen, die gerade aus ihren Klassenräumen geströmt kamen.

Es hätte herrlich sein müssen, mit Ines gemeinsam zur Schule zu gehen. Stattdessen war Britta meine Klassenkameradin gewesen. Was für eine Verschwendung. Aber was sollte es. Ich war glücklich, dass Ines und ich uns überhaupt gefunden hatten.

Apropos finden. Als wir uns kurze Zeit später im »Café au lait« trafen, kam ich gleich zur Sache.

»Du musst mir helfen, jemanden zu finden.«

Seelenruhig löffelte Ines den Milchschaum von ihrem Cappuccino und sah mich interessiert an. Irgendwie machte sie mich heute nervös. Am liebsten hätte ich gleich etwas unternommen, anstatt tatenlos hier im Café herumzusitzen. Aber vielleicht war dies ein guter Moment, mir anzugewöhnen, den ersten Schritt vor dem zweiten zu machen.

»Du bist ja völlig durcheinander«, bemerkte Ines. »Bist du noch immer sauer auf Kai, oder war es so schlimm bei Britta?«

»Beides! Aber egal. Es geht jetzt um was anderes. Im Zug habe ich mit einem Mann im Abteil gesessen, und wir haben die ganze Fahrt richtig nett geredet. Über Sesambrezeln und Strähnchen und Hühnchen, also im Groben jetzt. Und es war toll, so unverkrampft. Ich war ich. Und hin und weg. Und jetzt ist er weg. Mit seiner Freundin.«

»Ich hoffe, du warst vorhin im Zug etwas cooler als jetzt.« Ines sah mich fragend an.

»Na, sicher war ich das. Richtig lässig.« Ich verdrehte die Augen. »Wir haben über total coole Themen gesprochen! Äh, über Rückenleiden und so …«

»So, so.« Ines nahm den nächsten Schluck und kratzte sich gelangweilt an der Schläfe. »So weit wart ihr also schon.« Sie versuchte, einen neutralen Gesichtsausdruck zu bewahren.

Egal, wie sie schaute, ihr Gesicht sah immer elfengleich aus. Klug und klar.

»Du denkst, ich bin nicht zurechnungsfähig?«

»Stimmt, aber nicht schlimm. Was ist denn nun passiert?«

Ich stöhnte auf. »Gar nichts. Das ist es ja eben. Wir haben am Hauptbahnhof Tschüs gesagt und sind gegangen. Eine Frau hat ihn abgeholt, sie hat ihn umarmt, aber so halbherzig nur. Ich weiß nicht mal, wie er heißt!«

Ines beugte sich leicht vor und tippte auf meinen Kaffee, den ich noch gar nicht angerührt hatte.

»Und du wüsstest gerne, wie er heißt?« Ich nickte ungeduldig.

»Weiß er denn, wie *du* heißt?« Ich wusste, dass sie es gut meinte, aber irgendwie hatte ich das Gefühl, dass sie sich lustig machte, über mich – und meine Zugbekanntschaft. Ein feines Grinsen umspielte ihren Mund.

»Nein, weiß er auch nicht.« Allmählich wurde ich wütend, weil man als neutraler Zuhörer durchaus denken konnte, dass er nichts von mir wissen wollte. »Er hat auch nicht danach gefragt. Ich weiß, das klingt jetzt nicht sehr leidenschaftlich, aber es kam irgendwie nicht dazu. Dann waren wir schon in Hamburg. Aber ich glaube, er *ist* es!«

Erschrocken schlug ich mir die Hand vor den Mund. Der entlarvende Satz war mir nur so herausgerutscht. Da hatte ich zu Hause meinen langjährigen Freund sitzen, war wieder einmal genervt von ihm und bog gedanklich nach einer gerade mal einstündigen Zugfahrt auf ein fremdes Gleis ab. Ängstlich sah ich Ines direkt in die Augen.

»Kann es sein, dass du dich nur an Kai rächen willst?«

»Quatsch, nein, äh, ja, na ja, vielleicht. Ich fand den wirklich toll!«

»Okay. Und du sagst, seine Freundin hat ihn abgeholt?«

»Ja, war sie wohl. Du hast recht. Ich sollte die Finger davon lassen. Alles quatsch. Aber als er mit ihr zusammenkam, kannte er mich ja noch nicht.«

»Na, du bist ja selbstbewusst. Außerdem weißt du ja gar nicht, ob es wirklich seine Freundin war.«

»Stimmt! Und nee«, wehrte ich mich. »Gar nicht selbstbewusst. Aber es war so eine besondere Stimmung. Weißt du?«

»Ich glaube, ich habe jetzt verstanden. Vergessen wir mal kurz die Frau. Was war denn so toll an ihm?«

»Alles. Er war lustig, und wir haben die ganze Zeit geredet und gelacht. Und gegessen. Sesambrezeln. Es war so entspannt. Ja, das war es.«

Auch einem ganz und gar gefühlsneutralen Menschen musste spätestens jetzt aufgegangen sein, dass ich ein besonderes Erlebnis gehabt hatte.

»Schicksalhafte Begegnung im Zugabteil also?«, brachte es Ines auf den Punkt.

»Genau so!«

»Nimm es mir bitte nicht übel, dass ich noch mal frage«, hakte meine Freundin nach, und ich nahm es ihr jetzt doch übel, dass sie weitere Fragen stellte, anstatt loszulegen, einen Detektiv anzurufen oder von mir aus Interpol. Oder ihren Nachbarn. Der war eigentlich Polizist, vor einiger Zeit aber ausgestiegen, weil er lieber »sein eigenes Ding« machen wollte.

»Könnte es vielleicht sein, dass du nach dem Streit mit Kai so genervt warst, dass du dich einfach in irgendjemanden verlieben wolltest?«

Meine Schultern sackten zusammen, und ich stöhnte diesmal etwas lauter.

»Sagte ich ja bereits, weiß ich nicht. Ist aber auch egal.

Wir haben uns gestritten, aber das ist doch nichts Neues. Ich hätte ihn bestimmt auch gut gefunden, wenn Kai sich das mit dem Haus nicht geleistet hätte.«

»Was genau war denn nun eigentlich so schlimm an der Hausgeschichte?«, fragte Ines. Ich hatte sie am Besichtigungstag hastig über die Fakten informiert. In meiner Wut spie ich jedoch nur vier Dinge aus: Haus, Egoist, Spießer, nicht mit mir!

»Ich will das alles jetzt nicht noch mal aufwärmen, während der Mann aus dem Zug sich jede Minute weiter von mir entfernt.«

Eine von Ines' Eigenschaften hatte ich unterschlagen. Sie war sehr pragmatisch. Ein Abarbeiter. Erst mal wurde der Abwasch gemacht, auch wenn sie dadurch Gefahr lief, einen Film im Fernsehen zu verpassen oder eben den Traumtypen.

Ich vermutete, dass sie sowieso nicht mehr daran glaubte, ihrem Mann fürs Leben über den Weg zu laufen. Obwohl sie häufiger abends ausging, während ich auf Matti aufpasste. Aber ob da jemals der Richtige dabei war, ließ sie eher unkommentiert. Vermutlich war sie nach dem Aus mit ihrem Ex, dem Vater ihres Sohnes, vorsichtiger geworden. Oder die Männer flüchteten, wenn sie hörten, dass Ines einen Sohn hatte. Sie hielt sich bedeckt, beschwerte sich aber auch nie über die Männer. So war sie eben. Möglicherweise war sie aber genau deshalb jetzt so skeptisch.

Ein anderer Grund war, dass sie Kai viel zu sehr mochte. Was ich gelegentlich langweilig an ihm fand, wertete sie als standhaft. Was ich als unterwürfig einstufte, lobte sie als treu und ergeben. Was mir manchmal an Spritzigkeit fehlte, stand in ihren Augen für Zuverlässigkeit. Mir war schon bewusst, dass sie all die Charaktereigenschaften, die ihr bei ihrem Ex fehlten, auf Kai projizierte. Ihr war das wohl auch klar. Und da sie selten ein schlechtes Wort über ihren Ex verlor, lobte sie eben Kai umso mehr. Auf diese Weise konnte man seelenruhig lästern, ohne jemanden direkt zu beleidigen. So interpretierte ich das zumindest. Wie gesagt: Verhaltensforscherin.

»Sei doch froh, dass er sich um eure Zukunft kümmert. Andere Männer wollen nicht einmal mit ihrer Freundin zusammenziehen.«

»Aber wir sind doch noch nicht mal verheiratet«, erinnerte ich sie.

»Weiß ich ja«, stimmte sie zu, obwohl sie insgeheim sehnsüchtig auf eine Trauung wartete, damit sie Auto, Kirche, Wohnung und mich in ein duftendes Rosenmeer tauchen konnte.

In solchen Momenten erkannte ich, dass hinter Ines' gelegentlich so burschikosem Auftreten ein ganzes Stück Romantik verborgen lag. Vermutlich träumte sie von einem Mann, der sie in einen Hamburger Vorort entführte und dort ein Einfamilienhaus mit ihr besichtigte. Mit Garten, Apfelbäumen und Hängematte.

»Ich weiß noch nicht, was aus Kai und mir wird. Ich verlass ihn bestimmt nicht heute Abend. Aber ich möchte eben wissen, wer der andere ist. Ich glaube, ich würde mein Leben lang grübeln, ob das Treffen nun Zufall war oder ich einfach zu blöd, mein Schicksal am Schlafittchen zu packen.«

»Vielleicht triffst du ihn ja irgendwann wieder.«

»Unter 1,8 Millionen Menschen. Das wäre dann wirklich der größte Zufall«, bemerkte ich schmollend.

»Oder doch Schicksal!«, antwortete Ines.

»Glaubst du wirklich, das gibt einem zweimal so eine Gelegenheit?« Wäre ich das Schicksal, würde ich doch denken: Nö, die hatte ihre Chance.

»Keine Ahnung.« Ines klang resigniert. Wer weiß, in welchem Zugabteil sie gerade gedanklich unterwegs war.

Nach zwei weiteren Schlucken Kaffee streckte sie den Rücken durch, setzte ihr strahlendstes Lächeln auf und zwinkerte mir zu.

»Na, dann wollen wir mal. Wir wissen also, dass du eigentlich nichts von ihm weißt. Aber das glaube ich nicht. Irgendwas weißt du bestimmt von ihm.«

Der Ziellose erleidet sein Schicksal –
der Zielbewusste gestaltet es.
IMMANUEL KANT

Durch mein Hirn rieselte Sesam, nichts als Sesam.

»Mensch, Charly. Ihr werdet doch noch über irgendetwas anderes als Sesambrezeln gesprochen haben.« Ines versuchte mit leichtem Nachdruck mein Erinnerungsvermögen anzukurbeln.

»Wir haben schon länger über die Brezeln geredet. Dass die in Hamburg schwer zu finden sind.«

»Ähnlich schwer wie günstige Einfamilienhäuser?«, merkte Ines spitz an, wischte die Bemerkung aber sofort mit einer Handbewegung weg.

Sie schritt zur Tat, kramte Zettel und Stift aus ihrer Lederhandtasche und legte beides auf den Tisch.

»Also, Sesambrezel«, setzte sie als ersten Punkt auf die Liste. Ich nickte eifrig.

Darunter schrieb sie: »männlich, Ende dreißig, etwa 1,85 Meter groß, dunkelhaarig«. Das hatte ich als Personenbeschreibung bereits ausgesagt.

»Hühnchen!«, rief ich unvermittelt. »Im Portugiesenviertel gibt's die leckersten Hühnchen, meinte er.«

»Na, da gibt es ja Gott sei Dank nicht so viele Restaurants«, bemerkte Ines sarkastisch. Im Portugiesenviertel gab es in etwa so viele Restaurants wie in Frankreich Croissants oder in Spanien Paella-Pfannen.

»Und er hat mir gesagt, dass er zum Friseur geht«, fiel mir noch ein.

»Das ist doch mal ein Hinweis«, sagte Ines trocken.

Einen Trumpf hatte ich noch im Ärmel.

»Sein Friseur heißt René!« Ich spuckte die Worte triumphierend aus.

»Aha.« Ines war nicht halb so begeistert wie ich. »Seinen Namen kennst du nicht, aber den seines Friseurs. Bekloppt.«

Durch die Kritik ließ ich mich nicht beirren. »Wir könnten alle Friseure abklappern und nach einem René fragen«, schlug ich vor.

Ines wollte mich schon mit einem blöden Kommentar bedenken, überlegte es sich dann aber offenbar anders.

»Das ist gar keine schlechte Idee. Wahrscheinlich wird es ein bis zwei Jahre dauern, aber es ist eine Option!«

»Ich finde die Idee gar nicht so schlecht«, verteidigte ich meinen ersten Geistesblitz an diesem Tag. »Man könnte auch erst mal nur herumtelefonieren.«

»Und wann gedenkst du das zu machen? Du willst ja wohl kaum von zu Hause aus das Branchenbuch abtelefonieren, während Kai vorm Fernseher sitzt.«

Doch, so ähnlich hatte ich mir das vorgestellt.

»Das wird schon irgendwie gehen. Du musst auch nicht mitmachen«, bot ich an, weil Ines mit ihrem Blumenladen und Matti weiß Gott Besseres zu tun hatte, als ihre irregeleitete Freundin auf Männer-Schnitzeljagd zu unterstützen.

Was man bei Ines allerdings nie unterschätzen durfte: ihre Abenteuerlust.

»Natürlich mach ich mit. Ich lass dich doch nicht im Stich. Wir finden den Typen. Und dann stehst du vor ihm und denkst: Waaas, der da mit der Denkerstirn soll das gewesen sein? Und er blickt dich ohne eine Spur des Wiedererkennens an und sagt so was wie: Kennen wir uns von irgendwoher? Darf ich Ihnen meine Verlobte vorstellen?«

Bei der Schilderung brachen wir beide in Gelächter aus. Die Frau hinterm Cafétresen blickte amüsiert zu uns herüber, deutete uns aber mit einem Blick auf die Uhr an, dass sie gleich schließen wollte.

Ines stand auf.

»So spät schon. Ich hab heute noch was vor. Geh du mal schön nach Hause, versöhn dich mit Kai und versuche, dich so unauffällig wie möglich zu verhalten. Er muss ja nicht gleich nach fünf Sekunden merken, dass mit dir etwas nicht stimmt.«

Mich nach diesem Tag so unauffällig wie möglich zu verhalten war in etwa so wahrscheinlich wie Tulpen im Herbst.

»Okay, mache ich«, beruhigte ich sie.

Ines reichte mir die Liste, doch ich schüttelte den Kopf und zeigte ihr damit, dass ich Herrin der Lage war.

»Könntest du sie nehmen? Ich möchte kein belastendes Material zu Hause lagern!«

Es war wie immer. Kai stand in der Küche und pfiff das Torero-Lied aus Carmen, während er dampfende selbst gemachte Teigtaschen auf einem Teller anordnete. Sein Versöhnungsessen.

Ich hätte wetten können, dass die Nudeln mit Pilzen und Ricotta gefüllt waren. Und dass dazu noch ein Salat mit Cherrytomaten und einer schmackhaften Vinaigrette bereit stehen würde. Er ging davon aus, dass das mein Lieblingsessen war. Dabei stimmte das gar nicht. Am liebsten mochte ich ein krosses Hähnchen mit Pommes. Und Sesambrezeln. Aber das konnte ich Kai ja schlecht sagen.

Als er mich zum ersten Mal vor fünf Jahren zu sich zum Essen eingeladen hatte, hatte er genau dieses Pilz-Ricotta-Gericht serviert. Durchaus beeindruckt davon, dass er sich für mich so viel Mühe gegeben und den halben Tag in der Küche verbracht hatte, lobte ich seine Nudeln und den Salat über den grünen Klee. Aber da war ich bis über beide Ohren verliebt und ahnte nicht, dass er in Zukunft mehr Zeit in der Küche als im Wohnzimmer oder, sagen wir es geradeheraus, im Schlafzimmer verbringen würde.

»Oh, Ricotta-Teigtaschen, lecker!«, sagte ich versöhnlich. Schon wieder die bequeme Tour. Gedanklich war ich doch schon ausgezogen und hatte ihm sarkastisch viel Glück in seinem neuen Eigenheim gewünscht, bevor ich hinter ihm die Wohnungstür zugeknallt hatte. Und was war jetzt? Ich war wieder drin. In der Wohnung und in meinem alten Leben.

»Ja, die magst du doch so gerne.« Kai freute sich, dass ich einen Schritt auf ihn zukam. Er wischte seine Hände an dem karierten Geschirrhandtuch ab, das er sich vorne in die Hose geklemmt hatte, und drückte mir einen spitzen Kuss auf die Wange. Mit einem leckeren Drei-Gänge-Menü, fand Kai, konnte man jedes Problem aus der Welt zaubern.

War ich beispielsweise sauer, weil er zu spät aus der Firma kam, rührte er flugs eine Mousse au chocolat an. Wollte er ein anderes Fernsehprogramm als ich schauen, überraschte er mich mit hauchdünnen frittierten Auberginen-Scheiben mit Honig-Dip.

Zu Beginn unserer Beziehung ließ ich mir das gerne gefallen, bis ich merkte, dass eine zu große Kalorienzufuhr, und seien es auch *Haute-Cuisine*-Kalorien, der Linie schadete. Und auch meinem objektiven Urteilsvermögen. Ich wollte meinen Freund ja schließlich nicht nur für seine Kochkünste schätzen, sondern auch für seinen Umgang mit mir. Immer häufiger hatte ich jedoch das Gefühl, dass er sich mit Schneebesen und Salatschleuder besser auseinanderzusetzen wusste als mit Launen, Lust und Liebe.

»Ich dachte, es gibt Hühnchen!« Ich öffnete den Kühlschrank und nahm eine Wasserflasche heraus. Der Tag hatte mich durstig gemacht.

»Das meintest du ja wohl nicht ernst?«, fragte Kai und schenkte mir ein Stirnrunzeln.

Natürlich nicht. Kai würde eher nackt bei Minusgraden um die Alster joggen, als zu Tiefkühlkost zu greifen.

»Deine Eltern konnten übrigens nicht.«

Was?!

»Du hast sie doch nicht wirklich gefragt, ob sie heute zu uns zum Essen kommen wollen? Ich will meine Mutter vor Weihnachten nicht mehr sehen. Weihnachten 2070.«

Während ich einen Schluck Wasser nahm, betrachtete ich meinen Sternekoch nachdenklich. Offen und herzlich lachte er mich an. Er merkte nicht einmal, dass ich, mehr noch als auf meine Mutter, auf ihn wütend war. Und dass ich, wenn ich meine Mutter erst am Sankt-Nimmerleins-Tag würde wiedersehen wollen, ihn im Grunde erst nach meiner Beerdigung wieder auf dem Zettel hätte.

Ich musste unweigerlich grinsen. So war er, mein Kai. Da verstieß er komplett gegen meine Regeln, was selten vorkam, ich ärgerte mich darüber, und was tat er? Er lud alle miteinander zum Essen ein, um mir zu zeigen, wie sehr er mich und meine Familie achtete. Und wie sehr er sich eine noch größere Familie wünschte.

Als Glücksgriff bezeichnete meine Mutter ihren »Beinahe-Schwiegersohn«, wie sie gerne augenzwinkernd anmerkte. Wenn ich das zur Begrüßung bei meinen Eltern schon hörte, wollte ich jedes Mal am liebsten noch in der Haustür eine 180-Grad-Drehung machen und wieder gehen.

Sie war fasziniert von seinen Kochkünsten, wobei ich nicht wusste, ob sie nun ihn oder sein Essen lieber mochte. Wenn sie gewusst hätte, wie Kai über *ihre* Kochkünste urteilte, hätte sie vielleicht anders gedacht.

Jeden Sonnabend, den der liebe Gott Tag werden ließ, gingen Kai und ich auf den Markt bei uns auf dem Platz an der Kirche. Egal, ob die Sonne schien, ob es regnete, schneite oder ein Blizzard über Hamburg hinwegfegte.

Freitagabends schrieben wir die Einkaufsliste anhand der Rezepte, die Kai aus seiner Batterie an Kochbüchern für das Wochenende ausgewählt hatte. Ganz früh am Morgen, quasi noch vor dem Aufstehen, schlenderten wir über den Markt, denn da waren die besten Waren noch nicht vergriffen, wusste Kai.

»Schau mal, da gibt es selbst gemachte Zitronenmarmelade, die sieht ja lecker aus«, hatte ich neulich gesagt.

»Steht nicht auf unserer Liste. Nehmen wir uns nächstes Mal vor«, hatte Kai getadelt und mich auf den Pfad der Einkaufslistentugend zurückgeholt.

Die Markthändler liebten Kai. Mit ihm konnte man so herrlich über die Ausbreitung des Dufts von Thymian beim Anrösten sprechen oder über die Verwendung von Dattelkernen als Olivenölverstärker, oder den idealen Knackpunkt von Walnüssen. Ich stand meist freundlich lächelnd daneben, packte Rosmarin, Tomaten und Fleisch in den Korb und hörte mir Komplimente über meinen »Mann« an. Sicherlich war ich auch stolz auf ihn. Viele Männer schlurften desinteressiert hinter ihren Frauen über den Markt und schielten sehnsüchtig zum Café und Zeitungskiosk, die sich gegenüber der Kirche befanden. Hätten die Markthändler raten sollen, welchen Beruf Kai ausübte, hätten viele bestimmt auf Küchenchef, Kräuterlieferant oder zumindest Winzer getippt.

»Nein, nein, das ist nur mein Hobby«, pflegte er lachend zu sagen. »Im wahren Leben bin ich Anlageberater. Da raucht dann nur mein Kopf!«

Der Gag zog immer. Ich lachte jedes Mal mit und fragte mich, ob ich eigentlich neidisch war, weil die Leute so auf Kais Charme abfuhren? Er war es immerhin gewesen, der mir den Unterschied zwischen krauser und glatter Petersilie erklärt hatte.

»Streng dich mal ein wenig an«, sagte meine Mutter oft. »Du musst ihm was bieten. Mach doch mal einen Kochkurs.«

»Nach dir, Mama«, sagte ich dann und grinste. Und sie grinste mit. Das mochte ich an ihr. Gelegentlich.

»Wir sind übrigens am Wochenende bei deinen Eltern zum Essen eingeladen.« Kai trug die vollen Teller aus der Küche ins Wohnzimmer und stellte sie auf den Esstisch. Er hatte die guten weißen Stoffservietten herausgeholt, die ganz große Versöhnungsnummer. Für ihn war der Streit bereits Schnee von gestern.

»Aha!« Ich kratzte mich am Kopf, weil ich mich fragte, was meine Mutter an dem Satz, dass ich sie so schnell nicht wiedersehen wollte, nicht verstanden hatte. Mein Vater okay, aber Mama konnte momentan bleiben, wo der Pfeffer wächst. Viel lieber hätte ich das Wochenende auf dem Sofa verbracht und meine wirren Gedanken geordnet. Stattdessen also meine Eltern und, heititei, Versöhnungskurs.

»Dann brauchen wir auch nicht so viel vom Markt am Sonnabend«, erklärte Kai, nahm einen Bissen Ricotta-Pilz-Teigtasche und begann gedanklich den Einkaufszettel zu schreiben, obwohl noch nicht einmal Freitag war. »Wie wär's am Sonntag mit mariniertem Thunfisch an gerösteten Balsamico-Apfel-Kartoffeln mit Mandelsplittern?«

Klang ganz lecker, aber manchmal hätte ich am Sonnabendmorgen, anstatt auf den Markt zu gehen, einfach lieber ausgeschlafen und mir irgendwann aus dem Imbiss einen Döner geholt.

Ich kaute schweigend vor mich hin und hing meinen schönen Gedanken nach. Kai unterbrach aber jeden meiner Kopfausflüge zurück ins Bahnabteil, indem er mir Anekdoten aus der Firma auftischte oder aber nach meiner kurzen Reise fragte. Irgendwann ergab ich mich und berichtete von dem Desaster bei Britta.

Ich war mir nahezu sicher, dass die Hausbesichtigung in seiner Erinnerung prächtig verlaufen war und ich bereits kurz davor, meine Unterschrift unter den Vertrag zu setzen. Verdrängungskünstler.

Mit Kai konnte man sich einfach nicht streiten. Na gut, ich war beleidigt. Ob da vielleicht mehr dahintersteckte oder was das eigentliche Problem sein mochte? Kein Thema für Kai. Er hatte mein Leibgericht gekocht, und damit war für ihn, im wahrsten Sinne des Wortes, der Streit gegessen.

Kein Ding sieht so aus, wie es ist.
VILHELM BUSCH

»Sie müssen mich schneller machen, Liebchen!«

Frau Baumann saß in ihrem Rollstuhl und drückte mir herzlich die Hand. Ihr Mann hatte mir die Tür geöffnet, mich ins Wohnzimmer begleitet und uns dann allein gelassen. Ich schmunzelte über die ältere Dame, die schelmisch den Mund zu einem Lächeln verzog.

Seit sie Patientin in unserer Physio-Praxis war, wollte sie von mir »schneller gemacht« werden. Sie war vor einigen Wochen auf der Treppe gestürzt und hatte sich dabei das Sprunggelenk und den Unterarm gebrochen. Den Gips war sie inzwischen los, und wir machten erste Übungen, um ihren Fuß wieder zu mobilisieren. Aber das ging Frau Baumann alles nicht rasch genug.

»Müssen Sie wirklich wieder diese heißen Tücher machen?«, quengelte sie wie ein Kind, das keine Lust auf Wadenwickel und Fiebermessen hatte.

»Ja, müssen wir«, antwortete ich. »Sie wollen doch keine Thrombose bekommen, oder?«

»Nein, natürlich nicht. Aber ich will aus diesem Ding hier raus!« Sie zeigte verächtlich auf den Rollstuhl.

»Ich weiß ja, ich weiß. Wir können nachher ein paar Gehübungen mit dem Rollator machen. Aber vorher Massage, heiße Tücher, damit die Schwellungen zurückgehen. Habe ich Ihnen ja schon oft erklärt.«

Ich tätschelte Frau Baumann die Schulter, sie kam aber erst so richtig in Fahrt.

»Wenn ich schon diese Wörter höre. Rollator, Thrombose, Rollstuhl. Klingt, als wäre ich eine alte Frau!«

Was ja prinzipiell nicht so ganz falsch war.

Ich sah, dass Frau Baumanns Mann sich ein Lächeln kaum verkneifen konnte. Es sah liebevoll aus. Schön, wenn man nach so vielen Jahren die Macken des Partners so gut kannte, dass man darüber Scherze machen konnte und sich deswegen nicht zerfleischte. Apropos. Der Tisch, an dem Herr Baumann saß, war reichlich gedeckt. Ein Rinderbraten stand dort neben Kartoffeln, Bohnen und einer Saucière mit einer dickflüssigen braunen Soße. Ich fühlte mich sofort um Jahrzehnte jünger und sah mich gedanklich bei meiner Oma sitzen. Fehlte nur noch der Vanillepudding.

»Im Kühlschrank ist noch Nachtisch«, sagte Frau Baumann, als hätte sie meine Gedanken gelesen.

»Haben Sie das alles gekocht?«, fragte ich sie, was schier unmöglich war, weil sie sich in ihrem momentanen Zustand gar nicht lange genug aufrecht halten konnte, um an die Herdplatten zu gelangen.

»Nein, nein, das geht gar nicht. Habe ich bestellt. Über so einen Catering-Service.« Sie sprach es »Katering-Särwis« aus. Bestimmt schüttelte sie innerlich den Kopf über Begriffe wie »Castingshow«, »Chillen«, »Lach-Flashs«, »Marketing«, »Outsourcing« und »Task Force«. Obwohl sie mit ihrem Elan, den strahlenden Augen und ihrem Schalk früher bestimmt gut in eine Castingshow gepasst hätte. Vielleicht sogar heute noch.

»Was? Wirklich?« Herr Baumann schaute abrupt auf, stoppte die mit Fleisch und Kartoffeln beladene Gabel auf halbem Weg zum Mund und wurde knallrot. »Das ist gekauft? Ist das nicht wahnsinnig teuer?«

Ich wunderte mich darüber, dass Herr Baumann nicht wusste, woher das Essen kam. Vielleicht war er am Vormittag unterwegs gewesen und hatte nichts von der Bestellung mitbekommen. Andererseits saß sie jetzt seit zwei Wochen im Rollstuhl und konnte seitdem unmöglich größer gekocht haben. Was einige Männer sich so dachten. Ich fand Herrn Baumann wahnsinnig sympathisch, wie er da in seinem altmodischen, aber ordentlich gebügelten Anzug saß, auch wenn er offenbar nicht verstand, dass eine Frau im Rollstuhl und ein festlich gedecktes Menü nicht so recht zusammenpassten.

»Ja, das ist bestellt und natürlich teurer als sonst, aber egal. Hauptsache, es schmeckt.«

Während ich Frau Baumanns Fuß massierte, überlegte ich, wer hier wohl die Finanzen im Griff hatte. Sah alles nach einer typischen Arbeitsteilung aus, wie man sie aus den 1960ern kannte. Ob Herr Baumann jemals einen Fuß in die Küche gesetzt oder ein Rezeptbuch gelesen hatte? Der würde sich von Kai bestimmt ordentlich was abgucken können.

»Ja, es schmeckt«, sagte er jetzt genüsslich kauend. »Aber natürlich nicht halb so gut wie selbst gekocht!« Er lächelte dabei so spitzbübisch, dass man ihm sofort verzieh, selbst kein Spiegelei in die Pfanne hauen zu können. »Na ja, bis auf den Schokokuchen neulich!«, fügte er noch vielsagend an.

Frau Baumann brach in schallendes Gelächter aus. »Ach herrjeh. Ja, der war eine Katastrophe. Ich hatte ihn in den Ofen geschoben und die Zeit vergessen, weil ich so ein fesselndes Buch las.«

»Ich dachte, es war ein Film im Fernsehen«, hakte er neckend nach.

Sie schmunzelte. »Kann auch sein, diese Geschichten, die immer dann aufhören, wenn es am spannendsten ist. Und am nächsten Tag sitzt man um dieselbe Zeit wieder vor dem Fernseher. Man kommt nicht los davon ...« Eine Soap also. »Jedenfalls roch es so angebrannt. Ich habe ihn dann schnell rausgeholt, aber zu spät.«

»Als ich kam, roch es zwar verkokelt, aber ich begriff nicht und hatte nur Augen für den leckeren Kuchen. Und für die Frau natürlich«, fügte er noch schnell an.

»Ja, ja! Is ja gut.« Frau Baumann lachte über den alten Charmeur.

»Völlig begeistert habe ich gerufen: Oh, Schokoladenkuchen!«

»Dabei war es Zitronenkuchen.« Die beiden lachten und lachten, bis Frau Baumann die Tränen über die Wangen liefen.

Kai hätte jetzt angemerkt, dass so etwas mit einem gut durchdachten Kochstrahl und einer funktionierenden Signaluhr nicht passiert wäre. »Immer in Bewegung bleiben und nie den Patienten aus den Augen lassen«, hätte er gesagt und mit dem Patienten den Kuchen gemeint.

Ich hatte automatisch weiter Frau Baumanns Füße massiert und war mit meiner Visite eigentlich längst durch. Irgendetwas hielt mich aber hier bei dieser alten Dame.

»Dich hält da was?«, fragte meine Chefin jedes Mal, wenn ich wieder zu spät zurück in die Praxis kam und zu erklären versuchte, warum. »Ich kann dir schon sagen, was dich da hält: die alte Baumann. Du merkst einfach nicht, dass die einen Schwiegertochter-Ersatz sucht.«

Ich wusste überhaupt nicht, ob Frau Baumann Kinder hatte. Davon hatte sie noch nie gesprochen, auch wenn einige alte Familienfotos in der Wohnung herumstanden. Auf manchen war ein junger Mann zu sehen, aber ob es sich dabei um Herrn Baumann in jungen Jahren oder ihren Sohn handelte, konnte ich nicht sagen. Und so genau wollte ich auch nicht hinsehen, schließlich ging es mich nichts an.

»Na, der wird ja besonders lecker gewesen sein!« Ich stellte mir den verbrannten Kuchen vor.

»Ich habe sogar einmal abgebissen«, sagte Herr Baumann, und seine Frau verzog das Gesicht. »Was tut man nicht alles.«

»Ekelhaft! Ich hab mir geschworen, beim Backen keine Bücher mehr zu lesen.«

»Hmmm. Und auch der Fernseher bleibt aus!«

Was ich so schätzte an dem Dialog zwischen den beiden, war, dass es überhaupt keinen gemeinen Unterton gab. Wer konnte so was nach einem halben gemeinsamen Leben schon von sich behaupten.

Ob Frau Baumann meine momentane Verwirrung hätte verstehen können? Dass ich mir unsicher war, wie es nach ein paar Jährchen mit meinem Freund weitergehen sollte und dass ich mich in einen Unbekannten verguckt hatte? Ob eine so treue Seele wie sie wohl fand, dass ich nicht ausdauernd genug war, dass ich mein Glück zu leicht und schnell wegwarf? Dass ich eher eine Kurzstreckenläuferin war und mich nicht an die Langstrecke wagte? Gerne hätte ich mich ihr anvertraut, die weder Kai und seine Kochkünste noch den Mann aus dem Zug kannte. Schnell verwarf ich den Gedanken, schließlich war ich rein beruflich hier.

»Frau Baumann, wir sind durch«, raffte ich mich endlich auf.

»Essen Sie doch noch was mit«, bot sie an.

Ich schüttelte den Kopf. »Das ist nett, aber ich habe noch Patienten.«

»Das muss ein spannender Beruf sein«, sagte Herr Baumann und wischte sich den Mund mit einer Serviette ab. »Da lernen Sie so viele Menschen kennen!«

Ich nickte seufzend und überlegte, was er wohl beruflich vor der Rente gemacht hatte.

»Glauben Sie mir, nicht bei allen ist es so lustig wie bei Ihnen. Nächstes Mal gehen wir mit dem Rollator in den Park, Frau Baumann. In Ordnung?«

Ich lobte mich gedanklich dafür, dass ich nicht okay, sondern in Ordnung gesagt hatte. Frau Baumanns Generation schätzte Anglizismen erfahrungsgemäß nicht allzu sehr.

Frau Baumann ächzte laut. »Wenn das meine Schwester wüsste mit dem Rollstuhl«, seufzte sie. »Ich war früher die Sportskanone und bin überallhin gerannt. Nur nicht zur Schule.«

Herr Baumann lachte über ihren Witz, während ich grübelte, wieso ihre Schwester nicht wusste, dass sie im Rollstuhl saß.

»Haben Sie seit dem Unfall noch nicht mit ihr gesprochen?«, fragte ich nach.

Frau Baumann stieß noch einen kurzen Seufzer aus und tätschelte mir dann die Hand.

»Seit dem Unfall? Seit mehr als dreißig Jahren habe ich sie nicht mehr gesehen.«

Ich hielt in meiner Bewegung inne und die Luft an. Hatte ich mich verhört? Sie hatte im Grunde seit meiner Geburt nicht mehr mit ihrer Schwester gesprochen? Vielleicht sollte ich die Geschichte mal meiner Mutter erzählen, die schon beleidigt war, wenn ich mich drei Tage nicht meldete. »Ach, schön, dass du auch mal wieder anrufst«, war dann ihr Standardspruch, nach dem man am liebsten sofort wieder aufgelegt und sich tatsächlich mehrere Jahrzehnte nicht mehr gemeldet hätte.

»Was ist denn passiert? Haben Sie sich gestritten?« Ich sah die ältere Dame besorgt an und hoffte, dass ich mit meinen Fragen nicht zu persönlich wurde.

»Ach!« Sie wischte die Vergangenheit mit einer Handbewegung weg. »Das ist eine lange Geschichte. Sie haben doch ganz andere Sorgen. Danke, dass Sie sich überhaupt immer meinen ganzen Kram anhören, Frau Wagner.«

»Das mache ich doch gerne. Ich hätte einfach nicht gedacht, dass Sie und Ihre Schwester, also, so lange. Das ist ja ...«

»Ist ja gut. Geht doch vielen Familien so. Ein Streit, und schwupps, hört man nichts mehr voneinander. Manchmal ist es doch auch besser so. Nur weil man eine Schwester hat, heißt es ja nicht gleich, dass sie die beste Freundin sein muss.«

»Ich hätte gerne eine Schwester«, murmelte ich.

Frau Baumann blickte mich verständnisvoll an.

»Ja, wie es ist, ist es irgendwie immer falsch, oder? So, jetzt aber Schluss damit. Lassen Sie uns lieber wieder über den Rollator reden.« Sie lachte betont fröhlich. »Ich will endlich wieder ins Theater und aufstehen können. Das macht mich kirre. Sie müssen mich schneller machen, Liebes.«

Für Frau Baumann musste es ähnlich schlimm sein, im

Rollstuhl zu sitzen, wie für Schokoladen-Junkies vor einer verschlossenen Konditorei zu stehen.

»Kommen Sie am Montag wieder?«

»Das mache ich. Tschüs, Frau Baumann. Tschüs, Herr Baumann.« Die beiden lächelten erst sich, dann mich an.

Als ich ging, hörte ich noch, wie Frau Baumann vorschlug, den Nachtisch aus der Küche zu holen.

Ihr Mann antworte etwas, das ich sehr witzig, aber auch verwirrend fand.

»Nein, nein, das mach ich schon. Bleiben Sie sitzen!«

Denke daran, dass etwas, das du nicht bekommst, eine wunderbare Fügung des Schicksals sein kann.
DALAI LAMA

»Ah, hallo! Der Herr Beinahe-Schwiegersohn!« Meine Mutter stand in einer geblümten Bluse über einer weißen Leinenhose in ihrer Haustür und strahlte uns an.

Meine Eltern wohnten in Wellingsbüttel, mit dem Auto rund zwanzig Minuten von unserer Wohnung entfernt. Mama hatte wie immer ihr Sprüchlein aufgesagt, und Kai hatte wie immer gelächelt und die »Frau Beinahe-Schwiegermutter« umarmt. Die beiden waren Gewohnheitsmenschen.

Das war eigentlich zu viel für mich nach einer schlaflosen Nacht, in der ich krampfhaft versucht hatte, mir ins Gedächtnis zu rufen, wie mein Reisebegleiter ausgesehen hatte. Und mir *nicht* vorzustellen, wie er die andere Frau begrüßt hatte. Ich konnte nicht sagen, welches von beiden das schwierigere Unterfangen war, und als sein Gesicht plötzlich vor meinem geistigen Auge erschien, hatte ich trotz Müdigkeit nicht gewagt einzuschlafen, um ihn nicht wieder zu verlieren.

»Charlotte, schön, dass du dich wieder gefangen hast.«

Meine Mutter war einer der wenigen Menschen, der es schaffte, mich mit einem einzigen Satz auf die Palme zu bringen. Und der mich mit meinem vollen Namen ansprach. Papa tat das so gut wie nie.

»Charly, Kai, hallo.« Er strahlte uns an und gab mir ein flehendes Zeichen, mich bitte nicht gleich wieder mit meiner Mutter anzulegen. »Dörte, lass die beiden doch erst mal reinkommen«, rügte er seine Frau und zischte ihr leise zu: »Und hör auf mit diesem gestelzten Quatsch.«

In einer ruhigen Minute hatte ich Papa mal gesteckt, dass es mich wahnsinnig unter Druck setzte, wenn Mama ständig über Schwiegersohn und Heiraten sprach. Papa hatte nur wissend genickt. Am gruseligsten waren die Momente, wenn sie betont lässig und unauffällig auf das Thema Enkelkinder zu sprechen kam. Man denke nur an ihren Auftritt neulich in Langenhorn. Ich war ihr einziges Kind, und auf meiner Fruchtbarkeit ruhte große Hoffnung.

»Wollt ihr denn keine Kinder?«, hatte Papa mich vor einiger Zeit vorsichtig gefragt, als Mama außer Hörweite war.

»Weiß ich gar nicht so genau«, gestand ich ihm wahrheitsgemäß. »Wir haben es mal halbherzig probiert, aber es hat nicht geklappt. Wie wir sehen, habe ich noch keins bekommen«, meinte ich schulterzuckend.

Papa nickte und verstand.

Nach der jüngsten Erfahrung mit Kai fragte ich mich, ob das nicht jemand »da oben« steuerte. Die Vorstellung gefiel mir, dass ein Mitarbeiter des Schicksals mein Leben in die richtigen Bahnen lenkte. Damit war ich selbst aus dem Schneider.

»Sie soll einfach nur aufhören, ständig davon zu reden, auch vor ihren Freundinnen«, erklärte ich Papa mein Dilemma.

»Ich hab's ihr tausendmal gesagt.« Er hob die Schultern.

»Dann sag's ihr tausendundeinmal!«, bat ich ihn resolut. Er versprach es mir. Mein Vater hätte mir alles versprochen. Er hatte auch gern seine Ruhe. Sicherlich hätte er sich über Nachwuchs von uns gefreut, jetzt, da er als Rentner viel Zeit hatte. Aber noch lieber als ein fröhliches Enkelkind war ihm eine fröhliche Tochter.

Mein Vater hatte Augen im Kopf und einen analytischen Verstand, das verdankte er seiner Zeit in der Finanzbehörde. Er war von der guten alten Schule, unbestechlich. Da konnte Kai noch so gut kochen. Ich glaubte nicht, dass mein Vater etwas gegen meinen Freund hatte, aber sicher ahnte er, dass tief in meinem Innern eine Sehnsucht wohnte, die noch nicht erfüllt worden war. Vielleicht hatte ich die ja sogar von ihm geerbt.

Brav saßen wir auf der Terrasse und schaufelten uns Mamas Apfelkuchen in den Mund, wobei Kai nur einmal unmerklich die rechte Augenbraue hochzog, als meine Mutter eine Flasche Sprühsahne auf den Tisch stellte.

»Und was ist bei euch sonst so los?« Mama blickte erwartungsvoll von Kai zu mir. So als hätte es das vergangene Wochenende nicht gegeben. Ich schüttelte fassungslos den Kopf. Eigentlich hätte sie die Frage stellen müssen, wieso ich noch nicht ausgezogen war! Oder sich kleinlaut bei mir dafür entschuldigen, dass sie mit Kai gemeinsame Sache gemacht und mich hintergangen hatte. Ihre einzige Tochter! Oh, nein, ich regte mich schon wieder auf.

Mamas Frage konnte sonst was bedeuten. Entweder ehrliches Interesse an unseren Jobs, oder es war doch wieder der hinterhältige Versuch, etwas über unser Sexualleben zu erfahren. Obwohl das meine Mutter eigentlich nur sekundär interessierte.

Als sie mich vor etwa einem Jahr an ihrem Geburtstag vor ihrer gesamten Freundinnenschar nach meinen

Schwangerschaftsplänen fragte, hatte ich mit einem süffisanten Lächeln geantwortet: »Du möchtest wissen, wie oft wir es miteinander tun, Mama?«

Ihre Freundin Hilde hätte sich beinahe an ihrem Stück Torte verschluckt.

»Äh, nein, also, witzig, Charlotte!« Ihr Blick hatte mich durchbohrt, und ich trieb das Spiel nur nicht auf die Spitze, weil es ihr Geburtstag war.

»Charly war in Berlin!«, gab Kai gerade Auskunft. Warum fing er denn jetzt damit an? So lenkte er doch unweigerlich das Gespräch auf unseren Streit.

»Ach, wirklich?«, erkundigte sich mein Vater interessiert. »Beruflich?«

»Nein, nein«, wiegelte ich ab.

»Sie hat ihre ehemalige Schulfreundin Britta besucht.« Kai hatte unseren Streit komplett ad acta gelegt. »Kennt ihr die noch?«

»Na, klar!«, rief meine Mutter. »Die Tochter von den Petersens. Der Vater hat das Sanitärhaus. Weißt du Frank, von denen haben wir doch die Duschkabine und die Toilette machen lassen.«

Papa verdrehte die Augen. »Das einfältige Huhn«, sagte er nur. Ich grinste. Er hatte schon immer eine gute Menschenkenntnis gehabt. »Und bei der warst du?«, fragte er irritiert.

»Das war reiner Zufall. Nur eine Nacht. War auch nicht so toll.« Ich hielt mich vage, wollte nicht weiter darauf eingehen. Nicht auf Britta oder ihren aalglatten Verlobten, geschweige denn auf die Rückfahrt von Berlin nach Hamburg.

»Hat Britta Kinder?« Mama konnte es einfach nicht lassen.

»Nein, sie zieht jetzt nach London oder so«, gab ich zurück.

»Toll! Auslandserfahrung und dann das Kind. Das klingt vernünftig.«

Kai gab ihr recht, hoffte er doch immer noch darauf, von seiner Firma in eine Filiale im Ausland versetzt zu werden. Er erzählte kurz, wie die Geschäfte liefen.

»Ach, mit Kindern ist es so schön. Man hat es aber auch nicht immer leicht!« Meine Mutter, die Königin der Plattitüden, seufzte. »Wisst ihr, von unserer Nachbarin Frau Kroh, die diese Katze hat mit dem komischen Puschelschwanz, die immer bei uns im Garten rumstromert und die Blumen kaputt macht, deren Tochter Martina jedenfalls, die ein paar Klassen über dir war, Charly, weißt du noch, die damals so gut in Mathe war und diesen Wettbewerb gewonnen hat, wo war das noch gleich, na ja, egal, deren Sohn Fabian, der mit der Nussallergie, dessen Freundin Luisa …«

»Wer?«, grätschte Papa unsanft dazwischen. Er war spätestens bei der Puschelkatze ausgestiegen.

»Du meinst die Freundin von Frau Krohs Enkel?«, fasste ich kurz zusammen.

»Richtig! Die hat sich beim Handball einen Bänderriss geholt. Jetzt kann sie nicht mit ihm zum Abtanzball gehen.« Meine Mutter nahm die letzten Kuchenkrümel auf die Gabel und blickte unendlich bekümmert drein. Als hätte ihr zukünftiger Mann sie eine Stunde vor der Hochzeit sitzen gelassen. (Was er im Nachhinein gedanklich vielleicht schon einmal durchgespielt hatte.)

»Dabei hatte Luisa schon so ein schönes Kleid gekauft. Sagt Frau Kroh. Na ja, was die so unter einem schönen Kleid versteht …«

»Und was macht Fabian jetzt? Er kann ja schlecht mit sich selbst tanzen«, warf ich ein.

»Er hofft, dass sie wieder fit ist bis zum Abtanzball.«

»Wann ist der? Nächste Woche? Kannst du wahrscheinlich vergessen.«

»Was machen denn deine Patienten so?«, hakte Papa schnell ein, um nicht weiteren Namens-Verwicklungen folgen zu müssen. Und im Grunde hatte er ja auch recht. Was kümmerten uns die Probleme der Nachbarn.

»Ich hab zurzeit eine ältere Dame, die ihre Schwester seit mehr als dreißig Jahren nicht mehr gesehen hat«, erzählte ich also von Frau Baumanns Problemen. »Das stelle ich mir schrecklich vor.«

»Wieso?«, fragte Kai. »Du hast doch gar keine Geschwister.«

Nein, es waren nicht nur seine Alleingänge bei Hauskäufen, die mich an den Rand des Wahnsinns trieben.

»Darum geht's ja gar nicht. Stell dir einfach vor, du wüsstest nicht, was dein Bruder so macht. Und damit meine ich nicht, dass du ihn mal eine Woche lang nicht gesprochen und damit zwei neue Freundinnen verpasst hast.« Papa prustete kurz los, Mama sah mich rügend an. Ich fand mich auch gehässig. Vielleicht sollte ich mich endlich entscheiden, ob ich Kai nun verzieh oder ob ich mich verzog. Momentan schwankte ich noch, plädierte aber für die gemütliche Lösung: bei Kai bleiben, mich bekochen lassen und nebenbei heimlich nach meinem Unbekannten suchen. Trotzdem sollte ich meinen schnippischen Unterton abstellen, das würde auch meinen Mundwinkeln guttun. Ich brauchte eine Pause.

»Ich muss mal auf Toilette«, sagte ich und rückte geräuschvoll den Stuhl nach hinten.

»Viel Spaß auf dem Petersen«, rief Kai mir nach. Das war manchmal so sein Humor.

Anstatt auf die Toilette ging ich in mein altes Kinderzimmer. Seit er in Rente war, hatte Papa sich hier ein Arbeitszimmer eingerichtet. Etliche Zeitungen lagen in einem Stapel im Regal. Wie schaffte er es nur, die ausgelesenen Zeitungen wieder so zusammenzulegen, dass sie ordentlicher gefaltet aussahen als zuvor?

Mama regte sich oft darüber auf, dass er stundenlang in seinem Zimmer verschwand, um zu lesen. Das sei ja wohl kaum das wahre Leben, warf sie ihm gerne vor. Wenn er ihr im Wohnzimmer vor den Füßen rumlief, war es ihr aber auch nicht recht.

Ich blickte mich weiter um in meinem Jugendreich. Sieh einer an. Ein gar nicht mal so alter Computer stand auf meinem alten Schreibtisch. Ich ließ mich aufs Bett fallen und kramte mein Handy hervor, um meine WhatsApp zu checken. Ines, die treue Seele, hatte mir aus dem Wochenendgewühl in ihrem Blumenladen eine Nachricht geschickt.

»Alles okay? Hast du von ihm geträumt?«

Endlich jemand, der wirklich wusste, was mich beschäftigte. Ich vermutete, dass ich sie bei der Arbeit stören würde, konnte aber nicht anders. Nach dem dritten Klingeln ging sie ran.

»Ist gerade niemand im Laden«, sagte Ines gut gelaunt, sie klang aber etwas außer Atem, als wäre bis eben die Hütte gerammelt voll gewesen.

»Sag mal, du kennst doch diesen Polizisten, oder?«, begann ich ohne Umschweife das Gespräch.

»Ex-Polizisten. Ja, schon. Wieso?«

»Könnte der nicht ein Phantombild von ihm zeichnen? Ich mein, ich weiß zwar nicht, wie der Typ aus der Bahn gestern heißt, aber ich habe sein Gesicht noch vor Augen. Vielleicht könnte ich Plakate aushängen?« Ich war berauscht von der Idee, die mir gerade zwischen Kaffee, Frau Krohs Katze und Kuchen gekommen war. Ines stockte.

»Äh, Charly. Er ist doch kein Verbrecher.«

»Nein, natürlich ist er kein Verbrecher. Du meinst, für so eine wie mich, die sich auf einer Zugfahrt in einen Unbekannten verknallt, würden die keine Ausnahme machen?« Die Sache erschien mir plötzlich selbst unrealistisch.

»Ich frag mal. Vielleicht hat er noch Kontakt zu seinen alten Kollegen«, beruhigte Ines mich. »Ansonsten versuch ich es selbst.« Stimmte ja! Ines' Karikaturen waren unschlagbar. »Aber überleg's dir lieber noch einmal. Wäre nicht so günstig, wenn ausgerechnet die Freundin auf das Plakat stößt, oder?«

Allmählich nervte mich die Frau. Nicht Ines. Die andere. Die unbekannte Bekannte meines Unbekannten.

»Können wir uns vielleicht heute Abend noch treffen?«, bettelte ich. »Ich komme auch zu dir nach Hause.«

»Ist okay. Aber Matti ist auch da. Ich muss ihm was kochen und hab nicht so richtig viel Zeit, aber komm gern vorbei.«

»Ich bring dir was von Mamas Gulasch und Kuchen mit, okay?«

»Bist du bei deinen Eltern? Mit Kai? Habt ihr euch versöhnt?«

Ich lachte kurz und trocken auf. »Versöhnt? Ich glaube, er hat überhaupt nicht mitbekommen, dass wir uns gestritten haben!«

»Und von Dingens? Hat er was bemerkt?«

»Nein, er hat gar nichts bemerkt. Er hat mir was zu essen gemacht und gut.«

Ines lachte, und ich stellte mir vor, wie sie den Kopf schüttelte.

»Der ist doch echt super. Schön unkompliziert. Kannst du mir vielleicht lieber von Kais Essen etwas mitbringen als von deiner Mutter?«

Ich lag auf meinem alten Mädchenbett und streckte die Beine an der Wand nach oben.

»Mal gucken. Übrigens, mir fällt noch was ein«, sagte ich aufgeregt.

»Hier kommt grad eine Kundin rein«, meinte Ines und wollte mich schon abwürgen.

»Warte, kannst gleich auflegen. Weil wir die ganze Zeit vom Essen reden. Er war auf einem Computerseminar in Berlin. Das hat er mir im Zug erzählt, und dass es da den ganzen Tag kaum was zu essen gab und die Klimaanlage kaputt war. Aber das hilft uns wahrscheinlich auch nicht weiter.«

»Ich hätte auch gerne eine Klimaanlage«, antwortete Ines. Sie war abgelenkt wegen der Kundin, daher legte ich lieber auf. Wir würden am Abend die neuen Anhaltspunkte auf der Liste eintragen.

Als ich aus dem Zimmer trat, stieß ich beinahe mit meinem Vater zusammen. Er machte eine fahrige Bewegung durch sein lichtes Haar.

»Ich, äh, wollte mal, also …«, stotterte er und zeigte in Richtung Toilette. Ich hätte sonst was drauf verwettet, dass er mein Telefonat eben belauscht hatte, obwohl ein anständiger Finanzbeamter so etwas ja niemals täte.

»Du wolltest …«, beendete ich seinen Satz, »nur mal eben auf den Petersen, oder?«

Unsere äußeren Schicksale interessieren die Menschen, die inneren nur den Freund.
HEINRICH VON KLEIST

Pizza hatte gegen Gulasch gewonnen.

»Ah, das ist mir auch viel lieber«, begrüßte Ines mich, als ich sie am Abend mit zwei Pizzakartons besuchte.

Sie wohnte in einer kleinen, sehr gemütlichen Zweieinhalb-Zimmer-Wohnung. In der Küche war sie gerade dabei, blaue Kornblumen in Reagenzgläsern zu wässern, die sie wiederum in einer Sandlandschaft mit Muscheln platzierte. Wie gesagt: Schöner Wohnen – nur auf viel, viel weniger Quadratmetern als im Katalog.

»Kai hätte mich für verrückt erklärt, wenn ich meine Mutter gebeten hätte, mir die Reste Gulasch in die Tupperdose zu packen.«

»Und Kai wollte auch nichts rausrücken?«

Ich zuckte mit den Schultern. »Ich glaube, er war ein bisschen muksch, weil ich heute Abend nicht zu Hause geblieben bin. Also Pizza.«

»Mit Salami?« Matti kam in die Küche gestürmt und zielte mit seiner Nerf auf mich.

Ehe ich mich's versah, hatte ich drei grüne Plastikgeschosse an Bein, Bauch und Arm abbekommen. Knapp unter der Stelle, an der *er* mich am Bahnhof berührt hatte. Die Nerf-Stelle tat weh. Die andere sollte möglichst nie aufhören zu pochen.

»Du sollst nicht aus so dichter Entfernung auf echte Menschen schießen, hab ich dir schon hundertmal gesagt«, schimpfte Ines mit ihrem Sohn.

Lachend griff ich mir an die getroffene Stelle am Arm.

»Ich freue mich zumindest, dass ich hier als echter Mensch bezeichnet werde.«

»Hä? Was denn sonst?«, fragte Matti und griff gierig nach einem Stück Pizza.

»Ach, meine Chefin, meine Mutter und auch mein Freund zweifeln, glaube ich, manchmal daran, ob ich's wirklich bin«, erklärte ich amüsiert.

»Komm schon, Charly. Nun rede doch nicht so einen Blödsinn.«

»Schon gut«, winkte ich ab und biss in mein Pizzastück. »Aber nehmen wir mal Kai. Der streichelt lieber seine Pfannen als mich«, sagte ich und fand die Idee, dass Kai den Rest seines Lebens sein Bett mit Töpfen, Kesseln und Kochlöffeln teilte, durchaus originell.

Ines lächelte, und Matti warf mir einen undefinierbaren Blick zu. Anstatt zu fragen, was los war, schnappte er sich sein zweites Stück Pizza.

»Manchmal nennt er mich sogar Schalotte«, warf ich in den Raum.

Ines brach in schallendes Gelächter aus, und Matti sah erschrocken von seiner Pizza auf.

»Aber so heißt du doch!« Er verstand die Welt nicht mehr und die Freundinnen seiner Mutter noch viel weniger.

»Ich heiße *Charlotte* und nicht *Schalotte*«, rief ich und war gespannt, ob der kleine Junge den Wortwitz verstehen würde. Vielleicht hätte er mit seinen Geschossen doch noch höher zielen und mich schachmatt setzen sollen.

»Das ist doch genau das Gleiche?!«, stellte er fest. Man musste es ihm hoch anrechnen, dass er das Gespräch nicht abbrach und sich mit der Pizza vor den Fernseher verkrümelte.

»Eine Schalotte schreibt sich mit Sch und ohne R, sie schreibt sich nur mit Ch«, erklärte Ines ruhig. »Schalotte ist eine Art Zwiebel.«

»Ach so, eine Zwiebel«, meinte Matti. »Hauptsache, ihr fangt nicht an zu heulen deswegen!«

Kopfschüttelnd trabte er mitsamt dem Pappkarton aus der Küche.

»Setz dich mal«, befahl Ines und stellte mir eine gekühlte Bierflasche vor die Nase.

Ich stützte meinen Kopf auf meine rechte Hand. »Hab ich ihn verwirrt?«

»Nicht mehr als sonst. Aber du könntest mir einen Gefallen tun. Nächste Woche Mittwoch ist in Mattis Klasse Elternabend, um 18:30. Ich hab da was Wichtiges vor. Könntest du da vielleicht hingehen? Es geht um die Klassenreise und Zeugnisse. Ist mir wirklich peinlich, dich zu bitten.«

»Ne, wieso denn? Na, klar geh ich da hin. Meinen letzten Patienten habe ich am Nachmittag. Kein Problem.«

Ines strahlte mich an, während ich den Termin in meinem Handykalender notierte.

»Danke schön. Und jetzt wieder zu dir. Ich glaube einfach, dass wir ganz schnell diesen Mann finden sollten, damit du weißt, woran du bist, und dein inneres Gleichgewicht wiederfindest.«

»*Wieder*finde. Du machst wirklich gute Witze.« Wir lachten beide.

Ines setzte sich auf die Bank mir gegenüber. Mein Blick

wanderte zu den hübschen bunten Sitzkissen. Irgendwas Dänisches mit Blumen. Ziemlich pink. *La vie en Rose*, dachte ich plötzlich. Ich setzte mich aufrecht hin.

»Mir ist klar, dass ich ein bisschen merkwürdig bin gerade und dass ich wahrscheinlich maßlos übertreibe und mich in etwas hineinsteigere. Kann ich eigentlich gar nicht gebrauchen, und das ist auch Kai gegenüber nicht fair. Eigentlich hat er gar nichts falsch gemacht. Bis auf die Sache mit dem Haus natürlich.« Mir wurde ganz flau.

Ines hörte mir aufmerksam zu, ohne mich zu unterbrechen.

»Trotzdem möchte ich gerne diesen Unbekannten aus dem Zug finden. Auch wenn wir in einer Sackgasse landen. Oder ich mich komplett zum Idioten mache. Was ziemlich wahrscheinlich ist … Ich möchte die letzte Abfahrt einfach nicht ungenutzt vorbeiziehen lassen. Verstehst du? Das würde ich mir sonst vermutlich nie verzeihen. Womöglich auch, weil ich bisher immer den geraden, gemütlichen Weg gegangen bin. Jetzt möchte ich mal in unwegsames Gebiet abbiegen, ohne zu wissen, was an der nächsten Ecke wartet.« Jetzt war mir richtig schlecht.

Was redete ich da eigentlich? Warum stellte ich plötzlich alles infrage? War ich die letzten Jahre mit Kai so unglücklich gewesen? Ich sah inzwischen nur noch seine schlechten Eigenschaften. Das Bild, das ich von ihm hatte, wurde ihm nicht gerecht. Nicht mehr.

So war es, wenn man zu dicht an jemandem dran war. Mit denen, die einem am nächsten waren, war man immer am strengsten. Ich müsste mich ein wenig von ihm entfernen, um zu wissen, ob ich ihm noch nahe sein wollte.

Ines und ich schwiegen eine Minute und nippten nachdenklich an unseren Getränken. Sie verstand mich, und dann glättete sie anstelle meiner Sorgenfalte einfach unseren Zettel, den sie aus einer Schublade hervorgeholt hatte. Niemand hatte mehr Feingefühl als sie, denn was ich jetzt brauchte, war kein Mitleid, sondern Taten.

»Ich habe es ja vorhin nur halb mitbekommen, aber was hast du gesagt? Er war auf einem Computerseminar? Das ist doch ein richtig guter Hinweis. Das heißt, dass er beruflich irgendwas mit IT zu tun hat.«

Ines hatte eine zuversichtliche Stimme aufgesetzt, wofür ich ihr sehr dankbar war. Gedanklich wanderte ich wieder zurück ins Zugabteil, während Ines rekapitulierte, was wir bis jetzt hatten.

»Da kommt ja doch viel mehr zusammen, als wir zuerst dachten«, meinte sie abschließend, als sie die Liste mit dem Hinweis »irgendwas mit IT« ergänzt hatte.

Sie wirkte konzentriert. Wahrscheinlich wollte sie keine weiteren emotionalen Ausbrüche und Unterbrechungen mehr. Oder einfach nur ins Bett. Apropos.

»Matti, mach dich mal bettfertig!«, rief sie in Richtung Wohnzimmer.

»Jaha! Gleiiiiich«, rief er zurück, und ich vermutete, dass das Spielchen sich noch ein wenig ziehen konnte.

»Und sein Handy hatte keinen Empfang, meintest du?«, fragte Ines mich und sah kurz vom Zettel hoch.

»Ja, einmal hat er sich mit Hallo gemeldet. Dann aufgelegt und das nächste Mal, o Gott, sogar leise mit seinem Namen, aber das konnte ich nicht verstehen.« Wie konnte mir entfallen sein, dass er seinen Namen gesagt hatte?

»Ehrlich? Versuch dich zu erinnern!«, forderte Ines mich enthusiastisch auf.

»Keine Chance. Er war schon halb aus dem Abteil raus und nuschelte. Ich weiß nur, dass er sauer war, dass die

Leitung immer wieder abbrach. Mein Handy hingegen hatte Empfang. Sonst hätte ich ja nicht mit Kai telefonieren können.«

»Welchen Anbieter hast du?«, fragte Ines in bester Verhörmanier.

»MYFON. Da hat man immer Empfang.«

»Ich hab inzwischen gewechselt, weil ich auch nie ein Netz hatte, war aber lange bei TALKTALK, den Verbrechern. Nicht mal hier in meiner eigenen Wohnung konnte ich telefonieren.« Sie stieß einen undefinierbaren Laut aus und warf ohne weitere Erklärungen ihren Laptop an.

Kurze Zeit später klickte sie sich durch diverse Handy-Foren.

»Siehst du, die meckern alle über TALKTALK. Mal geht's gut, mal nicht.«

Kurz entschlossen griff sie zu ihrem Telefon und wählte die TALKTALK-Hotline.

»1!«, sagte Ines nach kurzem Warten. Und dann: »2«.

Ich nahm einen Schluck Bier und lehnte mich genüsslich zurück. Es war schön, endlich mal die Zügel aus der Hand zu geben, wenn man jemand war, der sonst immer alles selbst regelte, für sich und am liebsten auch für die anderen gleich mit. Aber meine Freundin war nicht umsonst die beste. Sie hatte Feuer gefangen.

»Ja, ich warte!«, sagte Ines in den Hörer.

Kurz darauf sprach sie mit einem echten Menschen.

»Hallo. Ich war gestern auf der Strecke von Berlin nach Hamburg im Zug unterwegs und hatte ganz schlechten Empfang. War das bei allen TALKTALK-Handys so?«

Die Frau am anderen Ende der Leitung antwortete etwas, woraufhin Ines die Augen verdrehte.

»Ja, stimmt, ich rufe jetzt nicht von meinem TALK-

TALK-Handy an, sondern von dem einer Freundin. Weil ich hier nämlich auch nicht telefonieren kann, in meiner eigenen Wohnung«, fügte sie noch an.

Wieder sprach die andere.

»Nein, ich habe meine Geheim-Pin-Nummer jetzt nicht zur Hand. Können Sie mir nicht einfach sagen, ob das mit Berlin-Hamburg …«

Offenbar hatte die Hotline-Lady sie unterbrochen.

»Ach, tatsächlich?« Ines' Gesicht hellte sich auf. »Kommt immer mal vor, und gestern besonders wegen des Wetters. Danke, das wollte ich wissen.« Sie beendete das Gespräch.

»Na gut. Zumindest wissen wir jetzt, dass er möglicherweise TALKTALK-Kunde ist«, fasste sie optimistisch zusammen. Optimismus konnten wir jetzt auch gebrauchen. Denn »möglicherweise« nützte uns möglicherweise gar nichts.

Ich stand auf und ging um den Tisch herum.

»Du bist großartig«, sagte ich lächelnd. »Du würdest eine verdammt gute Ermittlerin abgeben. Vielleicht solltest du dich doch mit deinem Nachbarn zusammentun.«

Ines winkte lachend ab.

»Quatsch! Aber wollen wir vielleicht mal wegen des Phantombilds nachfragen?« Die Idee, die meine Freundin vorhin noch komplett indiskutabel fand, erschien ihr jetzt in der Abenddämmerung nach einer Flasche Bier durchaus als eine Alternative. »Wir können es ja mal versuchen. Mehr als uns für verrückt erklären kann er ja nicht.«

Sie stand auf und wollte schon in Richtung Wohnungstür marschieren, als mir noch etwas einfiel.

»Ines. Haben wir eigentlich schon über seinen Wagen gesprochen?«

»Worüber?« Sie blieb stehen und drückte Matti wie nebenher in Richtung Badezimmer, als er in voller Montur, ganz und gar nicht bettfertig, an uns vorbeilief.

»Das Auto, in das er am Bahnhof gestiegen ist.«

»Was war es denn für eines?«, fragte sie.

»Ein schwarzes«, gab ich kleinlaut zurück. Automarken hatte ich mir noch nie merken können.

Ines stöhnte auf. Sie musste mich als hoffnungslosen Fall betrachten. Keine Rose konnte ich von einer Palme unterscheiden und keinen Fiat Panda von einem Lamborghini. Ich beschloss, in Zukunft aufmerksamer durchs Leben zu gehen. Schließlich konnte man nie wissen, wofür man gewisse Details noch brauchte!

Zum Glück hatte ich noch ein Ass im Ärmel.

»Torsten Hennig«, spuckte ich plötzlich einen Namen aus.

»Heißt er so? Hast du doch seinen Namen verstanden?« Ines war geradezu atemlos, und ich fragte mich, ob ihr diese Fahndung womöglich noch mehr Spaß bereitete als mir.

»Nein, nein, das ist mein alter Lehrer aus der Schule.«

»Charly, nimm's mir nicht übel, aber du bist gar nicht konzentriert bei der Sache. Ich meine, ich kann mir auch Besseres vorstellen, als am Samstagabend einem Phantom hinterherzujagen. Wir könnten DVDs gucken oder Musik hören oder tanzen gehen. Also bitte, sollen wir das jetzt durchziehen, oder nicht?«

Ich nickte entschlossen. »Ja, doch. TH, das war ein Teil seines Autokennzeichens. Das habe ich mir wegen meines Lehrers gemerkt. HH-TH.«

Ines blickte mich anerkennend an. »Na, siehst du. Von wegen keine Infos. Das sind doch handfeste Indizien.«

Ich feixte, weil Ines zur Ermittlersprache übergegangen war. Das machte zu viel Tatort-Gucken aus einem Menschen.

»Wie ging das Kennzeichen weiter?«

Ich zuckte mit den Achseln. »Weiß ich nicht mehr. Ich war so auf TH fixiert.«

Ines notierte »HH-TH« auf unserem Zettel, der sich erfreulicherweise immer weiter füllte.

»Glaubst du, er hat seine Namensinitialen gewählt? Oder *ihre?*«

»Wer weiß«, meinte ich. »Sag mal, dein Polizeinachbar Andreas …«

»Oh, Charly. Der macht sich strafbar.«

»Aber jetzt doch nicht mehr. Du sagst doch immer, er ist Ex-Polizist.«

»Ja, aber ich weiß nicht, ob das geht.«

Es war einen Versuch wert, beschloss ich. Andreas zu fragen, ob er von seinen ehemaligen Kollegen eine Phantomzeichnung veranlassen und von einem halben Autokennzeichen den Besitzer ausfindig machen konnte. Er würde uns auslachen!

Kurze Zeit darauf lag Matti wirklich im Bett, nach zweimal Ausbüchsen, einer Gute-Nacht-Geschichte und dem Versprechen, dass ich bald wieder Pizza mitbringen würde. Wir sagten ihm, dass wir kurz zum Nachbarn gehen würden, dem Polizisten. Ines wollte ihren Sohn in dem Glauben lassen, dass er es noch war, weil der Junge sich dann sicherer fühlte.

Matti nickte wichtig. »Nehmt lieber meine Nerf mit!«

Wir klingelten bei Andreas, der uns in Joggingsachen die Tür öffnete, ins Wohnzimmer verfrachtete, sich geduldig unser Anliegen anhörte – und uns auslachte.

Den Deutschen muss man verstehen, um ihn zu lieben;
den Franzosen muss man lieben, um ihn zu verstehen.
KURT TUCHOLSKY

Der Mann vor mir war ein Fremdgänger. Eigentlich hätte er das mit mir gar nicht nötig gehabt, weil eine andere Frau zu ihm gehörte. Eine, die ihr Handwerk noch viel besser verstand als ich. Vermutlich kam er immer wieder zu mir, weil wir uns schon so lange kannten. Dass er nackt vor mir lag, machte er absichtlich.

»Nun zieh dich wieder an, Jo!« Lachend verdrehte ich die Augen. »Du weißt doch, dass du für die Behandlung Shorts und Shirt anbehalten kannst.«

»Ich hab so viel trainiert. Oberarme und so. Irgendjemandem muss ich doch das Ergebnis präsentieren.«

Wir befanden uns in dem kleinen abgegrenzten Behandlungsraum in der Physio-Praxis, und ich schmunzelte über meinen Patienten. Jo kannte ich seit Jahren. Ich hatte ihn auf einer Party kennengelernt zu einer Zeit, als er noch kein Profi-Handballer war und Tor um Tor warf. Momentan tat er das allerdings weniger, weil er eine Adduktorenzerrung hatte. Sehr schmerzhaft in einer sehr empfindlichen Gegend.

Natürlich hatte seine Mannschaft eine eigene Physiotherapeutin, die nicht nur erstklassige Arbeit leistete, sondern auch noch richtig nett war. Aber Jo kam trotzdem immer wieder zu mir. Mit mir konnte man besser über Frauenthemen reden, hatte er mir einmal schmeichelnd gestanden. Anders ausgedrückt: Ich war der bessere Gefühls-Müllschlucker. Das stand zwar nicht in meinem Arbeitsvertrag, war aber selbstredend inklusive. Und um ehrlich zu sein, stieg ich jedes Mal wieder nur zu gerne darauf ein.

»So, so. Deine Muckis also. Wieso zeigst du die nicht deiner Freundin?«

»Jahaaa«, wand sich Jo aus dem Klammergriff meiner Frage. »Das ist momentan nicht so einfach. Sie ist krass drauf und ständig beleidigt.« Er zog sich sein T-Shirt und die Boxershorts über und setzte sich auf die Behandlungsliege.

»Was meinst du mit krass?« Jo war einige Jahre jünger als ich. Das sah man am Sixpack und hörte man an seinen Ausdrücken.

»Irgendwie ist sie ständig traurig, als hätte ich was falsch gemacht, und beachtet mich nicht. Erst dachte ich, sie hat einen anderen, das hat sie aber abgestritten.«

»Wie lange seid ihr denn schon zusammen?« Ich versuchte mich zu erinnern, wann Bénédicte das erste Mal aufgelaufen war. Sie war Französin und studierte in Hamburg. In einem Hörsaal hatten sich die beiden kennengelernt. Oder in der Mensa. Oder beim Schwänzen im Café.

Jo war hin und weg gewesen von ihrer grazilen Figur, den langen schwarzen Haaren und dem Brigitte-Bardot-Schmollmund. Jetzt allerdings schmollte sie offenbar zu sehr. Ihre inneren Werte, hatte Jo sich damals beeilt zu sagen, waren natürlich auch *très* unglaublisch.

»Seit einem Jahr sind wir zusammen. Ich weiß wirklich nicht, was sie hat. Ich bin oft unterwegs mit der Mannschaft, aber das wusste sie doch. Neulich hat sie sich einfach so aus dem Nichts wie wild aufgeregt und geschrien und gezetert.«

Jo legte sich flach auf die Liege, während ich begann, ihn zu tapen.

»Nett, dass du dich schon rasiert hast!«, lobte ich ihn. Es konnte sehr verkrampft zugehen, wenn die Physiotherapeutin bei Patienten Körperbehaarung entfernen musste, um die Tapes besser platzieren und vor allem später schmerzfrei entfernen zu können. Dagegen war Fiebermessen Babykram.

»Ja, nix zu danken!« Jo amüsierte sich wie immer köstlich darüber, dass ich rot anlief. Das passierte mir sonst nie. Man sollte seine Patienten einfach nicht zu gut kennen, dann ging vieles einfacher von der Hand.

Während ich gleichmäßig das Tape anlegte, erkundigte ich mich weiter nach Bénédicte.

»Hast du ihr denn irgendwas versprochen, das du nicht eingehalten hast? Hochzeit, zehn Kinder oder eine Reise nach Mauritius?« Kurz dachte ich an Kais und meinen vermeintlichen Trip nach Italien.

»Nein, nein, natürlich nicht. Wir wohnen ja noch nicht mal zusammen!«, gab er entsetzt zurück.

»Ach so!«, sagte ich und sonst nichts. Grinsend fuhr ich mit meiner Behandlung fort. Jo fixierte mich ungeduldig.

»Wieso guckst du so?« Ich schüttelte nur den Kopf. »Charlotte, was ist?« Er setzte sich abrupt hin und wartete auf eine Erklärung.

Ich mochte ihn sehr. Er war jung und lustig und erfolgreich, aber vielleicht sollte er die weibliche Psyche mal genauso studieren wie die nächsten Spielzüge.

»Oh, *petit* Jo!«, sagte ich und verzog meine Lippen zu einem Schmollmund.

»Isch glaube, isch weiß, was sie aben könnte!«

Bevor er nachfragen konnte, hörten wir ein Rumoren in der Nachbarkabine. Meine Kollegin Maren hatte den nächsten Patienten. Diese Behandlungsräume waren nur durch eine Art Paravent abgetrennt, sodass man jedes Wort verstehen konnte.

»Na, was ist denn passiert?«, fragte Maren gerade.

»Er hat sich den Fuß verknackst. Einfach so!« Die Stimme gehörte einer Frau. »Torben sagt, das ist beim Sport passiert. Aber er hat sich noch nie was beim Sport getan.« Die Frau klang sehr aufgeregt.

»Sport kannst du vorerst jedenfalls nicht machen.« Man vernahm ein Grummeln, und Jo konnte sich nur unschwer ein Grinsen verkneifen. Er wusste, was es bedeutete, nicht laufen, springen, werfen, hüpfen zu dürfen. Und er verdiente noch sein Geld damit.

»Ist er nächste Woche nicht wieder fit?«, fragte die Frau. Ihre Tonlage hatte sich um eine Oktave nach oben verlagert.

»Nee, auf keinen Fall!«, meinte Maren bestimmt.

»Dann war's das mit dem Abtanzball im CCH!«, sagte die Frau traurig.

»Hatte eh keinen Bock drauf!« Zum ersten Mal sprach Torben. In einem sehr bocklosen Tonfall.

»Ach, Torben. Sag doch nicht so was. Du siehst so toll aus in dem Anzug.«

Jo beugte sich zu mir vor und flüsterte: »Torben findet bestimmt, er sieht in Joggingsachen besser aus.« Ich nickte lächelnd, konnte mich aber nur halb auf Jos Gefeixe konzentrieren, weil in meinem Kopf eine kleine Glocke läutete. Die in Wahrheit vermutlich am Halsband einer gewissen Puschelkatze hing.

»Was ist denn jetzt los?«, rief mir Jo noch hinterher, als ich bereits gegen alle Anweisungen den Paravent zur Seite riss und ungefähr eine Handbreit vor dem erstaunten Torben und seiner Mutter stehen blieb.

»Ist deine Abtanzpartnerin noch frei?«, fragte ich ohne Einleitung. Torben sah mich entsetzt an, als wäre ich von ›*Let's Dance*‹ und wollte ihn zum Cha-Cha-Cha auffordern. Maren rollte mit den Augen.

Torbens Mutter wunderte sich nicht weiter über mein Erscheinen. »Natürlich! Wo soll sie so schnell auch einen neuen Partner herkriegen?«

»Benny würde vielleicht mit ihr hingehen«, erklärte Torben.

»Ach, Benny!« Torbens Mutter stieß den Namen aus, als wäre er eine ansteckende Krankheit. »Der schafft es ja nicht mal, alleine durchs Leben zu kommen. Wie soll er dann ein Mädchen auf der Tanzfläche führen?«

»Ständig disst du meinen Kumpel.«

»Zu Recht!«, empörte sich die Mutter.

»Mama, chill mal deinen Lifestyle!«, hielt Torben dagegen.

Von der Behandlungsliege nebenan hörte ich ein kurzes Auflachen. Jo amüsierte sich prächtig. »Chill mal deinen Lifestyle, das ist echt cool! Hab ich noch nie gehört«, sagte er anerkennend.

Torben blickte an mir vorbei und bekam schon wieder tellergroße Augen.

»Sag mal, bist du nicht der Handballer? Jo Lindmann?«

»Ja, genau.«

»Krass! Kannst du mir ein Autogramm aufs Tape geben?«

Jo nickte und stand auf. »Klar.«

»Krass!«

Während Jo seine Unterschrift auf den Tapeverband setzte, sah ich, wie er Torben zuzwinkerte und etwas sagte wie: »Beim Sport verletzt, schon klar …« Sie lachten beide wissend. Ich verstand nicht so recht, aber Hauptsache, die beiden Jungs verstanden sich. Dann kam ich zum eigentlichen Thema zurück.

»Was ist jetzt mit deiner Partnerin? Was wird sie machen?«

»Heulen!« Torben sah nicht so aus, als würde ihn das sonderlich mitnehmen.

»Ich habe vielleicht eine Lösung«, sagte ich vage. »Wie heißt sie denn?«

Maren merkte, dass das hier noch dauerte, und führte in der allgemeinen Aufregung in aller Seelenruhe ihre Behandlung fort, so gut es eben ging. »Pass bloß auf, dass die Chefin das hier nicht mitkriegt!«, flüsterte sie mir noch zu. Ich winkte ab.

»Pia!«, gab Torben bereitwillig Auskunft.

»Pia und Fabian, das klingt doch vielversprechend. Hast du vielleicht ein Foto von ihr?«

Torben zückte sein neonblaues iPhone 5c und wischte durch sein Fotoalbum. »Hier, das ist sie!«

Ein hübsches blondes Mädchen mit leuchtenden Augen strahlte vom Display.

»Ist sie deine Freundin?«

»Nö!«, meinte Torben. Er antwortete zwar nicht besonders ausschweifend, aber immerhin präzise.

»Soll ich ihr einen Tanzpartner besorgen?«

»Klar. Cool. Hast du ein Foto von dem?«

Die Nachfrage gefiel mir. Torben würde seine Tanzpartnerin, egal wie prekär die Lage auch war, nicht an irgendeinen dahergelaufenen Ersatz verscherbeln. Kurz überlegte ich, wie ich an ein Foto von Fabian gelangen konnte. Obwohl es strikt verboten war, wählte ich mit meinem Handy eine Nummer, die ich auswendig kannte. Glücklicherweise hob *er* und nicht *sie* ab. Ich erklärte meinem Vater den Ernst der Lage, den er schnell erfasste. Er schlug mir vor, doch erst mal das Foto von Pia zu schicken – über WhatsApp. Ach so, na klar!

Ich musste mich schon über meinen Vater wundern. Da tat er so, als hätte er mit dem »ganzen modernen Zeug« nichts am Hut, und in Wirklichkeit überholte er mich von rechts.

»Wenn die beiden jetzt nicht mindestens den goldenen Dance-Star holen, gibt's Ärger!«, sagte Torbens Mutter abschließend lachend. Alle Telefonnummern und Bilder waren ausgetauscht und der Abtanzball allem Anschein nach in trockenen Tüchern. Sie schien ehrlich erleichtert. Ich freute mich einfach nur für die beiden Teenager.

Die Stimme unserer Chefin ertönte im Flur, und Maren und ich machten uns eifrig wieder an die Arbeit.

»Was will sie denn nun?«, fragte Jo unvermittelt und völlig aus dem Zusammenhang. Er war bereits auf dem Sprung. Ihn hatte ich zwischen Torben, Pia und meinem Vater völlig vergessen. Er sprach von Bénédicte.

»Mit dir zusammenziehen natürlich!«, antwortete ich.

»Nein!«, gab er zurück. »Sie hat hier ja noch nicht mal einen richtigen Job. Wer weiß, ob sie nicht nach Frankreich zurückgeht. Außerdem habe ich sie mal gefragt, ob sie so eine ist, die gleich heiraten will und so. Da hat sie Nein gesagt!«

Ich seufzte. Und lächelte. Ein bisschen mitleidig. Wie man jemanden anlächelte, der absolut gar nichts verstand.

»Das hat sie vielleicht gesagt, Jo. Aber doch nicht gemeint!«

»Meinst du?«

»Ja, ich meine auch, was ich sage. Also zumindest jetzt grade.« Wir lachten beide.

»Okay. Gut zu wissen. Sie meint also immer das Gegenteil von dem, was sie sagt?«

»Na ja, nicht immer. Also, wenn sie im Restaurant eine Gemüsequiche möchte, solltest du ihr tunlichst keine Schweinshaxe bestellen.«

»Verstehe. Cool, Charly. Mal gucken. An Zusammenziehen hab ich noch gar nicht gedacht. So fest ist das ja auch nicht. Danke jedenfalls, du solltest umschulen. Menschen zusammenbringen oder so.«

»Das wär was«, sinnierte ich.

Erst die Sache mit dem Abtanzball, und dann hatte ich Jo den Weg gewiesen. Ich lachte höhnisch. Lösungen für die Probleme anderer Menschen finden, darin war ich gut.

Vielleicht sollte ich mich mal darauf konzentrieren, den Menschen zu finden, den ich schon so lange suchte.

Der Körper ist der Übersetzer der Seele ins Sichtbare.
CHRISTIAN MORGENSTERN

Frau Baumann stand unter Strom.

»Die Jacke können Sie gleich anbehalten. Lassen Sie uns los, Liebchen. Ich will unbedingt raus.«

Ich freute mich über den Enthusiasmus der alten Dame, die sich einfach nicht damit abfinden konnte, momentan nicht so gut zu Fuß zu sein. Sie hatte mir eigenständig die Tür geöffnet, sich mit ihrem Rollator Schritt für Schritt vorangearbeitet. Manchmal bekamen wir die Schlüssel unserer Patienten, um uns Zutritt zur Wohnung zu verschaffen. Bei bettlägerigen Menschen oder solchen, die nicht allein gehen konnten. Für Frau Baumann wäre die Abgabe ihres Schlüssels gleichbedeutend mit der Abgabe ihrer Würde gewesen.

»Wollen wir an die Alster?«, fragte sie, als sie sich langsam zum Fahrstuhl vorgearbeitet hatte.

»Wir können ja erst einmal in den kleinen Park gegenüber gehen, in Ordnung?« Ich schätzte, dass wir den Weg zur Alster nicht vor nächster Woche zurückgelegt hätten. »Die Alster nehmen wir uns ein anderes Mal vor.«

Luise Baumann nickte und klammerte sich an ihrem Rollator fest.

Unsicher fixierte sie die Straße, als wir aus der Tür traten, und sah sich zwischendurch ein paarmal nach den anderen Passanten um: Sie guckte, ob die guckten. Diese waren aber alle viel zu beschäftigt, um mitzubekommen, dass eine ältere Dame sich verschämt mit ihrem Rollator abmühte.

»Wie bei den ersten Gehversuchen«, versuchte sie zu scherzen und blieb kurz stehen.

Im Schneckentempo kamen wir voran. Es war eine gute Entscheidung gewesen, in den Park zu gehen. Zwischen uns und unserem Ziel lagen eine Straße und eine Ampel, die mir fast wie unüberwindbare Hürden vorkamen.

Ich stellte immer wieder fest, wie ich mit mir kämpfen musste, die Langsamkeit hinzunehmen. Normalerweise erledigte ich drei bis vier Dinge parallel, telefonierte, setzte Wasser auf, kämmte mir die Haare, faltete trockene Wäsche, legte eine DVD ein und riss eine Packung Chips auf, um mir dafür einen tadelnden Blick von Kai einzufangen.

Insgeheim fand ich es immer grandios, dass ich so viel auf einmal machen konnte, obwohl ich nicht zu der Sorte Menschen gehörte, die felsenfest davon überzeugt waren, dass Männer dieses Multitasking nicht beherrschten. Gelegentlich glaubte ich sogar, die Welt war sicherer, wenn Männer am Steuer saßen, wenn es darum ging, im Feierabendverkehr die Freisprechanlage zu aktivieren, einen lahmen Fahrer auf der Nebenspur zu bepöbeln, gleichzeitig rückwärts einzuparken und dabei den Kaffeebecher zu balancieren. Nicht, dass ich nicht Auto fahren konnte und eine Duckmäuserin war, aber ich hatte es nicht so mit den Feministinnen, die meinten, Frauen gehörten immer und überall an die Front.

Heute jedenfalls bot sich mir die Gelegenheit, mich in Ruhe auf eine Sache zu konzentrieren. So genau wie bei dem Spaziergang mit Frau Baumann hatte ich noch nie die Auslage eines Gemüseladens studiert. Ich zählte sechs verschiedene Apfelsorten und fand, dass die Wassermelone noch nicht rot und reif genug aussah. Das also war Chicorée, dachte ich plötzlich, als mir eine rübenförmige Gemüsepflanze ins Auge sprang. Erst neulich hatte Kai mir von einem Chicorée-Rezept erzählt, und ich hatte krampfhaft überlegt, wie das Zeug noch mal aussah. Hoffnungslos. Ähnlich wie bei Blumensorten.

»Worüber denken Sie nach, Liebes?« Luise Baumann riss mich aus meinen Gemüse-Überlegungen.

»Über Chicorée. Und über Männer!«

»Können beide bitter aufstoßen«, kommentierte Frau Baumann lakonisch. Sie hatte durchaus Humor, fand ich. Daher verzieh ich ihr auch, dass sie mich häufig Liebchen nannte. Hätte das meine Mutter getan, wäre ich die Wände hochgegangen, was ungerecht war, musste ich gerechterweise eingestehen. Aber wann ist man in Mutter-Tochter-Beziehungen schon objektiv und gerecht?

»Mein Freund kocht gerne mit so was. Chicorée, Mangold, Salbei. Hat er alles drauf.« Ich hatte beschlossen, meine Taktik zu ändern und freundlicher über Kai zu reden.

»Und, mögen Sie ihn?«, fragte Frau Baumann, während wir im Zeitlupentempo die Straße überquerten und ich einige genervt schauende Autofahrer entschuldigend anlächelte. Luise Baumann bekam das glücklicherweise nicht mit.

»Den Chicorée? Ob ich den mag?«

»Nein. Ihren Freund.« Die Frau war direkt und zertrümmerte meine Taktik mit einem Satz.

»Na ja, schon. Ich weiß nicht so recht, habe mich gerade sehr mit ihm gestritten«, gab ich zu.

Wie viel einfacher es manchmal war, sich Fremden anzuvertrauen. Meiner Mutter hätte ich das nie erzählt, viel zu sehr hätte ich befürchtet, sie würde gleich Alarm schlagen und ihre von ihr geplanten Enkelkinder im Nirwana verschwinden sehen.

Inzwischen hatten wir den Park erreicht und uns zum Verschnaufen auf eine Bank gesetzt.

»Er wollte einfach so ein Haus für uns kaufen, ohne mich zu fragen.«

»Und Sie haben Panik bekommen, eingeschlossen zu werden?«

»Genau!«, antwortete ich. Panik, das war es. Vor dem Leben, das mich hinter der Schwarzwaldhaustür erwarten würde. Trotz Schlüssel für immer weggeschlossen. Das mochte melodramatisch klingen, aber ich fragte mich, wie es in den nächsten Jahrzehnten weitergehen sollte, wenn ich jetzt schon Sorge hatte, die Eintönigkeit zwischen Herd und Haus könnte mich erdrücken.

»Sie haben ja noch viel Zeit. Denken Sie drüber nach, und lassen Sie sich bloß nicht zu was zwingen, das Sie gar nicht wollen!«

Luise Baumann blickte nachdenklich auf die große Eiche vor uns, und auch ich starrte den Baum an. Wie viele Blätter der wohl hatte? Ich hatte mal irgendwo gelesen, dass ein alter Baum an die 500 000 Blätter haben konnte. Eine halbe Million. Auch wenn ich hier so zeitverloren saß, ermahnte ich mich dazu, nicht anzufangen zu zählen. Stattdessen drehte ich mich zu meiner Patientin, mit der ich schon wieder viel länger als von der Krankenkasse verordnet unterwegs war. Müsste das Mittagessen eben ausfallen.

»Haben Sie schon mal etwas gemacht, das Sie eigentlich

gar nicht wollten?« Ich wagte mich auf unsicheres Terrain und wusste nicht, ob Frau Baumann fand, ich überschreite meine Kompetenzen. Offenbar nicht.

»Ja. Ich habe Ihnen ja erzählt, dass ich so lange schon keinen Kontakt mehr zu meiner Schwester habe. Vor vielen Jahren hat sie sich mit meiner Mutter zerstritten und ist abgehauen. Und ich habe mich einfach auf die Seite meiner Mutter gestellt, weil ich dachte, das gehört sich so. Inzwischen denke ich, dass ich auch mal ein wenig länger hätte überlegen können, was da eigentlich passierte. Denn im Grunde genommen hatte meine Schwester nicht unrecht. Meine Mutter war sehr dominant und schwierig! Du kannst deinen Kindern deine Liebe geben, nicht aber deine Gedanken, sie haben ihre eigenen. Das ist ein kluger Spruch, kennen Sie den?«

Ich verneinte.

»Nur ich hatte leider nicht meine eigenen Gedanken. Oder habe mich nicht getraut, sie zu haben.«

»Und Ihre Schwester hat einfach so den Kontakt zu Ihrer Mutter abgebrochen? Bis heute?« Das Thema interessierte mich. Wenn eine andere Frau es bereits vor langer Zeit geschafft hatte, ihrer Mutter den Rücken zuzuwenden, bekam ich es vielleicht ja mal im 21. Jahrhundert hin, meiner Mutter klarzumachen, dass ich keine zehn mehr war und wir unser Verhältnis überdenken sollten.

»Ihre Mutter lebt nicht ...« Ich unterbrach mich selbst. Die Frau hätte an die hundert sein müssen.

»Nein. Und als sie vor zwanzig Jahren gestorben ist, war meine Schwester nicht auf der Beerdigung. Sie ist informiert worden, aber wir haben nicht gesprochen. Ich weiß nicht mal, wo sie jetzt wohnt.«

Es war schwer auszumachen, wie sehr Frau Baumann dieser Teil ihrer eigenen Geschichte zusetzte.

»Was sagt denn Ihr Mann dazu?«

»Er hat immer gesagt, ich soll sie mal anrufen. Einfach so. Aber damals war ich irgendwie noch zu stolz. Jetzt ist das anders. Die Zeit wird ja auch knapp!«

»Unsinn! Sie haben noch viel Zeit«, betonte ich fröhlich.

»Ich werde nächsten Monat fünfundsiebzig, Liebchen. Vergessen Sie das nicht. Vielleicht kann ich dann noch eine schöne Feier machen. Wenn ich bis dahin wieder anständig laufen kann!«

»Das kriegen wir hin«, versprach ich und meinte damit die Beine, aber insgeheim auch die andere Baustelle.

Man könnt erzogene Kinder gebären,
wenn die Eltern erzogen wären.
JOHANN WOLFGANG VON GOETHE

Auf dem Bau schuftete er seit Jahren. Mein letzter Patient war Mitte fünfzig, hatte unzählige Betonsäcke, Steine, Stangen und Bierkisten geschleppt und es daher im Rücken. Erschwerend hinzu kam eine schlechte Haltung. »Von wegen. Ich habe eine ganz klare Haltung, Frau Wagner! Schaum und Silikon ersetzen die Präzision.« So kalauerte Hugo Schulze sich durch unsere Termine, begleitet von seinem ihm eigenen Lachen. Das kam von ganz tief innen und röhrte wie ein Elch. Ich lachte jedes Mal über ihn, so einen fröhlichen Patienten hatte man selten. Allerdings fragte ich mich, ob er das alles tatsächlich ernst meinte oder ob er nicht doch ein gecasteter Schauspieler war.

»Tschüssikowski!«, rief er beim Gehen.

Ich winkte ihm zu, zog mir meine Jacke über und wollte mich gerade aufs Fahrrad schwingen, als mein Handy klingelte. Umständlich pfriemelte ich es aus meiner Tasche.

»Hallo, Schatz, ich bin es.« Mit Kai würde ich nicht lange reden können, ich war schon spät dran zum Elternabend in Mattis Klasse. Außerdem stieß mir das Wort »Schatz« übel auf. Ich wollte von ihm nicht Schatz genannt werden. Weil es meiner Meinung nach ein uninspirierter 08/15-Ausdruck war und weil ich nicht wusste, ob ich überhaupt noch sein Schatz sein wollte. Vielleicht wollte ich einen Typen, der sich einen einfallsreicheren Namen für mich ausdachte. So was wie Spatz vielleicht …

»Ich kann grad ganz schlecht, ich muss zur Schule!«, rief ich ins Telefon.

»Nachsitzen?«, fragte Kai.

»Ja, ich hab wieder mal zu viel gequatscht. Deswegen kann ich auch jetzt nicht mehr viel quatschen.«

»Wir müssen aber allmählich eine Entscheidung treffen, Charly.«

Vorsichtig kletterte ich auf mein Rad und hielt den Lenker mit der linken Hand, in der anderen balancierte ich das Handy. Was mussten wir so dringend besprechen? Das Abendessen vielleicht.

»Ist egal, ich besorg mir nachher auf dem Rückweg was zu essen.«

»Das meine ich doch gar nicht. Der Makler hat Druck gemacht. Es gibt viele andere Interessenten, wir müssen uns bald entscheiden.«

Das stimmte. Kai hatte recht. Ich würde mich tatsächlich demnächst entscheiden müssen. Ob ich weiterhin nichts hörend, nichts sehend, nichts sagend im lauwarmen Wasser dümpeln wollte. Oder ob ich meinen Freund – notfalls auch lautstark – fragte, was daran so schwer zu verstehen war, dass ich NEIN gesagt hatte. Zum Eigenheim, zur Vorstadt. Zu ihm?

»Kai, ich dachte, ich hätte mich klar ausgedrückt!« Typisch, dass so eine Diskussion stattfand, während ich auf dem Fahrrad saß. »Ich muss jetzt wirklich zu dem Elternabend. Und vergiss das mit dem Haus.«

»Okay. Ich wollte nur noch mal nachfragen. Manchmal ist es ja so, wenn man eine Nacht drüber schläft …«

»Vergiss es! Bis später!«

Übertrieb ich mit meinem Zorn? Hatte er nicht sogar recht, dass man sagte, nach einer Nacht sah man die Welt manchmal mit ganz anderen Augen? Irgendetwas störte mich an dieser Formulierung, ich wusste nur noch nicht genau, was. Jedenfalls klingelte eine Alarmglocke in meinem Kopf. Die musste ich jetzt aber kurz abschalten, schließlich hatte ich was vor.

Der Elternabend ging in zehn Minuten los. Ich würde dort ein Stündchen gemütlich sitzen, mir ein paar Notizen machen, hinterher im Supermarkt ein, zwei Sachen einkaufen, nach Hause radeln, mir eine Salamistulle schmieren und mich dann pünktlich zur ›Tagesschau‹ auf den Sessel fallen lassen.

Während wir über Nutella sprachen, schloss der Supermarkt seine Tore. Die ›Tagesschau‹ konnte ich mir auch abschminken. Ines hätte mich ruhig vorwarnen können, dass man für einen Elternabend Nerven wie Stahlseile brauchte. Und dass die Eltern meines Erachtens die eigentlichen Minderjährigen waren. Wir hatten bereits die Themen Bleistiftdicke für zarte Kinderhände, die Einführung von AG-Angeboten am Nachmittag und die Bitte um Vorschläge sowie die Förderung von Hochbegabten abgehakt. Ich war erstaunt, wie viele Hochbegabte es in dieser Klasse gab. »Der Ruben-Benedikt ist total unterfordert«, erzählte ein stolzer Vater im karierten Hemd. »Der kann schon bis eine Million zählen. Ich wollte mal wegen dem Mathewettbewerb nachfragen.« Hättest mal lieber seinerzeit in der Schule wegen dem Dativ nachgefragt, dachte ich gehässig. Langsam verlor ich die Geduld.

Hochbegabte Kinder von tiefbegabten Eltern. Als ich das erste Mal dachte, dieser Abend sei endlich zu Ende, meldete sich eine Mutter zu Wort: »Wie ist das eigentlich mit dem Kontakt auf der Klassenreise?«

Die Reise ging für drei Tage an die Elbe. Sprich: Die Kinder stiegen in die S-Bahn, fuhren ein paar Stationen bis zur Jugendherberge, Luftlinie ein paar Kilometer von den Eltern entfernt.

»Handys sind verboten, Anrufe in der Herberge auch«, erklärte die Lehrerin emotionslos. Einige Mütter begannen aufgeregt zu tuscheln.

»Könnten wir die Kinder mal besuchen?«, wagte eine tatsächlich zu fragen.

»Ja, können Sie! Dann können Sie Ihr Kind aber auch gleich wieder mit nach Hause nehmen.«

Die Frau schnaufte.

»Wäre es vielleicht möglich, dass die Kinder ausnahmsweise abends zum Schlafengehen die Handys anmachen?«, fragte ein Vater. »Dann könnten wir kurz anrufen und das Kind beruhigen. Die Lena-Marie braucht das dringend.«

Sicherlich waren das Drittklässler, und ich hatte keine Ahnung, aber ich konnte mich nicht des Eindrucks erwehren, dass die Handys abends an sein sollten, damit die Kinder die Eltern beruhigten.

Der Uhrzeiger hatte meinem Einkaufs-Fernseh-Plan zwar einen dicken Strich durch die Rechnung gemacht. Dafür bekam ich hier eine Art Live-Reportage zu einem quotenstarken Thema. Fehlte eigentlich nur noch die Salamistulle.

Endlich beendete die Lehrerin die Runde. Sie sehnte sich mindestens genauso sehr nach ihrem Sofa wie ich, las ich in ihren Augen. Zwei Mütter hatten offenbar etwas dagegen. Wie beim olympischen 100-Meter-Finale sprinteten sie zum Pult und traktierten die arme Lehrerin mit Fragen nach Leistungsstand und Kontrolle der Wechselwäsche.

Vor der Tür hatten sich einige Mütter zusammengerottet, sie rauchten teils und ließen Dampf ab.

»Die Elbfähre fährt direkt an dem Landschulheim vorbei. Wenn wir die nehmen, könnten wir vielleicht mit etwas Glück die Kinder sehen!«

Ich eilte an der Gruppe vorbei und sagte kurz Tschüs. Mit diesen Plänen aus Absurdistan wollte ich nichts zu tun haben. Leider war ich nicht schnell genug, sodass ich noch hörte, wie die kleine Blonde mit der kratzigen Stimme sagte, man könne die Mütter ja auf die verschiedenen Fähren aufteilen, dann sei die Möglichkeit höher, die Kinder zu erwischen.

Ich warf einen Blick auf mein Handy und sah, dass Ines mehrfach versucht hatte, mich anzurufen.

»Haben sie dich aufgefressen?«, las ich in der WhatsApp.

»Fast. So verbissen wie die sind«, schrieb ich zurück. »Ich erzähl dir morgen alles. Muss mich jetzt noch mit Kai streiten.«

»Wie war es denn?«, wollte Ines doch noch wissen.

»Wie im Kindergarten! PS: Du solltest mit Matti unbedingt mal einen IQ-Test machen und bist für die Fähre um 17 Uhr eingeteilt.«

Wir werden vom Schicksal hart oder weich geklopft,
es kommt auf das Material an.
MARIE VON EBNER-ESCHENBACH

Besonders schlau wirkten solche Nachrichten nicht. Ines' Meldung lautete: »Andrs wrtet.«

Die Vorstellung, dass Ines diese Nachricht geschrieben hatte, während sie einen Bund Rosen mit ein paar Margeriten und Farnkraut zusammenband, amüsierte mich. Vermutlich hatte sie mit den Zähnen getippt. Wobei das Fehlen einiger Buchstaben noch harmlos war. Bei manchen Kurznachrichtendiensten gab es die verrücktesten Sprachprogramme, die einen eigentlich *supporten* sollten, aber eine Art Eigenleben zu führen schienen.

Eine Freundin wollte mal schreiben: »Der Herr ist unterwegs.« Abgeschickt hatte sie folgende Nachricht, die sie ungeprüft losgejagt hatte: »Der Hure ist unterwegs.« Dabei ärgerte sie der falsche Artikel noch am meisten.

»Andrs wrtet« konnte nichts anderes bedeuten, als dass ein gewisser Ex-Polizist offenbar etwas für mich hatte. Womöglich gab es schon einen Namen zum halben Autokennzeichen. Das ließ die Dezibelzahl meines Herzschlags spontan ansteigen. Wollte ich die lodernde Liste, oder wollte ich Frieden an der Heimatfront?

Kurze Zeit später stand ich bei Andrs vor der Wohnungstür.

In meinem tiefsten Inneren war der Wunsch gegoren,

einmal etwas total Verrücktes zu machen. Etwas Unvernünftiges. Etwas, das über Schwarzfahren hinausging. Einmal hatte ich mit Freunden nachts ein Straßenschild abmontieren wollen, war aber bereits am »Aufstieg« gescheitert. Was also konnte aus mir braver Person eine verwegene, draufgängerische Frau machen? Meine große Chance wartete hier und heute. Es wäre ja auch für die gute Sache. Für meine gute Sache. Jede Frau wünschte sich doch insgeheim, einen Mann zu retten. Den Mann, den sie liebte, und der ohne sie aufgeschmissen war. Ohne mich müsste der große Unbekannte sein ganzes Leben mit der Frau vom Bahnhof durchs Leben kutschieren. Wenn ich jetzt kniff, würde ich niemals dahinterkommen, wer der Mann im Zug war, der mich zum Leben erweckt hatte. Ihn würde ich retten. Und mich erst recht. Meine wilde Stunde war gekommen. Daher nickte ich Andreas kurz zu, nachdem er mich in seine Küche gebeten und gefragt hatte, ob ich immer noch Interesse an der Liste hätte.

»Ja, habe ich. Ich möchte aber nicht, dass du Ärger bekommst.«

Er lachte kurz und hart auf und beförderte dann einen Packen Zettel aus seiner Umhängetasche.

»Das sind sie!«

»Was?«, fragte ich verständnislos und versuchte einen Blick auf die Liste zu erhaschen.

»Die Namen.«

»Das?!«, schrie ich.

»Nicht so laut«, sagte Andreas. »Das müssen ja nicht gleich alle Nachbarn mitbekommen.«

»Entschuldige, tut mir leid. Wieso so viele Namen?«

Sicher war ich nicht so naiv zu glauben, dass Andreas mir den Namen des Gesuchten auf dem Silbertablett servierte. Wer sich nur HH-TH merkte, musste sich nicht wundern, wenn etwas Recherchearbeit vonnöten war. Aber so eine endlos lange Liste?

Andreas war vor meinen Augen die einzelnen Seiten durchgegangen.

»Was denkst du denn? Wäre das Kennzeichen HH-HH gewesen, wären es noch mehr geworden. Da können schon mal ein paar Tausend Namen zusammenkommen. Wenn du dir wenigstens die Automarke gemerkt hättest. Aber du hattest ja nur Augen für anderes.«

»Ja, ja, ist ja gut.« Na klar war ich Andreas dankbar, aber wie ein dummes Ding, das nicht mal einen Audi von einem Golf unterscheiden konnte, musste er mich auch nicht behandeln.

Ich wechselte das Thema.

»War es sehr schwierig für dich, da ranzukommen?« Zerknirscht betrachtete ich ihn.

»Du machst dir ja keinen Begriff.« Diesen Satz ließ er einfach in der Luft hängen. Und wenn ich mir Andreas jetzt so ansah: Er sah hundemüde aus. Wer weiß, was für Anstrengungen er auf sich genommen hatte, um das Unmögliche für mich möglich zu machen. Vor meinem inneren Auge sah ich ihn per Fallschirm aus einem Hubschrauber springen, um einem Mafia-Boss, den er vorher flugs skalpierte, die Liste aus der Hand zu reißen.

Ich schielte auf meine Uhr und stellte fest, dass ich mehr als schlecht in der Zeit lag, Mafia-Boss hin oder her. Hoffentlich würde ich diese Übergabezeremonie etwas antreiben können.

»Da wartet viel Arbeit auf mich, wenn ich die alle abtelefonieren will«, sagte ich in leichtem Tonfall und griff nach der Liste, auf der irgendwo der entscheidende

Name stehen musste. »Es ist wirklich supernett, dass du mir hilfst. Das vergess ich dir nie.« Andreas fixierte mich durchdringlich.

»Dafür musste ich schon ein paar Ex-Kollegen im Laden schmieren.« Bisher hatte ich gedacht, Andreas sei ein hilfsbereiter, harmloser Nachbar. Ich hatte mich offenbar getäuscht.

»Oh!«, brachte ich nur hervor. Er hatte sich das was kosten lassen und erwartete nun eine Gegenleistung. »Wie viel schulde ich dir?« Aus Zeitmangel brachte ich es gleich auf den Punkt.

»Zweihundert!«, gab Andreas zurück, ohne mit der Wimper zu zucken.

»Zwa, zwa …«, stotterte ich und tastete nervös meine Tasche nach meinem Portemonnaie ab. »So viel habe ich überhaupt nicht dabei. Ich wusste nicht, dass …«

»Wie viel hast du denn dabei?«, fragte Andreas.

»Äh, vielleicht sechzig oder so.« Mit zittrigen Fingern wühlte ich im Kleingeldfach herum.

»Zweiundsechzig Euro vierzig«, gab ich korrekt den Stand meiner Finanzen an. Ich hätte mich nicht getraut, auch nur einen Cent zu unterschlagen.

Ich musste erschrocken ausgesehen haben, denn Andreas begann zu lachen.

»Charly, Entschuldigung, ich wollte nur einen kleinen Spaß machen. Steck dein Geld wieder ein. Alles in Ordnung. Mann, du bist ja wirklich nicht davon abzuhalten, oder?«

Stumm schüttelte ich den Kopf und verstaute die Scheine wieder in meinem Portemonnaie. »Witzbold!«, sagte ich, war aber nicht sonderlich sauer. Durch die angebliche Schmiergeldzahlung war mir klar geworden, dass ich für diese Liste sogar noch viel mehr gegeben hätte. Das machte mir irgendwie Sorgen. Mein Bankberater hätte die Hände über dem Kopf zusammengeschlagen bei den unsicheren Anlagen, in die ich investierte.

Bevor ich ging, versprach Andreas, mir auch weiterhin zu helfen. »Vor allem, wenn es zu einer Festnahme kommt, wäre ich gerne dabei«, sagte er zwinkernd.

Die Liste brannte in meiner Tasche wie Feuer. Ich hatte sie am nächsten Morgen eingepackt und war aufs Rad gesprungen. Auf der Fahrt zur Praxis drehte ich mich mehrfach um, um zu kontrollieren, ob ich verfolgt wurde. Nicht, dass mir am Ende jemand die Liste entriss!

»Puh, das sind Tausende Namen«, flüsterte ich Maren kurz darauf zu.

Unsere Chefin Antje hatte telefonisch angekündigt, später zu kommen, und wir waren noch allein. Ich hielt die eng betippte Liste kurz in Marens Richtung und erzählte ihr alles über meinen Unbekannten.

»Willst du die alle abtelefonieren oder sie persönlich besuchen?«

»Keine Ahnung.«

»Du kannst ja erst einmal die Frauen rausstreichen. Die kommen ja wohl nicht infrage.«

Gute Idee!

»Es wird doch nicht der in Hamm sein«, merkte Maren trocken an. »Stell dir mal vor, da stellst du so eine Riesensuche auf die Beine, um hinterher nach Hamm zu ziehen und da zu veröden.«

»So ein Blödsinn!« Maren überschätzte sich manchmal gewaltig und träumte sich in Schlösser, die es gar nicht gab. »Welche Adresse wäre denn der gnädigen Dame recht?« Ich foppte sie, und sie spielte mit. Denn für Maren war es genau das: ein lustiges Spielchen.

»Warte mal.« Mit dem Zeigefinger fuhr sie die Adressen auf der HH-TH-Liste entlang. »Hier: Eppendorfer Weg, das wär doch gut. Oder noch besser, der hier: Timo Henke, Am Weiher in Eimsbüttel. Das fänd ich klasse! Obwohl Timo viel zu jung klingt«, merkte sie an.

»Der hier wohnt auch in Eimsbüttel, Generalsviertel. Torsten Hallweg. Den ruf ich an.«

»Die haben tatsächlich fast alle ihre Initialen genommen, oder?«

Ich nickte und wählte schon, nachdem ich mich davon überzeugt hatte, dass niemand im Raum mithören konnte. Die Sprechstundenhilfe hatte eine Rauch-oder Pinkelpause eingelegt.

Mein Herz pumpte so laut, dass ich befürchtete, es könnte aus seiner Verankerung springen. Meinem Herzen war schneller klar geworden als meinem Verstand, dass dieser Torsten Hallweg wirklich mein Unbekannter sein konnte.

»Ich bin etwas nervös«, gestand ich Maren.

»Kein Wunder.«

Nach viermaligem Tuten ging jemand ran. Der Anrufbeantworter.

»Hallo, hier ist Torsten Hallweg, ich bin grad nicht da …«, ertönte eine fistelige Stimme.

»Nee, das ist er nicht. Niemals. Hoffe ich jedenfalls.«

»Dann kannst du das Generalsviertel ja streichen.«

Der erste fette Strich machte sich auf der Liste breit. Fehlten nur noch gefühlte eine Million weitere.

»Ich versuch noch einen.« Beim Blick auf die übrig gebliebenen Namen und meine unbändige Neugierde drückte ich aufs Tempo.

»Warum schaltest du nicht eine Suchmeldung via Facebook?«, schlug Maren vor.

»Damit mein Freund, mit dem ich bei Facebook befreundet bin, sofort sieht, dass ich einen Neuen suche? Das geht nicht.«

»Du könntest Kai entfreunden.«

»Das merkt der sofort.«

Du könntest Kai entfreunden. Die Bemerkung spukte mir noch länger im Kopf herum.

Ein Björn Hesel war der Nächste auf der Liste. Einer, der sich sein Autokennzeichen nicht komplett nach seinen Initialen ausgesucht hatte. Ob er zu geizig gewesen war, das Extrageld für einen Namens-Volltreffer auszugeben?

»Ja, hallo?« Noch im selben Atemzug stellte ich fest, dass ich überhaupt keinen Plan hatte. Ich wusste gar nicht, was ich fragen wollte, wie ich die Suche angehen sollte. Ich konnte ja schlecht drauflosplappern: »Hallo, sind Sie schon einmal Zug von Berlin nach Hamburg gefahren? Wenn ja, dann suche ich Sie!« Er würde doch sofort auflegen.

»Hallo, Herr Hesel?«

»Ja. Wer ist denn da?«

»Ich wollte mal fragen, ob Sie in letzter Zeit mit dem Zug von Berlin nach Hamburg gefahren sind. Weil, wenn ja, dann …« Ich stockte. Er würde jetzt auflegen.

»Ja, bin ich. Wird das so eine unsägliche Umfrage?«

»Nein, nein. Nicht direkt«, wehrte ich ab und hoffte inständig, dass er in der Leitung blieb. Er hatte gesagt, dass er die Strecke gefahren war. Und seine Stimme klang nett, schoss es mir durch den Kopf. Das könnte er gewesen sein! »Keine Sorge, keine Umfrage.«

»Dafür haben Sie meinen Namen auch viel zu perfekt ausgesprochen. All diese Hotline-Mitarbeiter kauderwelschen sich da immer einen zusammen. Meist kommt dann Hessel oder Hese raus statt Hesel.«

»Oder Esel?«, platzte es vorlaut aus mir heraus, was mich ärgerte.

»Das am allerhäufigsten«, merkte der Hesel lachend an. »Kann man Ihren Namen auch verschandeln?«

»Na ja, ich heiße Wagner. Bei mir macht man höchstens Witze wegen ›Einmal Wagner, immer Wagner‹.«

»Ja, da waren ganz große Werbeprofis am Werk.«

Maren starrte mich neugierig an und machte wilde Zeichen. Vermutlich dachte sie, ich hätte ihn. Ich winkte kurz ab und bat sie mit meinen Augen, sich noch zu gedulden.

»Die meisten Umfragemenschen, die einen anrufen«, fuhr Björn Hesel fort, »haben doch so eine Riesenliste vor sich liegen. Die müssen zehn Anrufe pro Sekunde schaffen, da nimmt man es mit den Namen nicht so genau.« Ich stellte mir vor, wie er am anderen Ende der Leitung grinste.

»Um ehrlich zu sein, sitze ich auch vor einer langen Liste. Es geht aber wirklich nicht um so eine Marktforschungsgeschichte.«

»Okay. Worum dann?«

Was sollte ich jetzt sagen? Dass ich für die Bahn arbeitete und Unregelmäßigkeiten bei seinem Zahlungsverkehr aufgetreten waren? Ich bekam Angst, dass ich durch eine weitere Lügenstory in einen unumkehrbaren Strudel gesogen werden könnte. Also sagte ich ihm die Wahrheit.

»Sind Sie neulich mit mir Bahn gefahren? Von Berlin

nach Hamburg? Im selben Abteil?Alleine? Wir haben über Sesambrezeln gesprochen. Und sie auch gegessen?!«

Björn Hesel überlegte kurz. Ich spürte die Spannung, die in der Leitung lag. Mit vier kleinen Buchstaben raubte er mir jedoch jegliche Hoffnung.

»Nein«, sagte er fröhlich. »Das bin ich nicht. Ich glaube, das wüsste ich.«

»Ach so!« Ob ich sehr deprimiert klang?

»An Sie hätte ich mich gewiss erinnert. Und wie kommen Sie auf mich?«

»Ach, das ist etwas kompliziert.« Ich erzählte in Kurzform, dass ich vergessen hatte, nach dem Namen zu fragen, mir das halbe Autokennzeichen gemerkt und beinahe eine Unsumme hingeblättert hatte, um an die Daten der Autobesitzer zu kommen.

»So, so. Unerlaubte Beschaffung von persönlichen Daten. Das klingt ja so, als hätte es Sie richtig erwischt.«

»Weiß nicht so genau«, gab ich vage zurück. Ich wollte nicht mit einem Wildfremden, der überhaupt nicht derjenige welcher war, über meine Gefühle für einen Wildfremden diskutieren. Außerdem war ich ohnehin schon recht weit gegangen in Sachen Wahrheit. Zum Glück hielt er mich offenbar weder für verrückt noch kriminell.

»Sie sind es also nicht?«, hakte ich noch einmal nach.

»Nein, immer noch nicht.« Björn Hesel lachte wieder. Die ganze Sache schien ihn zu amüsieren.

»Na, dann. Danke für die Hilfe.«

»Viel Glück bei der Suche. Und er hat auch nicht nach Ihrem Namen gefragt?«

»Nö. War irgendwie keine Zeit.«

Hoffentlich würde er mir jetzt nicht erklären, dass ich den Typen abschreiben könne, wenn er doch nicht die

Initiative ergriffen habe. Bevor er mich wieder auslachen konnte, beendete ich das Gespräch.

»Wenn du mit jedem auf der Liste so lange telefonierst, sitzen wir zu Weihnachten noch hier«, merkte Maren richtig an, nachdem ich ihr durch ein Kopfschütteln klargemacht hatte, dass er es nicht war.

»Ja, du hast recht. Das muss zackiger gehen.«

Den Rest des Arbeitstages dachte ich nicht eine einzige Sekunde an Rheuma-Salben oder Mobilitäts-Massagen, sondern lediglich an die heiß gehandelten Namen in meinen Fingern.

Nach Feierabend beschloss ich, noch ein wenig durch die Straßen zu laufen, um zu überlegen, wie es mit Kai und mir weitergehen sollte. Das war nur ein Vorwand, musste ich mir eingestehen, als ich nach wenigen Metern wieder an die vermaledeite Liste dachte. Ich riss sie aus der Tasche. In einem Anflug von Wut wollte ich die polizeidienstlich erstellten Seiten in den nächstbesten Mülleimer stopfen. Da hinten wartete einer mit der Aufschrift: *Bin für jeden Dreck zu haben.* Das hatte doch alles keinen Sinn. Ich hatte Wichtigeres zu tun. Mich um meine Patienten kümmern zum Beispiel. Oder um meine Beziehung.

Zögernd sah ich auf den Mülleimer und dann auf die Liste. Ich hatte sie noch gar nicht zu Ende studiert. Ich stand auf dem Gehsteig zwischen Pärchen, die an mir vorbeischlenderten, hörte Autos, die um die Ecke bogen. Und ich stand wie festgewurzelt und las Namen und Namen auf meinen wertvollen Zetteln. Ob wirklich einer dieser Namen zu meinem Unbekannten gehörte?

»Oh, der wohnt ja gleich hier um die Ecke«, sagte ich nach einigen Minuten zu mir selbst. Die Adresse war nicht weit von unserer Wohnung entfernt. Zwei Minuten später stand ich vor dem Haus und inspizierte die Klingelschilder. Da: Tim Henske. Und jetzt? Sollte ich bei Tim Henske klingeln? Ich würde mich doch lächerlich machen. Noch lächerlicher.

Meine Rechnungen hatten ergeben, dass seine Wohnung die im dritten Stock auf der rechten Seite sein musste. Dort, wo Licht brannte, wie ich mit verrenktem Kopf und Blick nach oben feststellte. In diesem Lichtschein saß Tim Henske wahrscheinlich gerade gemütlich auf seinem Sofa. Mit seiner Freundin. Nicht ahnend, dass eine Verrückte es auf ihn abgesehen hatte.

Trübe Gedanken durchflossen mein Hirn an diesem verkorksten Tag.

Als es zu nieseln begann, beschloss ich, dieses traurige Kapitel ein für alle Mal abzuschließen.

»Schön, dass man sich auf dich verlassen kann, Charly!« Kai saß in der Küche und schaute auf die Uhr. »Du sagst, du kommst heute ein Stündchen später – und da bist du. Nicht mal eine Dreiviertelstunde. Andere Frauen hätten sich bestimmt stundenlang mit ihrer Freundin verquatscht!« Er stand auf, küsste mich auf die Wange und umarmte mich. Meine kleine Oase der Geborgenheit – oder?

Du verlässt dich auf mich, und ich verlasse dich, dachte ich, äh: und ich verlasse mich auf dich. So sollte es heißen. Lieber Gott, gib mir die Entscheidungskraft, flehte ich. Ich musste das Thema einfach noch einmal ansprechen.

»Kai, ein für allemal. Können wir dieses Haus bitte abhaken?«, brachte ich es kurzerhand auf den Punkt.

»Ja, na klar«, lenkte er schnell ein. »Ich hatte ja nur gedacht, dass du es dir über Nacht vielleicht anders überlegst.«

Da war sie wieder, diese Formulierung, und diesmal wusste ich auch, was mich so hatte aufschrecken lassen. Fand ich es eben noch gar nicht so unangenehm, von Kai umarmt zu werden, war das jetzt schon wieder anders. Von wegen kleine Oase. Ich würde jemanden in die Wüste schicken.

Meine Mutter hatte einen Haufen Ärger mit mir. Aber ich glaube, sie hat es genossen.
MARK TWAIN

Sie war sich keiner Schuld bewusst.

»Mama? Hast du mit Kai noch mal über das Haus gesprochen?« Entgegen meiner bisher praktizierten Tochter-Taktik, so lange um den heißen Brei herumzureden, bis er kalt und auch die Stimmung wieder abgekühlt war, kam ich diesmal direkt zur Sache.

»Wie kommst du darauf?«, fragte sie ohne die Spur eines schlechten Gewissens.

»Kai hat gesagt, der Makler wartet auf die Unterschrift und dass er dachte, ich ändere vielleicht meine Meinung, wenn ich eine Nacht drüber schlafe.« Ob ihr entging, dass mein Ton gefährlich an Schärfe dazugewonnen hatte?

»Das ist eine gute Idee …«

»Wusste ich, dass du das sagst. Der Spruch kam mir gleich so bekannt vor: eine Nacht drüber schlafen. Der Tipp konnte nur von dir kommen. Was soll denn das?«

Mama stieß ein süffisantes Lachen durchs Telefon, wofür ich sie mit der Telefonschnur hätte erwürgen können, wenn die Telefone inzwischen nicht alle drahtlos gewesen wären.

»Das ist nie schlecht, alles noch mal in Ruhe sacken zu lassen …«

»Das meine ich überhaupt nicht!« Brüsk fuhr ich ihr

über den Mund. »Warum mischst du dich da ein? Das geht dich doch nichts an und nervt mich total!« Überrascht verstummte ich. Da musste ich erst meine Schullaufbahn und Ausbildung beenden, in den Beruf einsteigen und mit meinem Freund zusammenziehen, bevor ich meiner Mutter ins Gesicht sagen konnte, dass mich etwas nervte. Nun gut, nicht direkt ins Gesicht, durchs Telefon, aber immerhin.

Meine Mutter zog sich den Schuh nicht an und schwieg beleidigt. Ich wusste genau, wie sie jetzt guckte. Ein Blick, der mir stets vermittelte, ich hätte etwas Schlimmeres als einen Diebstahl, einen Mord oder einen Betrug begangen, nämlich meine eigene Mutter gekränkt. Trotzdem ging ich noch einen Schritt weiter, möglicherweise ermutigt durch Luise Baumanns Schwester. Wer weiß das schon in solchen Momenten.

»Mama, ich fände es schön, wenn wir mal eine Zeit lang keinen Kontakt hätten!« Der Satz war raus und ich geplättet. Hatte ich gerade mit meiner Mutter Schluss gemacht? War ich mutig oder wahnsinnig? Ich hatte keine Geschwister, kaum Tanten, und nun sagte ich auch noch meiner Mutter Lebewohl. Wie fühlte sich das an? Befreiend! Gespannt wartete ich darauf, wie sie reagierte.

»Du klingst schon genauso wie dein Vater, Charlotte«, sagte sie. »Der will dich übrigens auch mal sprechen. Frank, da ist Charlotte dran. Also, tschüs. Kommt ihr Sonntag zum Kaffee?«

Bevor ich »NEIN!« in den Hörer brüllen konnte, war mein Vater am Telefon. Ob er mitbekommen hatte, worum es ging? Er fragte, ob wir uns zum Mittagessen im Steakhouse treffen wollten. Der erste vernünftige Vorschlag an diesem Tag.

Papa kaute genüsslich auf seinem Steak herum. »Sie will jetzt Vegetarierin werden, und ich soll mitmachen«, erzählte er missmutig und verdrehte die Augen.

»Mama? Wieso das denn?«

»Sie findet, wir müssen unser Leben ändern, jetzt wo ich in Rente bin, könne man alles noch mal ganz neu machen. Neuer Sport, neues Essen, neue Freunde!«

»Auch neue Kinder?«, erkundigte ich mich interessiert. »Das würde mir prima in den Kram passen. Ich hab Mama nämlich vorhin gesagt, dass ich sie erst mal nicht mehr sehen will.«

Papa nickte und häufte einen Klacks Sour-Cream auf seine Ofenkartoffel.

»Hat sie gesagt. Sie glaubt, das meinst du alles nicht so.«

»Oh, doch!« Ich trank mein halbes Spezi in einem Zug leer. Vielleicht war dies der richtige Zeitpunkt, meinen Vater in die Sache mit meinem Unbekannten einzuweihen und ihn um Rat zu fragen. Oder auch der absolut falsche. Erst Mama in die Wüste schicken, dann Kai aufs Abstellgleis verfrachten. Das war ein bisschen viel. Mein Vater war ein verständiger Typ, Ärger und große Veränderungen konnte er aber gar nicht haben.

»Das mit dem Abtanzballmädchen hat übrigens geklappt«, erklärte er. Er wollte das Thema wechseln.

»Ach, ehrlich?« Stimmte ja. Daran hatte ich gar nicht mehr gedacht.

Papa holte sein Handy hervor, und ich staunte. Ein schickes Smartphone, auf dem er routiniert durch sein Foto-Album wischte.

»Hier ist der Tänzer, hier die Tänzerin. Sie war gestern bei Fabian zu Hause. Ein süßes Paar. Guck, das sind alle beide.«

Mein Vater hatte ein eigenes Album angelegt, das er mit etwas Glück als Foto-Lovestory würde verscherbeln können.

»Fehlen nur noch die Bilder vom Abtanzball!« Zufrieden kaute er weiter. »Das hat richtig Spaß gemacht, die zusammenzubringen. Was heutzutage alles möglich ist. Über WhatsApp Fotos verschicken. Und guck mal, da kann man sogar Sprachnachrichten versenden.« Er zeigte mir die Funktion, die ich schon kannte.

»Ach, ehrlich, das geht auch?«, fragte ich trotzdem, weil es mich so rührte, dass mein alter Vater sich so sehr für etwas begeistern konnte.

»Und zur Not hätte man die beiden auch über Skype verbinden können. Ich habe mir einen neuen Rechner gekauft und mich da reingefuchst. Aber erzähl das bloß nicht Mama.«

Das geröstete Brot schmeckte genauso hervorragend wie seit jeher. Wie immer hatte ich es schneller aufgegessen als mein Vater. Gewohnheit eben.

»Ich werde Mama gar nichts mehr sagen«, erinnerte ich ihn.

»Mh«, brummelte er nur. »Das war wirklich klasse mit den beiden. Wenn du wieder einmal einen Auftrag hast, sag mir gerne Bescheid. Die Leute suchen ja immer irgendwas. Einen Klempner, die alte Liebe oder einen dritten Mann zum Skat. Vielleicht kann ich noch mal helfen!«

Ich erkannte Papa gar nicht wieder. Als Finanzbeamter war er stets seriös aufgetreten und neigte nicht zu leidenschaftlichen Ausbrüchen. Aber im Grunde hatte er recht. Die Leute suchten doch alle etwas. Und sei es nur sich selbst.

Ich hing kurz meinen Gedanken nach und sagte dann,

ohne zu überlegen: »Einer meiner Patienten sucht eine größere Wohnung für sich und seine Freundin, also vielleicht. Und eine andere Patientin, Frau Baumann, von der habe ich ja neulich schon erzählt, die sucht ihre Schwester.«

Papa notierte sich ein paar Stichpunkte in einem kleinen schwarzen Heft.

»Was machst du da?«

»Man weiß ja nie, vielleicht fällt mir etwas ein.«

»Papa, du Suchmaschine«, sagte ich und boxte ihn leicht in die Schulter. Zugleich mopste ich ein Stück von seinem Brot. Er nahm sich im Gegenzug einen Happen Fleisch von meinem Teller.

»Ach übrigens. Hier, da kannst du mal reingucken.« Er hielt mir eine Zeitung hin.

Das ›Wochenblatt‹. Typisch, mein Vater. Jetzt hatte er so viel Zeit, dass er alte Werbebroschüren, Kataloge und Zeitungen sammelte und diese an seine Umgebung verteilte. Kommentarlos verstaute ich sie in meiner Tasche.

»Kommt ihr denn am Wochenende?«, fragte er vorsichtig, als wir uns kurz darauf vor dem Steakhouse verabschiedeten.

»Nein, Papa.« Es tat mir in der Seele weh, ihn so stehen zu lassen. »Was ich zu Mama gesagt habe, meinte ich auch so. Und mit Kai muss ich auch noch ein ernstes Wörtchen reden.«

»Ach ja«, sagte er nur, nahm mich in den Arm und winkte mir dann noch kurz zu.

Zu Hause angekommen, war ich mir immer noch nicht im Klaren darüber, wen oder was ich nun nach meiner Mutter entsorgen sollte. Als Erstes kam mir die Wochenzeitung in den Sinn, die ich achtlos ins Altpapier stopfte.

Heute haben es die Frauen nur noch beim Friseur eilig,
unter die Haube zu kommen.
JOACHIM FUCHSBERGER

Ich war ein wandelndes Klischee.

»Du willst eine neue Frisur?«, fragte mich Ines, während wir im »Café au lait« saßen. »Also willst du auch einen neuen Mann.«

Ich hatte schon davon gehört, dass man sagte, Frauen, die sich die Haare abschnitten, wollten auch einen radikalen Einschnitt im Leben. So recht daran glauben mochte ich aber nicht.

»Das eine hat doch nichts mit dem anderen zu tun«, gab ich zurück. Ines grinste nur und schüttelte ihr seidig blondes langes Haar. Meins war braun und fiel mir platt über die Schultern. Was hatte der Unbekannte aus dem Zug gemeint? »Sagen Sie nicht, das einzig Dünne an Ihnen sind Ihre Haare.« Das war wirklich verdammt komisch gewesen. Apropos.

»Vielleicht könnten wir das Nützliche mit dem Praktischen verbinden?«, schlug ich vor und erntete ein Augenrollen meiner Freundin.

»Jetzt sag nicht, du willst René suchen, diesen Friseur?«

»Er ist Haarkünstler, nicht einfach nur Friseur«, gab ich zurück, und eine Woge der Wehmut erfasste mich. Weil ich mich so zurück in dieses Zugabteil wünschte. Weil das Gespräch so gepasst, weil ich mich so wohlgefühlt hatte. Weil ich an keinem Ort der Welt lieber gewesen wäre als genau dort. Ihm gegenüber. Da konnte man ein noch so zufriedenes Leben führen, das reichte einfach nicht mehr, wenn man merkte, dass sich hinter Wolke sechs womöglich Wolke sieben versteckte.

Diese Sehnsucht in meinem Blick entging auch Ines nicht. Sie sprach etwas aus, wofür sie sich vermutlich schon im selben Moment am liebsten selbst geohrfeigt hätte.

»Na gut. Ich könnte auch mal wieder einen neuen Schnitt vertragen. Habe morgen Abend auch zufällig noch was vor.« Dabei fiel ihr offenbar ein, dass sie für ihre Freundschaftsdienste auch eine kleine Gegenleistung verlangen konnte. »Würdest du den Babysitter machen?«

»Klar«, erwiderte ich. »Schlimmer als der Elternabend kann's nicht werden.«

Ines klappte ihren Laptop auf, freute sich über den kostenlosen W-LAN-Zugang im Café und gab bei Google die Worte »Friseur« und »Hamburg« ein.

»Na, das ist doch ermutigend!«, sagte sie. »Rund 2 090 000 Ergebnisse.«

Ruckartig schnellte ich nach vorn, um auf dem Bildschirm das Ergebnis zu kontrollieren. Tatsächlich stand dort diese unglaubliche Zahl.

» Hamburg hat ja noch nicht mal so viele Einwohner.«

»Nein, natürlich nicht. Das sind doch nur die *Einträge*. Trotzdem denke ich, dass du mit den Autokennzeichen besser fährst.«

Resigniert verzog ich den Mund. »Willst du schon aufgeben?«, fragte ich.

»Nein, das habe ich nicht gesagt!« Ines fuhr sich mit der Hand durch die Haare. »Aber wenn wir die alle durchprobieren wollen, müssen wir ganz schön Haare lassen. Oder wir holen uns noch Testpersonen dazu.«

Ich winkte ab. Die Vorstellung einer kilometerlangen Schlange an Frauen mit schwarzen kurzen Haaren, schrägen Ponys, auftoupierten braunen Haaren oder Dauerwelle auf der Suche nach Strähnchen-König René war zwar lustig, aber reichlich abwegig.

»Können wir das Ganze nicht noch eingrenzen?«, suchte ich verzweifelt nach einer Möglichkeit. »Gib doch mal ›Friseur René Hamburg Winterhude‹ ein. Wir nehmen uns die netten Stadtteile vor.« Ich grinste, weil ich an Maren und mein ödes Leben in Hamm denken musste.

Kurz darauf hingen sowohl Ines als auch ich am Handy und spulten ein und dasselbe Verhörprogramm ab.

»Hallo, gibt es bei Ihnen einen Friseur, der René heißt?«

»René? Nee!«

»Danke, tschüs.«

Nach gefühlten tausend Anrufen brachte die Kellnerin im »Au lait« frischen Kaffee und Kuchen-Nachschub. Der Käsekuchen hier war ein Traum. Nicht zu weich, nicht zu hart, und er zerging auf der Zunge. Fast so gut wie Sesambrezeln.

»Machst du den eigentlich selber?«, fragte ich die Kellnerin Rita, die zugleich die Besitzerin war, und die ich duzte, weil ich sie im Grunde häufiger sah als meinen Freund.

Das gemütliche Café war der ideale Rückzugsort. Das provenzalische Ambiente und die französische Musik von ZAZ gaben jedem plumpen Hamburger Mädchen das Gefühl, mit großer Sonnenbrille durch Lavendelfelder zu stromern.

»Ja, klar. Jeden Morgen. Wie die Quiches auch!«

»*Fantastique!*«, sagte ich. »Hauptsache die Leute merken, dass es hier viel besser schmeckt als in den Filialen irgendwelcher Ketten.«

»Ja, schon«, antwortete Rita. »Nach und nach kommen sie. Wenn es so weitergeht, kann ich noch jemanden einstellen und auch am Wochenende aufmachen.« Sie lächelte und freute sich sichtlich.

Wie es wohl war, einen eigenen Laden zu führen? Mieten/kaufen, einrichten, Papierkram, Kunden, Finanzen. Das fragte ich mich ja schon bei Ines und ihrem Blumengeschäft immer. Konnte man damit über die Runden kommen?

Vor ein paar Jahren sah es bei Ines finanziell nicht so gut aus, sie machte sich sogar Sorgen, ihre Wohnung nicht mehr halten zu können. Inzwischen schien es aber besser zu laufen. Lange jedenfalls hatte sie nicht mehr geklagt, dass Ebbe auf ihrem Konto herrschte. Das beruhigte mich. Und auch für das Café wünschte ich mir, dass es richtig in die Gänge kam und nicht womöglich schließen musste. Nicht zuletzt aus rein egoistischen Gründen, dachte ich und schob mir einen weiteren Happs Käsekuchen in den Mund. Ich war nicht mit dem richtigen Ernst bei der Sache, musste ich mir genüsslich kauend eingestehen.

»Was sucht ihr denn?«, holte mich die beste Bäckerin zwischen Hamburg und Nizza aus meiner Gedankenwelt zurück und schaute Ines an.

»Das kann Charly besser erklären.« Ines grinste feist und wartete auf meine Erläuterung.

»Einen Friseur. Also einen mit einem etwas peinlichen Namen.« Ich hielt mich absichtlich vage, weil ich im Grunde ja wusste, wie absurd die ganze Situation war, in die ich nicht noch mehr Leute hineinziehen wollte. Oder anders: Ich wollte mich nicht einer noch größeren Lächerlichkeit preisgeben.

»Ach so«, sagte Rita schmunzelnd. »So wie ›Haarspalterei‹ oder ›Krehaartiv‹?«

Ines und ich schauten von unseren Handys hoch und lachten stöhnend auf. Wir schüttelten beide den Kopf. Sie war auf der komplett falschen Spur, erinnerte uns aber an eines der größten Ärgernisse der Neuzeit: witzige Friseurnamen. Ha, ha.

›Verdamp lang hair‹, dass ich mich darüber geärgert hatte, dachte ich. Manche Dinge musste man als Großstadtmensch einfach hinnehmen.

»Was dann?«, hakte Rita weiter nach.

»Wir suchen einen Friseur namens René. Ist aber schwer zu finden, der Kerl.«

Leider brachten uns letztlich weder Rita und ihr fantastischer Käsekuchen noch zusätzliche Blindanrufe bei Friseuren, die irgendetwas mit »René« zu tun hatten, weiter, also beschlossen Ines und ich mit Ladenschluss für heute Schluss zu machen. Somit hatten wir den Punkt »René« auf unserer Liste mit dem Vermerk »unbefriedigend« abgehakt. Sollte er doch bei anderen Strähnchen und Typberatung machen! Ich würde die richtige Typberatung schon noch für mich finden. Da würde ich eben Krehaartivität beweisen müssen. Meine leichteste Übung. Oder?

Was ist ein wahres Geheimnis?
Etwas, das für jeden offen da liegt.
Der eine erkennt es, der andere jedoch nicht.
LAOTSE

Ich fühlte mich wieder wie dreizehn. Mein Vater stand mit laufendem Motor vor der Tür, und ich stieg auf der Beifahrerseite ins Auto.

»Das ist wirklich nett von dir, Papa. Frau Baumann freut sich sehr.«

»Kein Problem, Mama hatte eh was anderes vor.« Papa würde natürlich niemals zugeben, dass ihm zu Hause die Decke auf den Kopf fiel. Und er zudem große Angst hatte, mich nicht mehr zu Gesicht zu bekommen, nachdem ich einen Mutter-Schlussstrich gezogen hatte. Zwischen-Schlussstrich.

»Gehört das denn zu deiner Arbeit?« Er setzte den Blinker seines Kombis nach links und warf mir einen kurzen Blick zu.

»Nein, nicht direkt«, wand ich mich. »Im Grunde ist es nur ein Gefallen. Meine Chefin Antje würde ausflippen, wenn sie davon wüsste.«

»Die hat bestimmt auch Haare auf den Zähnen, oder?« Was Papa gar nicht leiden konnte, waren knallharte Frauen, die keine Hilfsbereitschaft zeigten. Vor allem, wenn sie ihm nicht hilfsbereit den Teller vor die Nase stellten. Nun ja, meine Mutter hatte ihn zeitlebens nach

Strich und Faden verwöhnt und seine eigene Mutter vermutlich auch. Was hatte Senta Berger neulich in einem Interview über ihren Mann gesagt: »Er hatte sein Leben lang nur Frauen um sich, die ihn verwöhnten. Woher soll er da wissen, wo die Spülmaschine ist?«

Mein Vater hatte vielleicht zwei linke Hände, aber dafür das Herz am rechten Fleck. Wenn jemand seine Hilfe benötigte, war er zur Stelle. Vor allem, wenn dieser jemand seine einzige Tochter war.

»Wo ist es denn jetzt?«

»Hier! Wir können gleich hier parken.« Wir waren in eine kleine Straße eingebogen und fanden glücklicherweise einen Parkplatz nicht allzu weit von der Wohnung entfernt.

»Wenn sie runterkommt, fahre ich das Auto vor«, sagte mein Vater eifrig, und vor meinem geistigen Auge sah ich ihn in einer schicken Chauffeurs-Uniform. Als Rentner eröffneten sich einem ganz neue Möglichkeiten.

»Was hast du deiner Chefin denn gesagt, wo du bist?«

»Ich habe mich krankgemeldet«, nuschelte ich und hoffte, dass er das nicht richtig verstanden hatte.

»Du hast was?«

Großes Herz hin oder her, Blaumachen gehörte nicht zu den Dingen, die mein Vater für richtig befand. »Der Zweck heiligt die Mittel« galt bei ihm nicht. Ich glaube, er hatte in seiner gesamten beruflichen Karriere exakt drei Fehltage. An einem davon lag er bewegungsunfähig mit einundvierzig Grad Fieber im Bett, befahl meiner Mutter aber Telefonkontakt zum Büro zu halten, was diese eher vernachlässigend erfüllte. Am zweiten Fehltag war sein Vater gestorben, am dritten wurde ich geboren.

»Dörte, wenn's losgeht, dann bitte nach siebzehn Uhr«, hatte er scherzhaft seine Frau gebeten, diese hatte sich aber genauso wenig daran gehalten wie an die Aufforderung, der Nachbarin nicht zu erzählen, dass er vergessen hatte, beim Kaffeekochen Wasser in die Maschine zu füllen.

Das war in einer Woche gewesen, als Mama nicht zu Hause war. Auf Kur oder so. Ich war noch recht klein gewesen und konnte mich nur daran erinnern, wie mein Vater fluchend und zeternd durchs Haus gerannt war. Ich fragte Papa damals, was denn los sei.

»Ach, Charly, manchmal läuft's einfach nicht gut im Leben!«, antwortete er, und ich fragte mich, wieso man sich so aufregen konnte, nur weil die Kaffeemaschine nicht so wollte wie man selbst.

Kurze Zeit später hatte er sich wieder beruhigt, und wir gingen in einen Imbiss, in dem man Papa einen starken heißen Kaffee servierte und mir einen Kakao. Danach hatte er mich in den Kindergarten gebracht und war selbst pflichtbewusst zur Arbeit gefahren. Merkwürdig, dass ich mich an diese Tage so gut erinnern konnte, obwohl sie so weit zurücklagen. Danach war Mama immer zu Hause gewesen, und Papa hatte die Kaffeemaschine nie wieder angerührt.

»Ich habe mir heute Nachmittag freigenommen, weil ich noch so viele Überstunden habe.« Das war eine glatte Lüge, aber einen Moralvortrag meines Vaters konnte ich mir gut und gerne sparen. Er schien sich damit zufriedenzugeben.

Wir klingelten und stiegen kurz darauf die Treppen hoch. Herr Baumann öffnete die Tür und begrüßte uns freundlich. Während mein Vater seinem Gegenüber noch die Hand schüttelte, rief mich Frau Baumann bereits zu sich ins Wohnzimmer.

»Liebchen, Sie sind ein Goldstück! Dass Sie das für mich tun.«

»Na klar, was denken Sie denn. Wo genau ist denn dieses Café?«

Frau Baumann saß in einem Sessel, daneben der Rollator, und sie lächelte mich an.

»Mit Blick auf die Alster. Ich wollte es mir gerne vorher mal anschauen. So viele werden wir ja auch nicht.«

Frau Baumann hatte sich sehr zu meiner Freude dazu entschlossen, ihren fünfundsiebzigsten Geburtstag ein wenig größer zu feiern. Vor einer Woche noch war sie so deprimiert wegen ihrer Beine gewesen, dass sie schon dachte, ihren Geburtstag gar nicht mehr zu erleben. Inzwischen hatte ich sie so weit in Schuss bekommen, dass sie in der Wohnung kleine Schritte allein machen konnte, und auf der Straße kamen wir mit dem Rollator auch gut voran.

»Und Ihrem Vater macht es wirklich nichts aus?«, fragte sie und blickte in den Flur, in dem Papa sich mit ihrem Mann unterhielt.

»Nein, er macht das gerne.«

»Sie müssen Herr Wagner sein!«, sagte sie im nächsten Moment, als Papa ins Zimmer spazierte. Er hatte einen federnden Gang, und ich war sogar ein bisschen stolz auf ihn. Gut sah er aus in seinem blauen Blouson und mit den strahlenden Augen.

»Machen Sie sich keine Mühe«, wehrte er Frau Baumanns Versuch ab, aufzustehen, um ihm die Hand zu reichen.

»Vielen Dank, dass Sie uns helfen!«

»Kein Problem«, fand Papa. »Da kann ich Charly ein bisschen bei der Arbeit unterstützen«, fügte er an und warf mir einen intensiven Blick zu. Die Sache mit den Überstunden hatte er nicht geschluckt, dacht ich's mir.

»Wollen wir dann mal los?«, quengelte Frau Baumann ungeduldig.

Gemeinsam hievten wir sie aus dem Sessel und führten sie zur Garderobe, wo sie sich einen eleganten Mantel überzog. Herr Baumann hatte sich auch schick gemacht und trug einen Anzug. Ich kam mir etwas underdressed vor in meinen Jeans und den Turnschuhen, aber ich hatte nicht gedacht, dass man für ein Probe-Kuchenessen in einem Café das kleine Schwarze wählte. Mit vereinten Kräften schafften wir es bis zur Haustür, wo Frau Baumann kurz verschnaufen musste.

»Ich hasse das!«, stöhnte sie auf. »So abhängig zu sein!«

»Andere Menschen sind das doch auch«, erwiderte Herr Baumann, und beide lächelten.

»Ruhen Sie sich kurz aus, ich hole den Wagen.« Papa spurtete aus dem Mehrfamilienhaus. Ich sah ihm hinterher und hoffte, dass sich auf der engen Straße keine zu große Schlange hinter uns bilden würde, ehe wir unsere Fracht verladen hätten.

»Haben Sie kein Auto?«, fragte ich Herrn Baumann.

Er starrte mich ungläubig an. »Ob ich ein Auto habe? Nein, natürlich nicht.« Das klang sehr bestimmt.

»Finde ich gut«, gab ich ihm recht. »Wenn man sich irgendwann dazu entschließt, den Führerschein abzugeben oder kein Auto mehr zu haben. Ich habe ja auch keins.«

In dem Moment hupte es draußen, und ohne weitere

Komplikationen saßen wir kurz darauf im Wagen und ließen uns von Papa zum Schwanen-Café kutschieren.

»Wie viele Gäste werden es denn genau werden, gnädige Frau?« Der Kellner in dem Café war ein wenig anstrengend. Er benutzte so viele Höflichkeitsfloskeln, dass ich mir vorkam wie die Queen und Bundeskanzlerin in einer Person. Vor uns auf dem Tisch mit den weißen Platzdeckchen prangte eine Auswahl an Canapés und Confiserie. Das Wort Kuchen zu benutzen war gewiss unter Androhung von Folter verboten.

Ich hatte schon ein Stück Himbeertorte und Apfelkuchen probiert. Aus dem Augenwinkel beobachtete ich, wie Papa sich zum zweiten Mal frische Schlagsahne nachholte. Ich grinste, weil ich wusste, dass dies der Vorrat für schlechte heimische Zeiten war und die angemessene Entlohnung für seine Fahrdienste heute.

Frau Baumann tätschelte dem Kellner den Arm. »Ich vermute mal so fünfzehn vielleicht«, gab sie an.

Sie hatte mir vorher erzählt, dass sie richtig stolz darauf sei, so viele zusammenzubekommen, wenn denn alle kämen. »Für eine Frau ohne Familie und Schwester ist das doch ein hübsches Sümmchen, oder? Die meisten sind ja auch schon tot«, fügte sie noch trocken an.

Ich nickte und strich ihr leicht über den Oberarm.

Sie hatte aufgezählt, dass drei Damen aus ihrem Bridgeclub kommen wollten, ein befreundetes Paar aus Rellingen, einige kannte sie noch aus ihrer Gymnastikgruppe. Und dann sie selbst eben und Herr Baumann.

»Fünfzehn?!«, wiederholte der Kellner entsetzt. Es wunderte mich, dass ihn diese Zahl so aus der Fassung brachte.

»Ja, so ungefähr.«

»Aber Sie hatten doch von einer Feier im größeren Rahmen gesprochen, mit Essen, Confiserie, Getränken und allem Drum und Dran.« Das »gnädige Frau« bekam er nicht mehr unter.

»Genau, so habe ich es mir ja auch vorgestellt.« Frau Baumann lächelte zwar, schaute aber auch etwas irritiert.

»Nun ja, sagen wir mal so, wir hatten mit einer etwas größeren, also viel größeren Runde gerechnet. Ich dachte, Sie wollten das ganze Café mieten.«

»Ach herrje!« Frau Baumann schaute sich in dem geräumigen hohen Saal mit den eleganten Lüstern um. »Da müsste ich ja halb Hamburg einladen, um das hier voll zu bekommen. Nein, dann habe ich mich wohl falsch ausgedrückt.« Sie blickte den Kellner klar und direkt an und hatte nicht den Hauch eines schlechten Gewissens. Ich hätte mich vermutlich schon wieder zehn Mal entschuldigt für die Unannehmlichkeiten.

»Ist es denn ein Problem, wenn es nur fünfzehn werden?«, mischte ich mich in die Unterhaltung ein.

»Nun ja, wir haben mehrere Anfragen für den Tag, und zwar für den gesamten Saal. Da würden wir Sie nicht mehr unterbringen mit Ihrer, also, eher überschaubaren Gruppe.«

»Im Klartext«, fasste mein Vater zusammen und tupfte sich mit der gestärkten Serviette ein paar Kuchenkrümel aus dem Mundwinkel. »Der Erlös lohnt sich nicht.«

»Wenn Sie so wollen, ja.«

Der Kellner war erstaunt über die direkten Worte meines Vaters, aber offenbar auch dankbar, weil er sich sonst selbst aus dem Schlamassel hätte herausziehen müssen. Und das hätte den gnädigen Herrn bestimmt einiges an verbalen Ausschweifungen gekostet.

Ich war wütend. Und enttäuscht.

»Dann wird es nichts?« Herr Baumann meldete sich nun auch zu Wort.

»Leider Gottes nein, so sehr ich es bedauere.«

Der Kellner entfernte sich rasch von unserem Tisch.

»Und ich hab noch gesagt, es kommt alles zu spät. Im Frühjahr an einem Freitag ist natürlich alles ausgebucht. Überall, wo ich angerufen habe, waren sie schon belegt. Alles nur wegen des blöden Beins.« Frau Baumann ärgerte sich maßlos und hätte sich in diesem Moment vermutlich auch die Schuld an der Finanzkrise gegeben.

»Keine Sorge«, sagte Papa. »Uns fällt schon was ein.« Ich betrachtete meinen Vater interessiert und fragte mich, was ihm wohl einfallen würde. Grinsen musste ich bei der Vorstellung, dass er in unserem Garten in Wellingsbüttel vier Kuchen aus dem Ofen holte, um diese der Baumann'schen Gästeschar zu servieren.

»Ja, uns wird etwas einfallen«, stimmte ich ihm zu. »Wie ist es denn eigentlich mit Ihrer Schwester?«, hakte ich vorsichtig nach. »Hätten Sie sie nicht gerne dabei?«

Frau Baumann seufzte. »Doch schon, das wäre wirklich schön nach all den Jahren. Aber wie gesagt, ich weiß ja nicht einmal, wo sie wohnt und ob sie überhaupt noch etwas mit mir zu tun haben will.«

»Haben Sie denn immer in Hamburg gewohnt?«, fragte ich.

»Ja, immer in Winterhude.«

»Ist sie eigentlich älter oder jünger als Sie?«

»Drei Jahre älter. Sie muss schon eine richtig alte Schachtel sein.« Frau Baumann sagte dies lachend, aber vor allem sagte sie es liebevoll.

Nachdem wir bezahlt, alle wieder im Auto verstaut und die Baumanns zu Hause abgeliefert hatten, fuhren Papa und ich alleine weiter.

»Das ist ja eine traurige Geschichte«, fand Papa.

»Sag ich doch. Ein komisches Gefühl, überhaupt nicht zu wissen, was aus ihr geworden ist, oder?«

Papa nickte.

»Wo musst du denn jetzt hin?«, fragte er.

»Zu Ines. Ich habe ihr versprochen, heute Abend auf Matti aufzupassen. Sie hat eine Verabredung.«

»Ich könnte mitkommen«, schlug er vor, und mich beschlich das Gefühl, dass er auf gar keinen Fall zurück nach Hause wollte. Vermutlich wäre er überallhin mitgekommen, zu einem Mädelsabend, zum Stepptanzen oder zum Himalaya-Bergsteigen.

»Bist du sicher? Es könnte spät werden.«

Er nickte. »Ja, macht nichts. Dann sehe ich auch Ines mal wieder und den Kleenen.«

»Wow!« Papa und ich stießen zusammen die drei Buchstaben aus, als Ines uns die Tür öffnete. Allein für diesen Anblick hatte Papas Mitkommen sich gelohnt. Ines trug das kleine Schwarze, das ich vorhin im Café hätte anhaben sollen. Dazu eine Hochsteckfrisur, wie sie ein Starcoiffeur nicht besser hinbekommen hätte.

»Was hast du denn vor?«, fragte ich und überlegte mir, wann ich meine Freundin das letzte Mal nicht in Jeans gesehen hatte.

»Ach, eine Verabredung, nicht so wichtig.«

»Ach so, nicht so wichtig!« Papa glaubte ihr auch kein Wort.

»Wer ist er denn?«, fragte ich flüsternd, während Papa

zu Matti ging und stürmisch begrüßt wurde. Die beiden hatten sich bereits ein paarmal gesehen, und Matti hatte einen Narren an ihm gefressen. Jetzt zog er ihn hinter sich her, um ihm sein Album mit Fußballkarten zu zeigen.

»Kennst du nicht«, gab Ines in gedämpftem Tonfall zurück.

»Was Ernstes?«

Sie schüttelte den Kopf, hätte ihn aber ebenso gut nicken lassen können. Vermutlich wollte sie nicht zu viel verraten, bevor es nichts Festes war. Gegenüber Matti konnte ich das ja verstehen, aber mir hätte sie doch davon erzählen können.

»Warst du neulich, als ich dich am Elternabend vertreten habe, auch mit ihm weg?« Ich war neugierig auf weitere Details, aber Ines hielt sich bedeckt.

»Ja, so in der Art.«

Nun gut. Ich würde nicht weiter bohren, die Angelegenheit war ihr zu wichtig. Das merkte ich sofort, und ich freute mich für sie. Schließlich hatte sie seit Mattis Vater keine ernst zu nehmende Beziehung mehr gehabt. Und auch wenn sie nie böse über Mattis Vater sprach, wusste ich bis heute nicht, ob sie ihn eigentlich verfluchte oder immer noch abgöttisch liebte.

»Herr Wagner, im Kühlschrank steht Bier und was zu essen. Es könnte aber spät werden, nicht, dass Sie …«

Papa unterbrach sie. »Das hat Charlotte auch schon gesagt. Sehe ich denn so aus, als dürfte ich nach zehn nicht mehr auf die Straße?«

Die Antwort kam als Handyklingeln.

»Ja, hallo!«, meldete sich mein Vater. Früher hätte er sich nie einfach nur so mit Hallo gemeldet, sondern immer mit seinem Namen. Offenbar wollte er der Jugend nicht hinterherhinken und machte jetzt eine Ausnahme.

»Ach, Dörte, du bist es. Wie? Nein, ich bin noch unterwegs. Wie, wo? Unterwegs eben. Ich komme nicht zum Abendbrot. Kann später werden. Warte nicht auf mich. Nein, alles gut. Jo, tschüs.«

Papa legte auf und ließ sich weiter Aufkleber von Bundesligaspielern zeigen. Sie waren jetzt bei Borussia Mönchengladbach angelangt. Ich stellte mir unterdessen vor, wie meine Mutter zu Hause auf die Barrikaden ging, weil sie nicht wusste, wo ihr Mann steckte. Der Mann, der jeden Abend um Punkt zwanzig Uhr auf den Fernsehsessel sank, zu seiner Linken ein Bierchen, zur Rechten seine Frau. Das Handy blieb trotzdem stumm, sie versuchte es nicht noch einmal.

»Haben die sich gestritten?«, fragte Ines leise.

»Keine Ahnung«, antwortete ich wahrheitsgemäß. »Ich rede ja nicht mehr mit ihr.«

»Dein Vater möchte bestimmt nur ein kleines Stückchen Freiheit. Das sollte sie ihm gönnen.«

Laut rief sie in den Raum: »Ich bin dann weg! Und Matti geht bitte um acht ins Bett, spätestens um Viertel nach.« Die beiden reagierten nicht.

»Ist gut, wir machen das schon. Und dir viel Spaß und Glück!«, sagte ich. Ich umarmte meine Freundin aus lauter Rührung, weil ich mir so wünschte, dass sie jemanden fand, der sie verdient hatte.

Papa ließ zum ersten Mal in seinem Leben die ›Tagesschau‹ ausfallen, weil er sich mit Matti beschäftigte. Ich machte mich daran, für alle Bratkartoffeln vorzubereiten, als das Telefon klingelte.

»Bei Schwemer«, meldete ich mich.

»Hallo, hier ist die Mutter von Finn. Sie sind doch die Mama von Matti, oder?«

»Nein, ich bin …« Sie ließ mich gar nicht ausreden.

»Unsere beiden Jungs sind ja eine Runde weiter bei der Mathe-Olympiade.«

»Aha«, gab ich ein Zwischen-Statement, was sie gar nicht benötigte.

»Die Lehrerin hat mir das vorhin erzählt. Finn hat ja neunundzwanzig Punkte und Matti zweiunddreißig. Die beiden und noch ein Mädchen sind die Besten der Klasse. Lisa hat sogar dreiunddreißig Punkte.«

»Ach so!« Ich wusste gar nicht, dass Matti so eine Leuchte in Mathe war.

Mit einer Hand versuchte ich nebenbei Kartoffeln zu schälen. Dann klemmte ich mir den Hörer umständlich zwischen Nacken und Ohr.

»Finn war an dem Tag ein bisschen krank, also, ich hab schon morgens gedacht, ich schicke ihn besser nicht zur Schule. Aber er wollte ja unbedingt diesen Mathe-Olympiade-Test machen.«

»Hmmm.« Ich stellte eine Pfanne auf den Herd und goss ein wenig Öl hinein. Zwiebeln müssten auch noch geschnitten werden.

»Wenn der kein Fieber hat, dann ist er richtig gut in Mathe. Er kann auch schon im Kopf subtrahieren und multiplizieren.«

»Ach was.« Vier mal fünf Kartoffeln müssten doch eigentlich reichen für uns drei, überlegte ich gerade.

»Ich habe der Lehrerin auch gesagt, dass das nicht sein stärkster Tag war.«

»Wann jetzt?«, fragte ich abgelenkt, weil ich im Kühlschrank nach Tomaten suchte.

»Na, bei der Mathe-Olympiade. Da war Finn nicht richtig bei der Sache.«

»Oh, das ist ja blöd!«

»Ich wollt's ja nur mal gesagt haben«, meinte Finns Mutter und verabschiedete sich.

Ich konnte mich täuschen, aber hatte sie mir gerade klarmachen wollen, dass ihr Sohn bestimmt besser als Matti abgeschnitten hätte, wäre er nicht krank gewesen? Also entschuldigte sie sich dafür, dass er »nur« den dritten Platz in der Klasse belegt hatte? War ich im Irrenhaus gelandet?

»Wer war es denn?«, fragte mein Vater, als ich ins Wohnzimmer kam.

»Ach, irgendwas wegen deiner Mathe-Olympiade, Matti.«

Über diesen unsinnigen Anruf konnte ich nicht weiter nachdenken, weil es an der Tür klingelte. Es war Ines' Nachbar Andreas. Er gesellte sich zu uns, köpfte mit meinem Vater zwei Flaschen Bier und plauderte über Gott und die Welt. Vor allem aber über seine Zeit als Polizist und seine momentane Neuorientierung im Job.

»Was genau wollen Sie denn machen?«

»Am liebsten würde ich eine Art Detektei aufmachen. Da wäre ich mein eigener Herr und könnte meine Erfahrung als Polizist mitnehmen, aber auch mal eigene Strategien entwickeln.«

Was er unter »eigene Strategien entwickeln« verstand, ließ Andreas offen.

»Und haben Sie auf dem Gebiet schon Erfahrung?«, wollte Papa wissen und nahm einen Schluck. Ich saß daneben und guckte Matti beim Essen zu. Was für ein schöner, entspannter Abend.

»Na ja, schon. Ich habe zum Beispiel den Job für Ihre Tochter erledigt, auch wenn das eher ein Freundschaftsdienst war.«

Papa wurde hellhörig. Ich auch.

»Was haben Sie für Charly gemacht?«, fragte mein Erzeuger. Ich hätte mich ohrfeigen können. Papa durfte auf keinen Fall erfahren, dass ich illegal an eine Liste mit Autokennzeichen gekommen war, um einen Mann zu suchen, von dem ich träumte, während ich abends neben meinem Freund einschlief. Ich hätte Papa niemals mit hierher bringen dürfen.

»Ach, hat sie das nicht erzählt? Sie sucht doch ...« Wenn Andreas ein, zwei Bier getrunken hatte, wurde er offenbar redselig. Das sollte man seinen zukünftigen Kunden unbedingt mitteilen.

»Ich suche für einen Patienten eine Wohnung«, ging ich dazwischen. »Er möchte mit seiner französischen Freundin zusammenziehen, obwohl sie hier gar keinen Job hat und nicht weiß, ob sie bleiben wird, aber trotzdem.« Ich faselte mir einen Wolf.

»Ach so«, sagte Papa.

»Ach so?«, sagte Andreas.

»Wer von euch bringt denn jetzt mal Matti ins Bett?« Mit einem groben Themenwechsel wollte ich vom eigentlichen Ungemach ablenken.

»Aber wieso suchst du für ihn eine Wohnung, und was haben Sie damit zu tun?« Papa hatte das Thema noch nicht ad acta gelegt.

»Andreas hat einfach nur in der Zeitung geguckt, weil er jetzt ja viel Zeit hat, bevor es mit seinem Detektivbüro so richtig losgeht, nicht wahr?« Ich fixierte ihn.

»Genau!«, antwortete er, und ich sah ihm an, dass ich einen derart knallharten Blick draufhatte, dass er nicht mal daran dachte, das Gegenteil zu behaupten.

»Das sind doch keine richtigen Aufträge«, echauffierte sich mein Vater. »So kommt ja kein Geld rein. Wir brauchen größere Deals.« Mein Vater sprach schon in der Wir-Form und fand offenbar Gefallen daran, nicht den Tatort vorm Fernseher zu verfolgen, sondern selbst ein echtes Abenteuer zu erleben.

»Ich habe schon mal den ersten Auftrag für euch: Matti ins Bett bringen!«

Papa erhob sich tatsächlich und schleifte Matti unter viel Gelächter und Gezeter ins Bett. Als er außer Hörweite war, zischte ich Andreas zu, meinem Vater nicht ein Sterbenswörtchen von der Suchaktion zu erzählen. »Der würde sich sonst was für Gedanken machen«, mahnte ich.

»Ja, ja, ist ja schon gut.« Eigentlich habe er auch nur zu Ines gewollt, erklärte Andreas noch. Ich kam nicht umhin, festzustellen, dass er in seiner Nachbarin mehr sah als nur eine Frau, die ihm mit einer Tasse Zucker aushalf.

»Super. Hat doch 1 a geklappt«, meinte Papa, als er etwa eine Dreiviertelstunde später wieder zu uns ins Wohnzimmer stieß. Er sah etwas mitgenommen aus. »Was hat Ines gesagt? Er soll spätestens um Viertel nach im Bett sein, oder?«

»Ja, Papa, das stimmt.« Ich lachte laut. »Sie meinte aber Viertel nach acht!«

Moderne Wohnung:
Ort, an dem man aufsteht, um das Radio auszustellen.
Und merkt, dass es das des Nachbarn ist.
VON UNBEKANNT

Mein Fremdgänger Jo war nicht wiederzuerkennen. Zur Behandlung kam er nicht allein. Arm in Arm mit der bezauberndsten aller Französinnen betrat er die Praxis. Bénédicte war vom lieben Gott sowohl mit Hirn als auch mit Hintern ausgestattet worden. Ein Seltenheitswert, den er sich unbedingt warmhalten sollte.

Antje schaute neidisch auf die langen, wallenden Haare und band sich seufzend mit einem Gummiband einen dünnen Zopf.

»Salut, Charlotte.« Bénédicte sprach es Französisch aus, wie Charlotte von Monaco, die Tochter von Caroline, was meinem Namen einen mondänen Klang verlieh. »Isch wollte mal allo sagen.«

Ich hatte Bénédicte bereits ein paarmal getroffen und war jedes Mal überrascht, wie gut sie in der kurzen Zeit schon Deutsch gelernt hatte. Für eine Französin. Die aus einem Land kam, in dem die meisten nur sehr schwer eine fremde Sprache erlernten, es aber komplett normal fanden, dass man ihre Sprache konnte, und zwar, *s'il vous plaît*, perfekt.

Auf Urlauben in Frankreich hatte ich schon die verrücktesten Dinge erlebt. Pariser Taxifahrer, die sich taub stellten, wenn man statt St. Germain mit dem typischen nasalen Laut, der so klang, als hätte man einen Schnupfen nicht richtig auskuriert, zum Beispiel St. Germon sagte. Da konnte es durchaus vorkommen, dass besagter Taxifahrer darauf verzichtete, dieses unwürdige Publikum zu transportieren. Wenn man ihn jedoch auf Englisch etwas fragte, zuckte er gelangweilt mit den Achseln und antwortete: »*Hein?!*«, was so viel bedeutete wie: »Ihr *imbéciles* von Ausländern glaubt doch nicht allen Ernstes, dass ich mich für euch verrenke, *fait chier*. Wisst ihr überhaupt, mit wem ihr es zu tun habt? Mit *moi*, einem Pariser Taxifahrer, und der, *la vache*, kommt gleich nach dem Präsidenten.«

Sicherlich durfte man nicht alle über einen Kamm scheren, außerhalb von Paris gab es durchaus auch andere Taxifahrer. Also, die sagten dann *conard* statt *imbécile*.

Was sollte es. Ich liebte Frankreich. Und die Franzosen liebte ich meistens auch.

»Freut mich, dich mal wiederzusehen«, begrüßte ich Bénédicte. »Wie geht's dir denn?«

Sie strahlte und schmiegte sich an Jo, der seine Trophäe mit mehr Stolz in den Armen hielt als jeden Handballpokal, den er je ergattert hatte.

»Jo und isch ziehen vielleischt zusammen!«, platzte sie mit der Neuigkeit heraus. Ich bemühte mich, nicht laut aufzulachen.

»So, so«, sagte ich nur mit einem Seitenblick auf Jo. Er verdrehte die Augen gen Himmel und grinste. Ich beschloss, sie in dem Glauben zu lassen, er sei von allein auf die Idee gekommen. »Das ist doch super, Bénédicte. Heißt das denn, dass du vorerst in Deutschland bleibst?«

»Ja, isch denke schon, aber wir müssen erst noch eine Wohnung finden und isch noch eine Job. Sonst kann isch das Studium nicht bezahlen.«

Inzwischen begab Jo sich auf die Liege, und ich begann mit meiner Behandlung. Bénédicte setzte sich auf den einzigen Stuhl in dem engen Raum und holte ihr iPhone hervor. Sie blickt kurz auf das Display, dann sah sie auf.

»Meine Eltern geben mir Geld, aber isch möchte auch selber was verdienen.«

»Wäre ich mal Fußballer und nicht Handballer geworden, wäre finanziell alles anders und viel sicherer«, meinte Jo, obwohl er wusste, dass Bénédicte sowieso nicht der Typ war, sich von jemandem aushalten zu lassen.

»Stimmt. Dann würde in der Zeitung unter einem Foto von euch nicht stehen: Handballprofi und Freundin Bénédicte, die Lehramtsstudentin ist. Sondern …« Jo unterbrach mich, weil er ahnte, was ich sagen wollte.

»Sondern: Der göttlich aussehende Jo Lindmann mit seiner bezaubernden Freundin Bénédicte, die nebenbei modelt.«

Wir amüsierten uns königlich. Bénédicte schüttelte den Kopf. »Ihr spinnt!«

»Möchtest du denn später Lehrerin hier in Hamburg werden?«, fragte ich sie.

Sie wurde rot. »Warum nischt? Kommt darauf an, wie es so läuft.« Bénédicte präzisierte nicht, ob sie mit »gut laufen« das Studium oder die Beziehung mit Jo meinte.

Eine Weile redeten wir über die hoffnungslose Wohnungssituation in Hamburg und darüber, welches Viertel sich denn am besten für die beiden eignen würde – gesetzt den unwahrscheinlichen Fall, sie hätten die Wahl.

Mir fiel ein lustiger Eintrag ein, den ich neulich bei Facebook gelesen hatte.

Jemand hatte in einem Hausflur auf St. Pauli einen Zettel aufgehängt: *Bitte die Türen leise schließen*, stand da fein säuberlich abgetippt. Darunter hatte jemand die Antwort gekritzelt: *Bitte nach Eppendorf ziehen!* Ich musste noch immer schmunzeln, wenn ich daran dachte.

Jo und Bénédicte ersparte ich es aber, davon zu erzählen, weil Wohnungsuchen in Hamburg überhaupt nicht lustig war.

Ich war fertig mit dem Tapen, und Jo sprang von der Liege auf.

»Komm, *chérie*, wir gehen was essen. Worauf hast du Hunger?«

Sofort begann mein Magen zu knurren. Ich hatte heute Morgen nicht richtig gefrühstückt, war spät dran, und die Milch fürs Müsli war aus gewesen. Kein guter Start in den Tag.

»Vielleischt was Asiatisches. Oder Nudeln, isch ätte aber auch mal wieder Appetit auf was Französisches. Isch vermisse die Quiches meiner Mutter mit Speck und Champignons oder Zwiebeln und Ziegenkäse.«

Mir lief das Wasser im Mund zusammen. Ich hätte alle Quiches auf einmal essen können und die Köchin gleich mit.

»Geht schnell und hört auf, weiter von leckerem Essen zu reden.«

Jo lachte und tat mir den Gefallen natürlich nicht.

»Oder ein schönes Kartoffelgratin mit zerlaufenem Käse, lecker, Charly. Wann hast du noch gleich Mittagspause?«

»Heute gar nicht«, gab ich gespielt biestig zurück.

»Aber ich wüsste, wo ihr hingehen könntet. Im ›Café au lait‹ nicht weit von hier gibt's Quiches und den besten Käsekuchen der Welt.«

Ich packte die Physio-Utensilien zurück in den Schrank und hätte mir im selben Moment mit der flachen Hand vor den Kopf schlagen können.

»Meine Güte, bin ich blöd, Bénédicte.«

»*Mais, non!*«, sagte sie ehrlich empört. Sie war einfach zu süß.

»Endlich sieht sie's ein!«, sagte Jo. Und er war zu frech.

Ich ignorierte beides.

»Die Betreiberin des Cafés, Rita, sucht vielleicht eine Aushilfe. Du wärst doch ideal. Kannst du Quiches machen?«

»*Bien sûr.* Aber nischt so gut wie Maman.«

Das hieß auf gut Deutsch, sie war eine Granate in der Küche. Ich suchte in meiner Lederhandtasche nach einem Zettel, riss ein Stück ab und kritzelte die Adresse des Cafés drauf. »Grüß sie von mir!«

»Das wäre ja super!«, sagte Bénédicte. »Meine Mutter würde sisch wahnsinnig freuen, wenn isch in einem Restaurant arbeite. Dann würde sie sisch vielleischt auch mal nach Ambourg trauen. Merci, Charlotte.« Ambourg war Hambourg, also Hamburg.

Man hatte ganz schön viel zu tun als Lebens-Koordinatorin, stellte ich auf meinem Fahrrad zufrieden fest, als ich im lauen Abendwind nach Hause fuhr. Ich fühlte mich gut und genoss den Moment. Die Sonne blinzelte durch die Kastanien, und es roch nach Frühling.

Anderen helfen zu können. Das war es auch gewesen, was mich meinen Beruf hatte ergreifen lassen, erinnerte ich mich an meine Anfänge als Physiotherapeutin. Ich musste lächeln. Dass ich ein kleiner Feigling unter dem Deckmantel der Samariterin war, schob ich gnädig beiseite und strampelte mit wehenden Haaren nach Hause.

Nicht nur, weil ich vorhin eine Französin in der Praxis hatte, hatte ich jetzt das Gefühl, ein Déjà-vu zu erleben. Wieder stand Kai in der Küche. Wieder brutzelte etwas in der Pfanne, das verdächtig nach Sternekoch roch. Wieder pfiff er zur Musik aus dem Radio. Auch als die Moderatorin anfing zu sprechen, hörte er nicht auf mit seinem Gepfeife.

Mann, ging mir das auf die Nerven!

Die Moderatorin mochte ich ganz gern. Sie hieß Jule Claussen und hatte erst kürzlich ein Kochbuch herausgebracht: ›Chili con Carl‹. Ein farbiger Bildband, aufgenommen in einem Gewürzladen, mit amüsanten Anekdoten rund um die Wirkung von Ingwer, Zimt, Kardamom und anderen sinnlichen Gewürzen und Aphrodisiaka. Das Buch hatte ich Kai zum Geburtstag geschenkt und ihn mehrfach darauf hingewiesen, dass es von der Moderatorin unseres Lieblingssenders war. Ich glaubte nicht, dass er sich daran noch erinnerte.

Ich lehnte mich an den Türrahmen und wunderte mich darüber, wie sich die Dinge im Lauf der Zeit ändern konnten. Zu Beginn unserer Beziehung hatte ich irgendwie alles an Kai »niedlich« gefunden. Jetzt hingegen nervte mich, dass ihn nicht mal dieser Ausdruck nervte. Als Mann wollte man doch nicht niedlich oder gar süß sein!

Mir hatte damals gefallen, wie er seine Kochschürze band, inzwischen fand ich es viel zu penibel. Ich war stolz darauf gewesen, dass er so süß pfiff, obwohl er nur jeden zweiten Ton traf, wenn überhaupt, inzwischen dachte ich: Mann, du Pfeife, hör auf damit! Selbst die Art und Weise, wie er sein Fleisch schnitt, machte mich rasend.

War das noch normal? Nahm die rosarote Brille im Lauf der Zeit eine graue Farbe an? Oder fanden andere Frauen auch nach Jahren die Macken ihres Freundes oder Mannes noch gut oder respektierten diese zumindest?

Das war es: Ich respektierte Kai nicht mehr und wusste auch nicht, wo ich den Respekt für ihn verscharrt hatte. Möglicherweise konnte ich den Elan aufbringen, ihn wieder auszugraben, wenn ich es nur wirklich wollte. Doch wollte ich? Ich musste mich wenigstens zusammenreißen, um nicht ungerecht zu werden, nahm ich mir vor.

Ich würde in Zukunft ruhiger und bedachter an unsere Beziehung rangehen und zweimal darüber nachdenken, was ich sagte.

»Nun hör doch mal mit dem Gepfeife auf!«, blaffte ich Kai an und bereute es prompt.

Mein Plan, bedachter zu werden, funktionierte ja schon mal ganz gut. Ich wollte mir gar nicht ausmalen, was ich ihm unbedachterweise an den Kopf geworfen hätte.

»Entschuldigung, ich bin ein bisschen nervös, weil heute bei der Arbeit so viel los war«, flunkerte ich. Kai sprang sofort drauf an.

»Ist ja nicht so schlimm«, meinte er und füllte Suppe auf zwei Teller. »Komm, wir machen uns einen gemütlichen Abend.« Ich nickte und schnappte mir den Brotkorb.

»Ja, wir lassen uns jetzt von nichts mehr aus der Ruhe bringen«, sagte ich mehr zu mir selbst.

Im selben Augenblick kam die nächste Ansage von Jule Claussen: »Am Telefon haben wir Frank Wagner aus Wellingsbüttel, hallo.«

Ein Baguettestück fiel aus dem Brotkorb, den ich nicht mehr richtig unter Kontrolle hatte.

»Ja, hallo, ich rufe an, weil ich jemanden suche, also eine Frau. Sie heißt Marianne.«

»Und wieso suchen Sie die?«

»Weil ihre Schwester sie sucht. Luise Baumann. Dreißig Jahre haben die sich nicht gesehen. Und jetzt wird Frau Baumann fünfundsiebzig und würde ihre Schwester gerne wiedersehen. Der Mädchenname ist Schneider. Keiner weiß, wo sie wohnt, aber sie war früher in Hamburg. Es wäre toll, wenn sie sich bei Ihnen meldet.«

»Oder jemand, der weiß, wo Marianne ist, die Schwester von Luise Baumann. Wenn das was wird mit dem Treffen nach dreißig Jahren, dann sagen Sie uns Bescheid Herr Wagner, ja?«

»Ja, das mache ich. Vielen Dank.«

Unter anderen Umständen wäre ich erfreut darüber gewesen, dass mein Vater in der Öffentlichkeit mehr als drei Sätze am Stück sprach, er war ja sonst nicht so der Mann der großen Worte. In diesem Fall jedoch ahnte ich schon, dass es vielleicht besser gewesen wäre, den Mund nicht zu voll zu nehmen.

»Papa?!«, rief ich entsetzt dem Radio entgegen.

Kai nickte. »Ach, der Herr Beinahe-Schwiegervater!«

Ich habe in meinem Leben zwei große Fehler gemacht.
Ich habe zweimal nicht auf meine Frau gehört.
UWE SEELER

Er war nicht zu erreichen, und sie konnte ich nicht anrufen. Nicht um diese Zeit.

Außerdem konnte ich ja wohl schlecht bei Frau Baumann durchklingeln und unauffällig fragen, ob das eben Gehörte eine durch sie autorisierte Aktion oder ein Alleingang meines Vaters war. Leider konnte ich mich nicht mehr erinnern, ob er sich bei dem Treffen mit den Baumanns irgendwie in Richtung einer Harakiri-Idee geäußert hatte. Bei meinem sonst so besonnenen Vater fiel es mir schwer zu glauben, er wäre einer spontanen Eingebung gefolgt. Andererseits wusste man ja auch nicht, was so in den Köpfen von Rentnern vor sich ging. Eben noch täglich von neun bis fünf zur Arbeit marschiert und am nächsten Tag schon beim Aquarellmalen in den Anden oder beim Selbstfindungskurs auf den Seychellen.

Mein Vater war ein hilfsbereiter Typ. Es war ihm durchaus zuzutrauen, Frau Baumann mit einer Familienzusammenführung die Freude ihres Lebens zu bereiten, während Frau Baumann selbst sich dafür ohrfeigte, überhaupt ein Wort über ihre Schwester verloren zu haben. Weil sie möglicherweise fand, Blut sei doch nicht dicker als Wasser.

»Was überlegst du denn, Charly? Die Suppe wird kalt.« Kai hatte nichts von seinem Pragmatismus eingebüßt.

Ich begann zu essen und überlegte, ob ich bald schon die Suppe meines Vaters würde auslöffeln müssen.

»Ich weiß nicht so genau, ob ich Frau Baumann von Papas Nummer eben erzählen soll.«

Ohne einen Tropfen zu vergießen, führte Kai den Löffel zum Mund.

»Was sollte das eigentlich? Wen meinte er denn? Also wer sucht da wen? Wer ist diese Frau Baumann? Und was hast *du* damit zu tun?«

In diesem Moment verging mir schlagartig der Appetit.

»Das meinst du jetzt nicht ernst, oder? Das habe ich dir doch alles neulich erzählt. Meine Patientin, die ihre Schwester sucht …« Ich zerknüllte meine Serviette und warf sie auf den Tisch. »Ach vergiss es.«

Wütend verließ ich das Zimmer. Nicht nur, dass Kai mir offenbar nie zuhörte, jetzt hatte sein Gedächtnis einen Totalausfall. Wir hatten doch bei meinen Eltern über diese Geschichte gesprochen! Ständig hörte ich mir beim Essen seine Finanzstrategien und langweiligen Zahlenreihen an – um nun festzustellen, dass er sich für mich nicht die Bohne interessierte.

Kai war mir ins Schlafzimmer gefolgt, wo ich mich genervt aufs Bett fallen ließ.

»Dann ruf doch deinen Vater an und frag ihn, ob das abgesprochen war.«

Noch gequälter verdrehte ich die Augen.

»Was glaubst du denn, was ich eben die ganze Zeit versucht habe? Das Handy ist aus! Ich habe ihm auf die Mailbox gesprochen. Weiß der Geier, ob er überhaupt in der Lage ist, die abzuhören.«

Kai stand unschlüssig im Türrahmen. Unstimmigkeiten konnte er gar nicht haben. Harmonie-Freak, schoss es mir durch den Kopf. Meine Gedanken waren gemein. Ich war gemein.

»Nun geh schon zurück zu deiner Suppe«, spuckte ich halbherzig aus. Erleichtert drehte er sich um, warf mir aber noch ein aufmunterndes Nicken zu.

»Erzähl's der Baumann nicht. Ich wette, das hat außer uns kein Mensch gehört. Danach kräht morgen kein Hahn mehr.«

Zu gerne wollte ich Kai glauben, sollte aber bald schon erfahren, dass er sich gewaltig geirrt hatte.

Ich schlief schlecht und kam am nächsten Tag fast zu spät zur Arbeit. Da war ich dann so eingespannt, dass es mir tatsächlich gelang, die Sache mit Papa zur Seite zu schieben.

Sagten die Psychologen nicht immer, man sollte Dinge, die man im Moment nicht ändern konnte, in eine Gedankenschublade packen, abschließen und diese erst wieder öffnen, sobald das Problem erneut akut wurde? Darin war ich eigentlich ganz schlecht, weil ich so neugierig war, dass ich das meiste immer direkt, sofort und auf der Stelle klären wollte. Männer, die einem sagten, sie seien sauer, aber nicht gleich darüber sprechen konnten, weil sie erst einmal die ›Sportschau‹ zu Ende gucken wollten, waren für mich eine Qual.

Ich hätte gerne mehr Geduld gehabt. Aber bitte ein bisschen plötzlich!

Nun ja, in diesem Fall hatte ich das Problem also erfolgreich verdrängt, vermutlich auch, weil ich nicht emotional, sondern nur familiär eingebunden war.

»Hallo!« Maren steckte ihre Nase in mein kleines Behandlungszimmer. Sie hatte gerade einen neuen Patienten behandelt, der uns fragte, ob wir Lust auf einen Kaffee hätten. Neben der Praxis war ein kleiner Coffeeshop, nicht zu vergleichen mit dem »Café au lait«, aber auch dort machten sie einen ganz guten Cappuccino.

»Da hab ich ja Glück gehabt, dass ich hier noch einen Termin bekommen habe.« Er lächelte Maren an, und ich fühlte mich schon jetzt wie das fünfte Rad am Wagen. Keine Frage, wer die besseren Chancen bei dem sympathischen Kerl hatte. Er hatte nur Augen für Maren, und sie sah so aus, als würde sie ihm auf Wunsch ohne zu zögern zehn rezeptfreie Extrabehandlungen verschreiben. Ich freute mich für meine Kollegin. Und ich freute mich über die Extraportion Koffein, die ihr Verehrer uns ausgab.

Liebe auf den ersten Blick. So sah es bei Maren aus. Ich hatte das bisher noch nie erlebt, bei mir war die Liebe immer langsam gewachsen, nicht nur auf meiner, vor allem auch auf der Gegenseite. Ich war wohl nicht so sehr der Typ, in den man sich Hals über Kopf verliebte, Frau, Kinder, Haus und Hof zurückließ, um gemeinsam ein neues Leben in der Südsee zu beginnen. *Le coup de foudre*, nannten es die Franzosen. Übersetzt bedeutete das so viel wie »Blitzschlag«. Meinen ersten und einzigen *coup de foudre* hatte ich im Zug mit meinem Unbekannten erlebt. Vielleicht war er deshalb so wertvoll für mich? Dieser Moment und dieser Mann.

»Was glaubst du, wie viele Termine werde ich brauchen?«

Maren lachte ein wenig zu laut.

»Ach, soo schlimm ist es eigentlich gar nicht mit deinem Knie. Aber, wer weiß, vielleicht verdrehst du dir ja auch noch das linke.« Maren flirtete sich um Kopf und Kragen. Sie sah auf einmal so strahlend aus, ihre Haare glänzten, und ihre Haltung war aufrecht.

Ich kam mir überflüssig vor, trank meinen Cappuccino aus, verabschiedete mich und ließ die beiden Turteltäubchen allein. Ich würde Maren später raten, das nächste Rendezvous nicht direkt neben der Praxis abzuhalten. Wenn Antje mitbekäme, dass Maren im Begriff war, etwas mit einem Patienten anzufangen, würde sie garantiert dazwischenfunken. Sie war so altmodisch, dass so etwas für sie überhaupt nicht infrage kam.

Wie übertrieben. Ich meine, wir redeten hier ja nicht von einem Professor, der etwas mit seiner Studentin anfing. Antje war wohl selbst so frustriert, dass sie auch anderen kein Glück gönnte. Aber das würden wir schon geheim zu halten wissen.

Der Mann gefiel mir. Man merkte, dass ihm wirklich etwas an Maren lag, sofern man das nach so kurzer Zeit beurteilen konnte. Manchmal war eben innerhalb einer Nanosekunde alles klar, und ganz plötzlich erklärte sich einem dieser verdammte Sinn des Lebens.

Maren konnte von Glück reden, denn sie hatte mir gegenüber einen klaren Vorteil: den Namen ihres neuen Schwarms samt Adresse und Telefonnummer. Sie sparte sich nicht nur unfreundliche Telefonanbieter und Friseursalons mit unsäglichen Namen, sondern auch den Einstieg in die Kriminalität. Apropos. Ich müsste mir mal weitere Namen auf meiner illegalen Liste von Autokennzeichen vornehmen.

Hatte ich denn schon aufgegeben? Die Geschichte mit Maren spornte mich jedenfalls an. Ich würde mich mit nichts Halbem mehr zufriedengeben. Ich wollte alles!

Auch wenn das wie ein gruseliger Schlager von Andrea Fischer oder Helene Berg klang.

Ich wollte einen Mann, der für mich sterben würde. Okay, fürs Erste würde auch ein Mann reichen, der gerne an meiner Seite leben wollte. So richtig.

Kai musste meine Selbstgespräche gehört haben. Am Nachmittag stand er nach meinem letzten Patienten überraschend vor der Praxis, um mich abzuholen. Ich konnte mich nicht daran erinnern, wann er das das letzte Mal gemacht hatte. Er musste sich bei unserer Sprechstundenhilfe erkundigt haben, wann mein letzter Termin war. Vermutlich hatte er ein schlechtes Gewissen von hier bis Flensburg, weil er sich nicht mehr an Luise Baumann erinnerte.

»Ich würde dich gerne in ein Restaurant einladen, in dem wir noch nie waren«, sagte er, nachdem er mir einen kurzen Kuss gegeben hatte. Ich nickte und grinste.

Was taten andere Männer, die etwas gut zu machen hatten? Sie kauften eine Wagenladung roter Rosen, oder aber sie luden ihre Freundin ins Kino ein und ließen eine romantische Komödie über sich ergehen, oder sie gingen so weit, in ganz ernsten Fällen, eine Stunde in der Doppelwanne mit Salzwasser-Floating, Kerzenlicht, Unterwasserbeleuchtung und klassischer Musik zu ertragen. Kai tat das, was ihm als Erstes in den Sinn kam: Er lud mich zum Essen ein.

Wir ließen mein Fahrrad an der Praxis zurück und fuhren in seinem Auto in einen anderen Stadtteil. Kai hatte ein neues spanisches Restaurant ausgesucht. Ich freute mich auf Tapas wie Tortilla, Serrano-Schinken auf Tomatenbrot und Hühnchenhäppchen in Honig-Zitronen-Soße.

Das Viertel war sehr beliebt bei Studenten und jenen, die mitten im Geschehen sein wollten. Ich war zwar nicht häufig hier, mochte aber die Gegend. Einige Freunde von früher wohnten ganz in der Nähe, und ich überlegte, ob ich wohl einen von ihnen zufällig treffen würde. Stattdessen traf ich einen Mann, den ich eigentlich nie wieder hatte sehen wollen. Ich erinnerte mich sogar noch an seinen Namen: Krüger.

Er trug wieder dieses alberne Einstecktuch und begrüßte uns mit diesem unnatürlichen Lächeln, das meine Gesichtszüge gefrieren ließ.

»Was ist hier los?«, fragte ich Kai alarmiert und trat automatisch einen Schritt zur Seite.

»Überraschung!«, meinte Kai, und ich wusste, dass ich dieses Wort aus seinem Mund nicht mehr hören wollte.

Makler Krüger stand diesmal statt vor einem Haus im Grünen vor einem City-Altbau.

»Du sagst mir sofort, was das soll!«, herrschte ich Kai an, ohne Herrn Krüger zu beachten. Er musste denken, dass ich die zickigste, unhöflichste Frau zwischen Langenhorn und Blankenese war.

»Nachdem du gesagt hast, du möchtest nicht so weit raus, haben Herr Krüger und ich überlegt, dass wir dir eine Alternative bieten müssen. Und da ist sie!« Kai zeigte an dem durchaus hübschen Altbau hinauf.

»Der Balkon dort im ersten Stock würde zu der neuen Eigentumswohnung gehören«, meinte Herr Krüger anfügen zu müssen.

»Könnten Sie sich bitte zurückhalten«, bat ich ihn mit gepresster Stimme.

Ich kam mir vor wie in einer Endlosschleife. Erneut hatte Kai mich nicht gefragt, was ich wollte. Er meinte stets zu wissen, was das Beste für mich war. Beschwerte ich mich über das Haus im ländlichen Stil, besorgte der Herr Finanzberater eben eine Wohnung im Jugendstil. Mit seinem neuen *buddy*, Kumpel Krüger. Was die Wagner wollte? Egal!

Ich drehte mich abrupt um und stürmte die Straße hinunter. Nur weg von der Wohnung mit dem Balkon im ersten Stock, der vermutlich noch nicht einmal hoch genug war, um sich von dort hinunterzustürzen.

Ich eilte an einem Kiosk vorbei, sah aus dem Augenwinkel ein schickes blaues Kleid in einer Boutique hängen, sog den Duft einer Dönerbude ein und sah, wie ein Mann eine ›Hinz-und-Kunzt‹-Zeitung bei einem Obdachlosen kaufte, der mir vage bekannt vorkam.

Auf einmal hatten alle das fratzenhafte Krüger-Gesicht bekommen. Der war mir glücklicherweise nicht hinterhergeeilt, dafür Kai. An der nächsten Ampel hatte er mich eingeholt.

»Charly, warte doch.«

Ich zog meinen Arm weg, nach dem er gegriffen hatte.

»Ich warte gar nicht mehr. Den Spanier kannst du dir abschminken. Und die Wohnung erst recht.«

»Die ist aber total schön«, traute Kai sich noch zu sagen.

»Mag ja sein! Aber wieder mal ohne vorherige Absprache! Kapierst du es denn gar nicht?«

Kai sah mich fassungslos an, weil ich vor Wut zitterte.

»Nein, offenbar versteh ich dich nicht«, sagte er wahrheitsgemäß. Wieder hatte er hundertprozentig gedacht, mir die größte Freude meines Lebens zu bereiten. Na gut, die zweitgrößte. Nach der cognacfarbenen Wildledertasche zu Weihnachten vor drei Jahren. Da hatte die Welt auch noch ganz anders ausgesehen.

»Weißt du, was das einzig Gute an dieser Wohnungskiste heute ist?«, warf ich ihm bebend an den Kopf.

»Was denn?« In Kais Augen sah ich einen Hoffnungsschimmer, dass ich vielleicht doch noch meine Meinung ändern und ihm gleich um den Hals fallen würde.

»Das einzig Gute ist, dass diesmal meine Mutter nicht mit im Boot sitzt!«

Mein Vater ist ein großes Kind,
das ich bekommen habe, als ich noch ganz klein war.
ALEXANDRE DUMAS DER JÜNGERE

Berlin war mir eigentlich zu weit und Britta sowieso die Falsche. Trotzdem hatte ich in aller Windeseile zu Hause wieder mal meine Tasche gepackt und war zum Bahnhof gehastet. Denn abgesehen davon, dass ich keine Nacht mehr neben Kai verbringen wollte – also zumindest in dieser Woche nicht mehr –, war mir die glänzende Idee gekommen, zum Tatort zurückzukehren.

In Krimis hieß es doch immer, dass Verbrecher zum Ort des Geschehens zurückkamen. Nicht, dass mein Zugbegleiter kriminell war, aber vielleicht stand er schon seit Tagen am Hamburger Hauptbahnhof und sah die Züge von und nach Berlin ankommen und abfahren, in der Hoffnung, seine Liebste zu treffen. Die, mit der er in den eineinhalb Stunden in der Bahn so glücklich gewesen war. Deren Namen und Nummer er jedoch in geistiger Umnachtung vergessen hatte zu erfragen.

Ich sah meinen Herzensfreund, meinen Seelenverwandten gramgebeugt durch die Hallen des Bahnhofs wandeln, jede Sekunde mehr die Hoffnung verlierend, seine Einzige, seine Wahre, könnte noch auftauchen. Aus dem Dreitagebart war ein langer Bartwuchs geworden, der von Tag zu Tag mehr ergraute, die Wangen waren eingefallen und der Blick trübe und leer.

Ich würde ihn aus seiner Hoffnungslosigkeit befreien, eilte zu Gleis acht und hielt freudig nach ihm Ausschau. Wie dumm war ich gewesen, nicht gleich auf diese fantastische Idee zu kommen! Es hätte mir so viel Kummer und Ärger erspart.

Im Gewimmel des Bahnhofs verlor man schnell den Überblick. Die Reisenden, die aus den Zügen strömten, konnte ich eigentlich abhaken. Vielmehr konzentrierte ich mich auf Wartende, auf solche, die hier heimisch wirkten, womöglich gerade die Bahnhofstoiletten ansteuerten.

»Können wir Ihnen irgendwie helfen?« Ein Mann und eine Frau blieben neben mir stehen. Sie trugen beide eine blaue Weste mit der Aufschrift *Bahnhofsmission.* Meinten die wirklich mich?

»Sehe ich so verloren aus?«, fragte ich erstaunt.

Die beiden lachten.

»Na ja, ein wenig durcheinander«, antwortete die Frau. »Sie sehen so aus, als hätten Sie ein bisschen den Anschluss verpasst.«

Ich starrte sie mit offenem Mund an. Genau so fühlte ich mich: den Anschluss verpasst.

»Das ist es!«

Ob ich mich gerade komplett lächerlich machte? Und sie mich gleich vom Bahnhof an die Polizei weiterverweisen oder den Notarzt rufen würden?

»Was ist denn los? Haben Sie Ihren Zug verpasst?« Vorurteilsfrei sah mich der Mann an. Er schien bereit, sich das Dilemma meines Lebens anzuhören. Bei meiner Geburt beginnend. Die letzten Wochen würden mir fürs Erste ja schon einmal reichen.

»Ich habe kein Zuhause mehr und müsste mal auf die

Toilette«, fasste ich meine zwei aktuellen Hauptprobleme zusammen.

»Na, dann kommen Sie mal mit.« Sie schoben mich sanft in eine Richtung durch das Getöse des Bahnhofs.

Menschen hasteten die Treppen hinunter, um ihren Zug noch zu erreichen, wieder andere standen erwartungsvoll am Bahnsteig, um jemanden abzuholen. Noch andere warteten ungeduldig auf den nächsten Zug, der sie nach Hause oder zur Geliebten brachte. Zumindest an einen Ort, der ihnen nicht fremd war. Ich zierte mich ein wenig, kam mir so klein und unwichtig vor neben den wirklich wichtigen Problemen.

Kurze Zeit später betraten wir den Raum der Bahnhofsmission. »Schauen Sie, hier kommen alle zusammen, die kleine oder große Probleme haben.«

»Was denn zum Beispiel?«, erkundigte ich mich, um mich vorsichtig heranzutasten, ob mein Problem ansatzweise mithalten konnte.

»Einige möchten wissen, auf welches Gleis sie müssen, andere wissen nicht, was sie in Hamburg machen sollen. Wieder andere haben Hunger. Andere suchen ihren verlorenen Koffer oder nach dem Sinn des Lebens.«

Klang wie der ganz normale tägliche Wahnsinn.

»Und Sie mittendrin. Und immer freundlich«, vermutete ich.

»Wenn's zu laut wird, schicken wir die Leute in den Raum der Stille, der ist da hinten.«

In den »Raum der Stille« musste ich jetzt auch endlich mal. Und zwar dringend. Als ich wieder zurückkam, sah ich mich um und beobachtete, wie ein älterer Mann mit blauer Hanseatenmütze eine Tasse Kaffee trank. An der Wand hing eine Ausschreibung für Praktikantenstellen für Schüler. Ab sechzehn Jahren konnte man hier mitmischen und versuchen, anderen Leuten das Leben leichter zu machen.

»Ich hab eine Frage, die Ihnen wahrscheinlich merkwürdig vorkommt.« Ich wandte mich wieder an die beiden Mitarbeiter.

Der Mann lachte. »Da bin ich ja mal gespannt. Mich kann eigentlich nichts schocken.«

»Ich weiß nur nicht, ob ich bei Ihnen richtig bin. Mein Leben ist momentan ein wenig aus der Spur geraten«, plapperte ich drauflos und wunderte mich über mich selbst.

»Erzählen Sie doch.«

Als mir klar wurde, dass ich tatsächlich am Bahnhof von meinem aus der Spur geratenen Leben erzählte, brach ich in hektisches Gelächter aus. Ich musste es echt nötig haben, mich auszuheulen. O Mann. Dabei gab es andere, die wirklich Hilfe brauchten.

»Sind Sie häufiger hier?«, fragte ich, um endlich zum Punkt zu kommen und die beiden wieder ihre Arbeit machen zu lassen. Sie nickten. »War in letzter Zeit vielleicht mal ein Mann hier, der nach mir gefragt hat? Also nicht direkt nach mir, sondern nach einer Frau, deren Namen er nicht kannte und mit der er von Berlin nach Hamburg gefahren ist?« Ich machte mich hier vermutlich gerade mal wieder ziemlich lächerlich, aber was sollte es. Schließlich ging es um die Liebe! Ich atmete tief ein und versuchte, mich genauso aufrecht zu halten wie Maren vorhin.

»Bei mir nicht«, sagte die Frau mitfühlend. Ich meinte zu erkennen, dass sie genau wusste, wovon ich sprach. Ich hätte sie sofort zur besten Freundin genommen.

»Friiitz!«, rief der Mann in den Raum. »War hier mal einer, der vor Liebeskummer fast gestorben ist, weil er nach dieser Dame hier gesucht hat?« Er grinste und fing sich einen Knuff seiner Kollegin ein. Ich lachte laut, weil es aus seinem Mund wirklich wie aus einer Seifenoper klang.

»Nö. Nix!«, ertönte eine Stimme aus dem hinteren Bereich. »Nur ein Typ, der behauptet hat, eine Geldbörse mit zweihundert Euro verloren zu haben.«

Alle amüsierten sich köstlich.

»Und wenn jemand zweihundert Euro oder auch mehr findet, dürfen wir uns gerne bei ihm melden, oder?«

Die Frau zog mich ein wenig zur Seite.

»Keine Sorge, die meinen das nicht so. Manchmal passieren nur so komische Sachen. Leider haben wir nichts gehört. Aber wenn Sie mögen, können wir gerne drauf achten. Lassen Sie Ihre Adresse hier, wir rufen Sie dann an.« Sie reichte mir einen Flyer. »Wissen Sie denn, wo Sie heute schlafen können?« Ich nickte, freute mich aber über ihre Hilfsbereitschaft.

»Doch, ich gehe zu meiner Freundin.«

Auf dem Flyer suchte ich nach einer leeren Stelle und überlegte, ob ich meine Festnetznummer aufschreiben sollte. Nein, entschied ich, ich würde nur meine Handynummer hinterlassen. Ein Wort auf dem Stück Papier passte wie die Faust aufs Auge. *Umsteigehilfe* stand da. Genau das brauchte ich: eine Umsteigehilfe.

Ich stieg in den Bus und fuhr zu Ines. Sie wunderte sich nicht sonderlich, dass ich um Schlafasyl bat. Sie hatte eine Verabredung für den Abend und war heilfroh, dass ich auftauchte und mich um Matti kümmern konnte. Die Babysitterin war krank geworden, und ihr Nachbar Andreas war auch nicht da.

»Hast du noch einen Moment Zeit, bevor du losmusst?«, fragte ich meine Freundin.

»Na klar. Was gibt's denn?«

Im Schnelldurchlauf berichtete ich von Kais weiterem Immobilienkaufversuch und dass ich jetzt agieren wollte.

Dann zeigte ich auf einen Stift auf der Anrichte.

»Wir haben doch neulich darüber gesprochen, dass du ihn vielleicht zeichnen könntest? Wenn die Polizei sich schon weigert.« Ich war sehr aufgeregt und blickte mich nach einem Zettel um.

»Du möchtest tatsächlich, dass ich ein Phantombild deines Zugfreundes zeichne?« Ines goss einen Schluck Wasser in ein Glas.

Ich nickte. Ja, das wollte ich. Ich wollte zumindest nichts unversucht lassen.

»Und was machst du dann damit?«

»Weiß ich noch nicht genau. Vielleicht Plakate aufhängen oder doch bei Facebook posten. Ist mir jetzt auch egal, ob Kai das mitbekommt.« *Du könntest Kai entfreunden*, ging mir durch den Kopf.

Ines reichte mir das Wasserglas. »Bitte trink was. Du hyperventilierst ja.«

Ohne ein weiteres Wort zu sagen, ging sie zur Kommode und kam mit Zettel und Bleistift zurück. Offenbar erkannte sie, dass mit mir nicht zu verhandeln war.

»Kopfform?«, fragte sie. »Augenfarbe. Runde, längliche, ovale, mandelförmige?«

Ich sah Ines groß an, und mir wurde erst jetzt bewusst, dass es nun auf mich und mein Erinnerungsvermögen ankam. Ich dachte an nichts und niemand anderen mehr seit Tagen und Wochen, aber welche Farbe hatten noch mal seine Augen?

»Grün!«, sagte ich. »Und mehr so mandelförmig.« Doch, ich nickte, um mir selbst Mut zu machen.

Ines legte los und vertiefte sich in ihre Zeichnung. Zwischendurch warf sie mir ein paar Wörter zu wie: »Dichter Haarwuchs? Geheimratsecken? Buschige Augenbrauen? Voller Mund oder eher strichförmig?«

Jede Antwort begann ich mit einem »Ähhh« und einem Kopfkratzen.

»Haare wuschelig, Augenbrauen eher schmal, Mund sehr sinnlich!«

»Was heißt sinnlich?«, fragte Ines streng nach, und ich kam mir tatsächlich vor wie beim Verhör auf dem Polizeirevier. »Besondere Kennzeichen?« Ich wusste nicht genau, ob Ines sich über mich lustig machte, beschloss aber, etwaige sarkastische Bemerkungen zu überhören, und gab Auskunft über ein meines Erachtens sehr reizendes Grübchen in der rechten Wange. Ich verrenkte mir den Hals, Ines ließ mich das Werk aber erst betrachten, als sie fertig war. Ich starrte darauf und betrachtete das Gesicht eines Mannes, den ich noch nie gesehen hatte.

»Das ist er nicht!«, gab ich konsterniert zu.

»Nicht?«, fragte Ines.

»Nein, gar nicht. Meiner sah ganz anders aus.«

Ines atmete tief durch, zog den Stuhl dicht an meinen heran und sah mich eingehend an. Ob ich mich selbst wohl besser beschreiben könnte?, überlegte ich gerade.

»Charly, hör mal. So geht das nicht weiter!«, begann Ines zu sprechen. Sehr sanft. Ich wusste, was der Tonfall bedeutete. Dass jetzt eine Moralpredigt im Anflug war.

»Ja, ich weiß, was du sagen willst. Ich muss mich mit Kai treffen und Tabula rasa machen. Er muss endlich wissen, woran er ist«, sagte ich bestimmt.

»Weißt du denn, woran er ist?«

Ines hatte ein feines Gespür, mich zu warnen, wenn mein Verstand noch nicht ganz so weit war wie mein Mundwerk.

»Ich weiß, ich klinge wie eine Langspielplatte, die immer wieder auf Anfang hüpft«, sagte ich verunsichert.

»Kann es vielleicht sein, dass du dich erst mal mit dem Bahnmenschen treffen möchtest, um dann auszuloten, ob es überhaupt lohnt, sich zu trennen?«

Ich nickte beschämt, fragte mein innerstes Inneres und befürchtete, dass sie recht hatte. Dafür behandelte sie mich noch freundlich.

»Charly. Das eine hat mit dem anderen überhaupt nichts zu tun!« Sie fixierte mich, um zu erkennen, ob ich ihr folgen konnte. »Wenn der Typ aus der Bahn doch nicht so der Knaller ist, dann bleibst du bei Kai, oder wie hast du dir das vorgestellt?« Keine Ahnung. Ehrlich gesagt hatte ich mir gar nichts vorgestellt, gedacht oder gar ausgedacht.

»Vergiss den Bahngott mal kurz, und überlege dir bitte nur, ob Kai noch der Richtige für dich ist, nichts anderes.«

»Okay!«, sagte ich, und es klang eher wie »mal sehen«.

»Ich fände es auch unehrlich. Wenn Kai erfährt, dass du nur bei ihm geblieben bist, weil der andere vielleicht nicht wollte, das wäre nicht sehr aufrichtig, und so bist du nicht. Und es wäre auch ein bisschen …« Sie stockte.

»Feige«, beendete ich ihren Satz. »Sag's ruhig. Es stimmt ja alles, was du sagst. Ich geh morgen erst mal zur Arbeit, und abends treff ich mich mit Kai und mach klar Schiff.«

»Klingt gut«, ermutigte Ines mich. »Bitte konzentriere dich jetzt erst mal auf eine Sache. Mach dir klar, was du eigentlich mit Kai möchtest. Einen Schritt nach dem anderen.« Ich nickte mit gesenktem Kopf. »Und egal, wie du dich entscheidest, mach es bitte nicht von der Wohnung abhängig. Du kannst hier so lange bleiben, wie du möchtest.«

»Pass bloß auf, was du sagst. Sonst häng ich hier noch als Rentnerin mit schlohweißen Haaren auf der Couch, und Matti muss uns beide versorgen. Das wollen wir ihm doch nicht antun.«

Ines machte plötzlich eine hektische Bewegung und versuchte auf die Schnelle, Abendbrot für Matti vorzubereiten. »Bevor er uns versorgt, muss er was zu essen bekommen!«

»Lass mal, Ines. Ich kümmere mich schon drum. Zieh du dich um.«

Kurz darauf erschien Ines wieder in der Küche.

Ich betrachtete bewundernd die Aufmachung meiner Freundin. Sie trug ein umwerfendes rotes Kleid, hochhackige schwarze Schuhe und teuer aussehenden Schmuck. Ich wusste gar nicht, dass sie einen so edlen Fummel hatte. Ines hatte ja ein Faible für schicke Klamotten, aber dieses Kleid hatte ich noch nie gesehen.

»Wow. Hoffentlich weiß er es zu schätzen!« Ich beobachtete meine Freundin genau, um sie beim Rotwerden zu ertappen. Vielleicht diesmal doch was Ernstes. »Nun mach dich schon auf den Weg. Kann ich mich einfach aufs Sofa legen?«

Ines schnappte sich ihren Mantel und eilte zur Tür.

»Ja, klar. Im Schrank in meinem Zimmer sind noch eine dicke Decke und ein Kissen.«

Matti kam aus dem Wohnzimmer geschossen und holte sich von seiner Mutter zum Abschied einen Kuss.

»Wo ist Frank?«, war das Einzige, was er mich fragte, als die Tür hinter Ines ins Schloss fiel. Na bravo. Matti hielt meinen Vater für den fähigeren Babysitter.

»Tut mir leid!«, sagte ich. »Heute musst du wohl mit mir alleine vorlieb nehmen. Ich hab keine Ahnung, wo mein Vater ist.«

»Papa geht fremd!«

Die Stimme meiner Mutter klang schrill. Wäre ich bloß nicht ans Handy gegangen.

»Er hat eine andere Frau!«

Ich pustete laut durch.

»Wie kommst du denn darauf?«

Auf so einen Anruf war ich nicht gefasst gewesen. Was war mit Papa? Welche Frau? Und wieso rief Mama mich an, wir sprachen doch gar nicht mehr miteinander – was ein wahrer Segen gewesen war, wie mir aufging, als sie zu schluchzen anfing.

»Mama, beruhige dich.«

»Er betrügt mich.« Sie schniefte theatralisch.

»Wieso du das glaubst, habe ich gefragt!«, erinnerte ich sie etwas barsch.

»Frau Kroh hat es gesagt.« Die Nachbarin meiner Eltern, die mit der Puschelkatze, hatte meinen Vater in flagranti erwischt? Oder wie war das zu verstehen?

»Woher will sie das wissen?« Ich versuchte ausnahmsweise, so sachlich wie möglich an das Thema heranzugehen, denn meine Mutter klang wie eine feurige Italienerin, die schon nach dem Küchenmesser gegriffen hatte.

»Weil sie es im Radio gehört hat.« Das Schluchzen verebbte, und mich durchflutete eine Ahnung, eine leise Ahnung, was passiert sein könnte.

»Du meinst die Sendung bei der Elbe-Welle?«, fragte ich vorsichtig nach. Meine Mutter ließ mir nicht mal die Zeit, den Satz zu beenden, und platzte brüsk in meine letzte Silbe hinein.

»Du wusstest es?! Charlotte. Deswegen willst du auch nichts mehr mit mir zu tun haben. Du kennst sie?« Ich muss wohl kaum erwähnen, dass die Wasserflut sich wieder ihren Weg durch den Tränenkanal gebahnt hatte.

»Quatsch, Mama. Das ist ganz anders.« Ich grinste, als ich realisierte, wie ich versuchte, den Kopf meines Vaters zu retten. Mit dem abgedroschensten aller Sätze. Es ist alles ganz anders! Ich lachte hysterisch, was meine Mutter falsch deutete.

»Es stimmt also doch. Das ist jetzt also die Strafe.« Wie sie den letzten Satz meinte, war mir nicht ganz klar.

»Nein, es stimmt überhaupt nicht. Was hat Frau Kroh denn gemeint, gehört zu haben?«

»Dein Vater hat im Radio nach einer Frau gesucht, die er schon lange nicht mehr gesehen hat, aber wiedersehen will.«

Ich stöhnte auf. So die Tatsachen durcheinanderwerfen konnte auch nur eine Frau, die zeit meines Lebens hinter ihrer Gardine gestanden und die Nachbarschaft ausspioniert hatte.

Sie hatte meiner Mutter mal gepetzt, dass sie mich mit einem Freund im Garten gesehen habe. Aus einem harmlosen Kuss war eine wilde Knutscherei geworden. Zu allem Übel hatte Frau Kroh noch behauptet, wir hätten »wie die Schlote geraucht«. Als sie meiner Mutter all das erzählte, hatte sie gierig an einer Zigarette gesogen.

»Papa hat für meine Patientin Frau Baumann da angerufen, für die, die ihre Schwester sucht. Das hab ich dir doch erzählt. Völlig harmlos. Die Schwester ist mehr als zehn Jahre älter als Papa. Überhaupt keine Konkurrenz, okay?« Ich wollte einfach nur, dass sie sich abregte. Andererseits hatte ich kurz gezögert, ob ich sie nicht ein wenig zappeln lassen sollte. Nach dem, was sie sich in letzter Zeit geleistet hatte, hatte sie ja wohl ein wenig Ungewissheit verdient. So herzlos war ich dann aber doch nicht.

Meine Mutter wurde urplötzlich nachdenklich. »Stimmt das, Charlotte?«

»Ja, sonst würde ich es ja wohl kaum sagen. Hast du überhaupt mal Papa selber gefragt?«

Meine Mutter wurde noch stiller, was bewies, dass sie mal wieder den Umweg über die Öffentlichkeit gegangen war, anstatt dem Verdächtigen die Möglichkeit zu geben, sich zu verteidigen. Ich konnte nur hoffen, dass Frau Kroh noch nicht der gesamten Straße von den Neuigkeiten rund um meinen weibslüsternen Vater erzählt hatte. Die taube Nuss.

»Der ist gar nicht mehr ansprechbar!«, sagte meine Mutter kleinlaut. »Er verschanzt sich in seinem Arbeitszimmer. Deswegen dachte ich, er würde am Computer mit dieser Frau schreiben.«

Ich prustete kurz los. Dann stockte ich. Na klar, wer mit WhatsApp umgehen konnte, kam auch mit Skype zurecht … Trotzdem.

»Gerade sitzt er mit dem Nachbarsjungen und diesem Polizistennachbarn deiner Freundin in deinem alten Jugendzimmer und baut irgendwas im Internet«, gab meine Mutter beleidigt Auskunft.

»Mit weeem?« Wieso war Ines' Nachbar bei meinem Vater? »Was bauen die denn da?«

»Angeblich irgend so ein Internetpräsent!«

»Was, die kaufen online Geschenke?« Das war alles zu viel für mich. Der Streit mit Kai, die Bahnhofsmission, Ines in dem roten Kleid, Matti, der mich entgeistert anstarrte, und jetzt meine Mutter, die meinen Vater des Fremdgehens beschuldigte, während der sich im World Wide Web verirrte.

»Nein, ich meine so eine Internetpräsenz!« Meine Mutter sprach das Wort aus wie die achte Todsünde.

»Mama, gib mir mal bitte sofort Papa!«

Er ließ ausrichten, er würde mich zurückrufen. Am Tonfall meiner Mutter merkte ich, wie wenig es ihr passte, die Sekretärin für ihren Mann zu spielen, der sich nebenan mit seinen neuen Kumpels im Internet herumtrieb.

»Wollt ihr denn am Sonntag vielleicht mal zum Kaffee kommen?«

Bevor ich in die Luft ging, musste ich zumindest anerkennen, dass meine Mutter einen zurückhaltenden Tonfall hatte. Ob sie sich womöglich ein paar Gedanken gemacht hatte? Das Wort »vielleicht« war schon ein großer Schritt für sie. Normalerweise hätte so ein Satz eher wie eine Anweisung geklungen, zu der man die Hacken aneinanderschlug und sich den rechten Zeigefinger an die Stirn tippte.

Meine Mutter war auch so eingefahren in ihrem Leben, dass es für sie abseits des Sonntag-Nachmittag-Kaffees keine Termin-Alternative gab. Hätte ich beispielsweise vorgeschlagen, ob wir uns an einem stinknormalen Dienstag in einem Café in der Stadt zum Brunch treffen, hätte sie selbstverständlich naserümpfend abgesagt. »Das ist doch viel zu teuer!«, sagte sie stets.

Meine Mutter war die größte Schnäppchenjägerin.

Wenn sie wüsste, was der Inhalt meines Kleiderschranks wert war, würde sie tot umfallen. Kai gab bei einem Marktbesuch zehnmal so viel aus wie meine Eltern beim monatlichen Supermarkt-Einkauf.

Während der Olympischen Spiele war sie rund um die Uhr in Deutschland unterwegs gewesen, weil die Bahn für jede deutsche Goldmedaille die Besitzer der Gold-Card umsonst Zug fahren ließ. Sie hätte sich auch mit vierzig Grad Fieber zum Bahnhof geschleppt; keinen Kilometer hätte sie verschwendet. Selbst Niedergeckler und Grothusenkoog hatte sie nicht ausgelassen. Und auch bei einem Schwippschwager eines entfernten Verwandten dritten Grades im Schwarzwald war sie aufgelaufen. Die hatten vorher noch nicht einmal von ihrer Existenz gewusst.

»Nein, Mama, wir kommen nicht am Sonntag.«

»Ist was mit Kai?«, preschte sie sofort dazwischen. Auf die Idee, dass es auch an ihr liegen könnte, kam sie nicht.

»Ich habe doch gesagt, dass ich erst mal meine Ruhe brauche.« Sehr gut, Charly, lass dich nicht kleinkriegen, bleib stark.

»Aber jetzt ist doch alles anders. Ich dachte, da würdest du mal wieder vorbeikommen?«

»Wie meinst du das?«, erkundigte ich mich ruhig.

»Na ja, ich hätte gedacht, wir halten zusammen, jetzt wo Papa fremdgeht.« Unlogik, du Schwester meiner Mutter.

»Aber das stimmt doch gar nicht.«

»Ich habe es aber gedacht!«, gab sie zurück. Na klar. Sie hoffte auf mein Mitleid.

»Tschüs, Mama.« Ich legte auf. Wieder hatte ich es geschafft, mich nicht weichklopfen zu lassen.

Als ich später Matti ins Bett brachte, fragte ich mich, wie sie das mit der gerechten Strafe gemeint hatte.

Ich belohnte mich mit einer Tüte Salzbrezeln, die ich in der Küche gefunden hatte, und machte es mir auf dem Sofa bequem. Ich würde die Nacht mit ihm verbringen, mit dem einen, der so zuverlässig war. Immer zur Stelle, wenn man ihn brauchte. Auf Knopfdruck.

Ich schaltete den Fernseher ein, steckte mir genüsslich eine Brezel in den Mund und streckte mich unter der Decke aus. Die hatte ich, wie von Ines angekündigt, im Schlafzimmer gefunden. Bewundernd war mein Blick über ihr Kleidersortiment gefallen. Da waren so schicke Teile dabei. Ich hatte kurz überlegt, ob ich das nachtblaue Kleid mit dem V-Ausschnitt anprobieren sollte. Das gefiel mir besonders gut, weil die Farbe der meiner Augen ähnelte. Im letzten Moment hatte ich mich zurückgehalten. Ines trug eine Kleidergröße kleiner als ich, und ich wollte nicht, dass sie zurückkam und mich fand: zwischen Ärmel und Taille auf halbem Weg in diesem Traumkleid stecken geblieben. Das hätte mir in meiner momentanen mentalen Verfassung einen zu herben Rückschlag verpasst.

Papa rief an, als in dem Krimi gerade der Verdächtige sein Geständnis ablegte. Früher hätte er niemals in so einem entscheidenden Moment das Telefon bedient. Und jeden, der anzurufen gewagt hätte, verbal um einen Kopf kürzer gemacht. Die Dinge änderten sich, und auch mein alter Vater war noch in der Lage, sich nach rechts, links oder sogar nach vorne zu bewegen.

»Na, was gibt's, Charly?« Er tat so, als wüsste er überhaupt nicht, welche grauen Wolken gerade über seinem Himmel aufzogen.

»Also wirklich, Papa! Mama denkt, du gehst fremd.«
Er lachte.
»Ja, ja, ich weiß. Dafür hab ich momentan aber gar keine Zeit.«
Was?! Er sagte nicht, dass das kompletter Quatsch sei. Ich prustete los.
»Du bist ja einer!« Er reagierte nicht. »Aber jetzt sag mal bitte, wie bist du denn auf die Idee mit dem Radiosender gekommen, und vor allem, weiß Frau Baumann davon?«
»Natürlich weiß sie das!« Mein Vater klang empört. »Denkst du etwa, ich würde etwas tun, ohne die Hauptbeteiligten zu informieren?« Nun ja. Mama hast du ja auch nicht Bescheid gesagt, was du da planst, dachte ich. Und es hätte sie bestimmt interessiert. »Als wir in dem Café waren, habe ich gefragt, ob ich mich kümmern soll, und sie hat dankend angenommen. Hast du das nicht mitbekommen? Du warst bestimmt wieder abgelenkt.« Ich schüttelte den Kopf, was er nicht sehen konnte.
Der Geständige im Fernsehen wurde gerade festgenommen und aufs Polizeirevier verfrachtet. Ein Beamter legte ihm Handschellen an. In Zukunft würde ich auch immer ein paar Handschellen mit mir führen. Das konnte das Top-Accessoire der neuen Mode-Saison werden, und ich würde Menschen, die mir am Herzen lagen, so knallhart an mich binden und fesseln, dass sie nicht mehr wegkonnten. O Gott, irgendwie hatte ich doch was von meiner Mutter abbekommen. War ich etwa auch so besitzergreifend?
»Wie kommst du drauf, dass ich abgelenkt war?«, fragte ich meinen Vater.
»Nur so. Sie würde ihre Schwester gerne wiedersehen, und ich habe es angeleiert. Hat Spaß gemacht.«

Ich erkundigte mich, wie er auf die Elbe-Welle gekommen war.

»Ich finde diese Moderatorin so nett. Jule Claussen heißt die. Über die stand neulich auch mal was in der Zeitung.«

»Ich habe Kai mal ein Kochbuch von ihr geschenkt«, erwähnte ich.

»Siehst du. Die ist gut. Und jetzt hat sie diese Kuppelsendung. Nicht nur für Liebespaare. Für alles Mögliche.« Papa war in seinem Element. Ich hatte das Gefühl, er hatte seine Körperfunktionen zu Beginn seiner Rente im vergangenen Jahr auf ein Minimum heruntergefahren. Und jetzt merkte er, dass doch noch Leben in ihm steckte, dass er überhaupt nicht fürs Abstellgleis gemacht war.

Spann ich, oder sprach ich tatsächlich ständig im Bahnfahrerjargon?

»Erst war so ein Mann bei dem Radiosender am Telefon. Bestimmt jünger als ich, klang aber viel älter und total unfreundlich. Der Name passte total. Der hieß Motz oder so.« Mein Vater amüsierte sich königlich über seinen Namensjoke.

»Glaubst du wirklich, dass der so hieß?«, neckte ich.

»War so schwer zu verstehen, außerdem war ich ja auch aufgeregt. Man spricht ja nicht jeden Tag im Radio. Der Unhöfliche hat mich gefragt, was ich eigentlich wollte. Aber so überheblich, weißt du. Als wenn er was Besseres wäre. Hat sich bestimmt für den Programmdirektor gehalten. Na ja, egal.«

Ich hörte meinem Vater nur mit halbem Ohr zu, weil ich in der ›Hamburger Morgenpost‹ das weitere Fernsehprogramm studierte. Ich wollte mich berieseln lassen, nicht von meinem Vater, sondern vom Fernseher. Dem musste ich wenigstens nicht antworten.

»Und dann?«, fragte ich. Eine ebenso nützliche Floskel wie »Aha!« oder »Ach, echt?«. Ging immer, wenn man den eifrigen Plauderer am anderen Ende der Leitung bei Laune halten wollte. Am liebsten hätte ich aufgelegt, in die Glotze gestarrt und einfach gar nichts mehr gedacht. Aber es gab noch so viele Punkte, die abzuhaken waren.

»Sag mal, stimmt es eigentlich, dass Andreas bei dir ist?«

»Ja, genau. Wir tüfteln hier rum mit Benny!«

»Mit wem?«, fragte ich nach. Der Name kam mir entfernt bekannt vor.

»Benny ist der Freund von Torben, der nicht zum Abtanzball konnte.« Damit war ich wieder im Bild.

»Wie bist du denn an den gekommen?«

»Weil ich mit Torben vernetzt bin, und Benny hat mir auf Facebook eine Freundschaftsanfrage geschickt.«

Abrupt setzte ich mich aufrecht aufs Sofa. »Du bist bei Facebook?«

»Na klar. Du etwa nicht?« Ich bejahte, loggte mich aber zugegebenermaßen nicht oft ein. Zwischen der Praxis, dem »Café au lait« und Kais Kochorgien fand ich oft nicht mehr den Nerv, mich auch noch mit virtuellen Dingen auseinanderzusetzen. Mir war die Realität meistens mehr als genug.

»Jedenfalls«, fuhr Papa fort, »Benny hat eine Website gebaut, für Andreas und mich.«

Ines' Nachbar war im Grunde der Fremdgänger!

»Der sollte eigentlich da sein, wo ich grad bin. Auf Matti aufpassen.«

»Er hat gesagt, Ines hat für heute einen anderen Babysitter.« Stimmte, aber der hatte sich krankgemeldet. Zu viel unwichtige Information.

»Was für eine Website?«, kam ich zum eigentlichen Thema zurück.

»Andreas will sich selbstständig machen als Privatermittler«, erklärte Papa auf einmal flüsternd. »Aber nicht nur so Gangstersachen, auch Leichteres, Menschlicheres. Also Suchen und Finden von Dingen und Leuten. Durch mich ist er auf die Idee gekommen.« Der Stolz in seiner Stimme überschwemmte mich sogar noch durch die Leitung.

»Du meinst Tanzpartner finden, Jobs, verschollene Schwestern?« Ich zählte alles auf, was wir in den letzten Tagen und Wochen so auf die Beine gestellt hatten.

»Genau. Und ich weiß, im Grunde kommt das auch von dir, Charly. Wenn das gut anläuft, dann kannst du vielleicht auch mitmachen«, bot er an. Ich stellte mir vor, wie Papa mit Andreas knallharte Einstellungsgespräche führte und mich erst einmal außen vor ließ, weil er meine Existenz nicht zerstören wollte, sollte das Startup nicht funktionieren. »Einige Leute«, erzählte er weiter, »fühlen sich übers Internet wohler. Das ist anonymer, als wenn sie einem Detektiv direkt gegenübersitzen. Deshalb wollen wir uns auf Online konzentrieren.«

Ich konnte mir ein Lächeln nicht verkneifen. War das wirklich Papa? Ich vermutete, er plapperte einfach nur das nach, was Benny ihm vorgekaut hatte.

»Benny kennt sich richtig gut aus.« Hatte ich also recht.

»Und Andreas? Nicht, dass der dich über den Tisch zieht.«

Papa war empört. »Was denkst du denn? Alles vertraglich geregelt. Wir haben beide den genau gleich großen finanziellen Aufwand. Und Bennys Bezahlung ist auch gesichert.«

Ob Mama wusste, dass ihr Mann gerade seine Rente in ein unsicheres Projekt steckte, anstatt mit ihr eine Weltreise zu planen? Da wäre ihr vielleicht sogar ein Seitensprung lieber gewesen.

»Wie soll denn eure Firma heißen?«, fragte ich.

»Suchmaschine!«, erwiderte Papa sofort. »Benny stellt das so ein, dass es als Erstes erscheint, wenn man den Begriff Suchmaschine googelt«, klärte Papa mich auf. Facebook war nur der Anfang, merkte ich.

»Suchmaschine gefällt mir. Vielleicht wär das wirklich auch was für mich. Suchen liegt mir«, sagte ich, verstummte aber gleich wieder. Wenn er nicht mein Vater gewesen wäre, hätte ich im Grunde erste Kundin der »Suchmaschine« werden können. Das ging aber auf keinen Fall, es würde Papa viel zu sehr aufregen.

»Papa, das sind ja viele Neuigkeiten. Du, Andreas und die ›Suchmaschine‹. Muss ich nachher gleich Ines, äh Kai erzählen.« Mein Vater sollte nicht wissen, dass ich die kommende Nacht bei Ines verbringen würde. Ich war müde, erschöpft, ausgelaugt. Viel zu viel für einen Tag.

»Papa, viel Spaß noch, grüß alle. Und bis bald.« Ich wollte gerade auflegen, als mein Vater noch etwas rief. Mit einem Tonfall, den ich von früher kannte, wenn ich vergessen hatte, ihm ein Bier aus der Küche mitzubringen oder die Autotür zu laut zugeknallt hatte.

»Willst du denn gar nicht wissen, ob es geklappt hat?«

Ich würde morgen mal ins Internet gehen und die Website anklicken, weil ich mir gar nicht vorstellen konnte, dass Benny das so fix hinbekommen hatte. »Schau ich mir morgen an, eure ›Suchmaschine‹.«

Papa schnaufte. »Nein, das meine ich doch gar nicht. Wir haben erste Fahndungserfolge!«

Ein Schmunzeln huschte über meine Lippen. Papa ging voll und ganz auf in seiner neuen Aufgabe und hatte sich auch schon das entsprechende Vokabular angeeignet.

»Ehrlich?«, fragte ich also brav nach, obwohl ich wirklich sehr müde war. »Inwiefern denn?«

»Wir haben das heiß begehrte Suchobjekt ausfindig gemacht«, erklärte er leise, aber sehr deutlich. Im selben Atemzug wurde er aus dem Hintergrund zurück ins Arbeitszimmer gerufen und legte auf.

Sofort rief ich auf allen möglichen Kanälen zurück. Festnetz, Handy. Keiner ging ran. Ich platzte beinahe vor Neugier und hätte mich am liebsten sofort auf den Weg zum Haus meiner Eltern gemacht. Dann hätte ich aber meinen eigenen Vorsatz gebrochen, meine Mutter erst einmal nicht mehr zu besuchen. Und ich hätte Matti allein lassen müssen, was Ines bestimmt nicht besonders lustig gefunden hätte. Übertrieb ich vielleicht? Sollte ich mich beruhigen?

Mein Handy piepste. Hastig griff ich danach und sah, dass eine WhatsApp meines Vaters eingegangen war. Ja, wir sprachen tatsächlich noch immer von dem Mann, der keine Kaffeemaschinen bedienen konnte. Ich las: »ich möchte, dass du glücklich bist deswegen habe ich es gemacht kommt er bald? mein heuchlerchen«

Ich schluckte kurz und heftig und las die Nachricht stirnrunzelnd ein zweites und ein drittes Mal. Ich begriff, dass mein Vater offenbar noch nicht in der Lage war, die Großschreibung zu aktivieren, und auch keine Punkte setzen konnte. Das Fragezeichen hatte er hingegen gefunden. Der Sinn erschloss sich mir aber nicht ganz. Okay.

Der Reihe nach: Mein Vater wollte also, dass ich glücklich war, und hatte sich deswegen auf die Suche nach meinem Unbekannten gemacht. Aber wieso schrieb er: Kommt er bald? Mit einem Fragezeichen. Wollte er mich noch ein wenig zappeln lassen, so nach dem Motto: Ich habe ihn zwar gefunden, aber ob er bald zu dir kommt, ist ungewiss. Das ließ mich ratlos zurück. Dass Papa das Wort »glücklich« benutzt hatte, irritierte mich am meisten. Gesagt hätte er so einen »sentimentalen Quatsch« niemals. Noch viel mehr erzürnten mich die letzten beiden Worte. Heuchlerchen? Ich eine Heuchlerin? War ich im falschen Film, oder was? Ich versuchte, mir zu erklären, was er damit meinen könnte. Dass ich mit einem Mann zusammenlebte und einen anderen mochte? Ohne die Hintergründe zu kennen, nannte mein Vater seine eigene Tochter Heuchlerin?

»Sag mir bitte, was das alles soll! Selber Heuchler!«, schrieb ich zurück, bekam aber keine Antwort. Was sollte ich tun? Ich würde auf diesem Sofa liegen bleiben, ruhig durchatmen und mich nicht aufregen. Das war schwierig.

Abgesehen von der Beleidigung – was hatte mein Vater gesagt? Er hatte das »heiß begehrte« Suchobjekt ausfindig gemacht! Das bedeutete, zusammen mit der orthografisch ungenügenden SMS: Nicht nur, dass er die Sache mit dem Fachjargon bis ins Letzte ausreizen würde, sondern dass Andreas doch gepetzt und meinem Vater von der Autokennzeichenliste berichtet hatte. Dass ich mir also die ganze Geheimniskrämerei hätte sparen können. Und vor allem bedeutete es eines: dass Papa meinen unbekannten Bahnbegleiter aufgespürt hatte.

Leben ist, was uns zustößt,
während wir uns etwas ganz anderes vorgenommen haben.
HENRY MILLER

Ines kam spät nach Hause, stupste mich an und fragte, ob alles in Ordnung sei.

»Nein, gar nichts!«, lallte ich. Daraufhin stürmte sie zu Matti ins Zimmer und rief laut seinen Namen.

»Nein, nein! Mit ihm ist alles okay«, beruhigte ich sie.

Sie kam zurück und ließ sich auf den Sessel mir gegenüber fallen. Ich setzte mich aufrecht hin.

»Entschuldige, aber ich habe nur im Schlaf gesprochen.«

Ines hatte sich wieder gefangen und sah mich interessiert an.

»Ach so. Na dann.«

Nach ihrer Standpauke vorhin würde ich ihr kaum erzählen, dass Papa den Unbekannten gefunden hatte. Sie hatte ja recht, und daher regte ich mich über Papas Nachricht auch nicht so auf, sondern blieb ruhig und auf mich und meinen aktuellen Freund fokussiert.

Ich berichtete noch einmal ausführlich von meiner Flucht, Papa, Andreas, der »Suchmaschine«. Nur das Allerwichtigste unterschlug ich. Dass sie *ihn* gefunden hatten.

Ich lachte, weil es so absurd war. Ich jagte seit Wochen einem Phantom hinterher, mein Vater spürte es auf, fand es aber nicht weiter der Rede wert. Richtig ausflippen vor Freude konnte ich auch nicht, weil ich meine andere Baustelle noch bereinigen musste: Kai.

Ich traute meinem eigenen Urteilsvermögen nicht mehr und hatte das Gefühl, mich selbst zu betrügen. Mir einzureden, dass es unverzeihlich war, was Kai sich da geleistet hatte. Im Grunde hatte ich ihn verurteilt, ohne ihn anzuhören – oder zumindest ein paar Geschworene zuzulassen. Hatte Kai überhaupt eine Chance?

Als Ines ins Bett ging, überlegte ich, wie es wohl wäre, eine WG mit ihr zu gründen, dann allerdings in einer größeren Wohnung. Wenn Ines sich um ihre Blumen kümmern müsste, könnte ich mich ganz einfach um Matti kümmern. Fragte sich nur, wer sich dann um mich kümmerte.

Bald würde sie meine Hilfe nicht mehr brauchen. Frau Baumann kam tatsächlich zu uns in die Praxis. Das nahm vor allem meine Chefin freudig zur Kenntnis. Herr Baumann stützte seine Frau, während sie an ihrer Gehhilfe hing.

Vom Fenster aus beobachteten wir, wie sie sich langsam, aber sicher der Physio-Praxis näherte. Sie schaute nicht ansatzweise so mürrisch und lustlos wie neulich, eher wie frisch geschlüpft.

»Die beiden sehen so glücklich zusammen aus«, bemerkte Maren, die seit Kurzem bei jedem noch so kleinen Anflug von Romantik seufzte oder gar in Tränen ausbrach. Ihr Patient schien ihr den Kopf verdreht zu haben und das Herz gleich mit.

»Frau Baumann, wussten Sie, dass mein Vater die Suchmeldung im Radio aufgibt?«

Ich hatte beschlossen, sie direkt darauf anzusprechen und die Geschichte von allen Seiten abzuklopfen. Offenbar war sie wirklich wasserdicht.

»Doch, doch. Darüber hatten wir doch in dem Café gesprochen. Es ist ganz fantastisch, wie Ihr Vater das hingekriegt hat.«

»Na ja, er hat halt bei diesem Sender angerufen«, wiegelte ich ab. So groß war sein Aufwand ja nun wirklich nicht gewesen. Wenn ich daran dachte, was ich in den letzten Wochen alles für Frau Baumann getan hatte. Wie gut, dass ich null eitel war, fiel mir ein. Und ich hätte meinem Vater den Heldenstatus auch wirklich von Herzen gegönnt, wäre nicht das Heuchlerchen gewesen. »Obwohl ich es auch mutig finde, immerhin hat er noch nie im Radio gesprochen«, fügte ich mit einiger Mühe an.

»Ganz meine Meinung«, mischte sich Herr Baumann ein. »Ich hätte mich das nicht getraut.«

Frau Baumann nickte ehrfürchtig, geradezu so, als wollte sie meinen Vater für den Nobelpreis in der Kategorie »Nächstenliebe« vorschlagen, ihn adoptieren oder zumindest in ihr Nachtgebet einschließen.

Die Lobhudelei konnte Papa gleich auf seine neue Website stellen: *»Frau Baumann aus Hamburg hat er neuen Lebensmut gegeben. Nutzen auch Sie die ›Suchmaschine‹. Jetzt! Es ist niemals zu spät.«*

Ganz unerwartet tropfte Frau Baumann eine Träne aus dem rechten Auge.

»Die Chance, dass sie sich meldet, ist nach all den Jahren sehr gering. Wie auch immer, Sie glauben ja gar nicht, wie Ihr Vater mir mit seinem Einsatz wieder neuen Lebensmut gegeben hat.« Das sah ich. Sie war wirklich wieder viel besser auf den Beinen. Manchmal bewirkten kleine Dinge Wunder, hatten wir schon in der Physio-Ausbildung gelernt. Eine nette Geste, ein freundliches Wort konnten oft viel mehr ausmachen als zehn Verbände, Massagen oder Behandlungen. Genesung war in manchen Fällen reine Kopfsache.

»Ich glaube, ich werde Ihren Vater zur Feier einladen. Dann kommen auch noch ein paar mehr Leute. Ich würde mich freuen, wenn Sie auch kämen, Liebes.« Frau Baumann hatte mich doch noch nicht vergessen.

»Ich komme gerne!«, sagte ich herzlich, weil das ja auch stimmte.

»Sie können auch Ihren Freund mitbringen!« Ich nickte und lief rot an. Wie gut, dass sie nicht nach seinem Namen gefragt hatte. Momentan war alles möglich. Dass ich mit meinem Zugbegleiter kam, mit Kai, mit beiden, oder ganz allein.

»Sie haben ja noch Zeit zu überlegen, ob jemand mitkommen soll, und wenn ja, wer!« War ich so leicht zu durchschauen, konnte man mir an der Nasenspitze ablesen, dass das Thema Begleitung zurzeit etwas kompliziert war? Ich hatte ihr ja neulich ein wenig von Kai erzählt, und vielleicht hatte Papa auch etwas erwähnt. Sie besaß einfach einen siebten Sinn.

»Wo soll die Feier denn jetzt stattfinden?«, fragte ich.

»Ich finde das ›Schwanencafé‹ so schön.« Frau Baumann hing daran, weil sie früher mit ihrer Familie oft dort gewesen war.

»Das kann ich verstehen«, versuchte ich sie vorsichtig zu beeinflussen. »Aber ich fand nicht gerade, dass sie dort nett waren.« Ich wollte ihr nicht knallhart an den Kopf werfen, dass der schnöselige Ober ihr indirekt ja schon eine Absage verpasst hatte.

»Wissen Sie was Besseres?«, fragte sie. Ich grübelte. Da rannte man sein Leben lang an jeder Menge Locations vorbei zwischen Stehcafé, Nobelrestaurant und After-Work-Lounge, um im entscheidenden Moment eine gähnende Leere im Kopf vorzufinden.

Es klopfte. Maren kam herein und grinste mich an.

»Dein Lieblingspatient ist zu früh.«

Jo trat hinter ihr in die kleine Behandlungskabine. Sollten noch Menschen hinzukommen und die Temperatur durch engen Körperkontakt weiter in die Höhe treiben, könnten wir in wenigen Minuten schon einen Saunabesuch anbieten.

»Entschuldige, Charly. Bénédicte und ich haben nachher einen Besichtigungstermin für eine Wohnung. Deswegen wollte ich fragen, ob ich jetzt schon dran kann?« Er blickte alle im Raum mit diesem »Mir kann eh keiner böse sein«-Blick an. Dann zückte er einen kleinen Blumenstrauß mit Sonnenblume.

Ich sah ihn fragend an. Wofür war der jetzt? Eigentlich für seine Bénédicte, und ich sollte nur mal halten?

»Is für dich. Wenn's jetzt nicht passt, geh ich auch wieder. Ist ja meine Schuld«, bot er an, wohl wissend, dass ich ihn sowieso nicht unverrichteter Dinge würde ziehen lassen. Vor allem nicht nach dem Bestechungsstrauß.

Spontan fiel mir eine Werbekampagne zum Valentinstag in Paris ein. Auf Riesenwerbeplakaten hatte an den Straßen folgender Spruch geprangt: *Die Pariser Floristen offerieren Ihnen fünfzig Prozent Nachlass auf den Kauf des zweiten Bouquets. Denken Sie auch an Ihre Geliebte!* Das fand ich wahnsinnig komisch. Ich wollte Ines vorschlagen, die Kampagne für ihren Blumenladen zu übernehmen. Sicherlich würde ihr das jede Menge Aufmerksamkeit einbringen. Ich fand sogar, man könnte noch einen Schritt weitergehen. Anstelle des letzten Satzes mit der Geliebten könnte es doch auch heißen: *Denken Sie auch an Ihre Frau.* Ich grinste bei der Vorstellung, dass Ines so ein revolutionäres Plakat bei sich im Laden hängen hätte. Es wäre interessant zu wissen, wer sich dann noch hereintrauen würde.

»Bleib ruhig hier«, sagte ich zu Jo. »Bei solchen Blumen kann man ja nicht Nein sagen. Wie komme ich zu der Ehre?«

Jo strahlte. Offenbar schien ihm mein kleiner Schubs gutgetan zu haben.

»Dann bleibt sie also in Hamburg?«, fragte ich wissend.

Er nickte und klopfte mir auf die Schulter. »Charly sei Dank. Du bist wirklich unsere Retterin. Bénédicte ist schnurstracks in dieses Café gelaufen und sofort genommen worden.«

Warum wusste ich nichts davon? »Tatsächlich?«

»Ja!«, nickte Jo. »Sie hatte gestern ihren ersten Tag. Es lief prima. Die Chefin hat gesagt, wie heißt die noch mal?«

»Rita«, half ich ihm auf die Sprünge.

»Stimmt. Die ist total nett. Und weißt du, wieso sie sie genommen hat?« Es war eine rhetorische Frage. Er beantwortete sie sofort selbst und platzte beinahe vor Stolz. »Weil, so hat Rita es wortwörtlich gesagt, Bénédicte dem Café das richtige Flair verpasst, weil sie endlich rechtfertigt, dass das Café überhaupt einen französischen Namen hat.«

Das klang fantastisch. Jo gönnte seiner Freundin den Erfolg bestimmt mehr als sich selbst zehn Tore in einer Halbzeit. Trotzdem stoppte ich den Redeschwall mit einem Blick auf Frau Baumann. Sie saß immer noch geduldig auf der Behandlungsliege, während Jo sprudelte und sprudelte.

»Na, Ihre Freundin muss ja sehr charmant sein«, meldete sie sich zu Wort.

»Sie ist *génial*. Genau wie ihre Quiches«, erzählte Jo lachend.

Frau Baumann erhob sich ächzend. »Ich liebe Quiches. Früher waren wir oft im Urlaub in Frankreich. In der Provence. Ein ganz hübscher Ort war das. Der Name fällt mir nicht mehr ein. Meine Güte, ist das alles lang her.«

In dem Moment ging die Tür auf, und Bénédicte schob sich in den kleinen Raum. Sie verhielt sich figurtechnisch zwar im Vergleich zu uns deutschen Frauen wie ein Streichholz neben einem Lagerfeuer, trotzdem passte hier nun garantiert nicht mal mehr ein Zwerg wie Matti rein.

»Die Provence ist ein Traum!«, schwärmte Bénédicte anstelle einer Begrüßung. Sie musste Frau Baumanns letzte Worte gehört haben. »Lourmarin? Roussillon? Gordes? Manosque? Ménerbes, Ansouis? Wie hieß der Ort?« Aus ihrem Mund klangen die Dörfer noch viel verheißungsvoller; da konnte die Frau aus dem Reisebüro sich noch so sehr bemühen. Prompt hatte ich das Gefühl, nicht mehr auf dem tristen, grauen Linoleumboden zu stehen, sondern inmitten eines Sonnenblumenfeldes. Ja, ich gab es zu, ich war in diesen Tagen anfällig für Romantik. Und für Kitsch im Quadrat.

»Ach, *ma chère*, die Namen sagen mir alle was«, begeisterte sich Frau Baumann. Ich wusste gar nicht, dass sie Französisch sprach. »Vielleicht kann ich ja sogar irgendwann noch einmal hin«, geriet sie weiter ins Schwärmen. »Sie müssen mich nur noch schneller machen, Liebes.«

Ma chère, Liebes! Eine polyglotte Schmeichlerin. Das konnte unmöglich die Frau sein, die vor einer Woche so geklungen hatte, als wollte sie in ihrem Sessel nur noch den ewigen Frieden finden.

Frau Baumann versprach Bénédicte, nachzuforschen, wie der Ort geheißen hatte. Herr Baumann half seiner Frau, sich in Richtung Ausgang zu bewegen. Danach würden wir wieder freier atmen können.

»Kommen Sie doch gerne mal ins ›Café au lait‹. Da gibt es auch hübsche Bildbände über die Provence.« Frau Baumann blieb abrupt stehen. Doch nicht atmen, weiter Luft anhalten.

»Wie groß ist dieses Café denn?«

Bénédicte sah mich fragend an und zuckte mit den Schultern. »*Bon*, isch weiß nischt. Nischt sonderlisch groß, aber auch nischt sehr klein.«

Eine genaue Quadratmeterzahl hätte ich auch nicht angeben können, dafür wusste ich, in welche Richtung Frau Baumanns Frage zielte.

»Für Ihre Zwecke ist es ideal«, antwortete ich strahlend. Dass mir das nicht schon vorher eingefallen war. »Bénédicte, Frau Baumann sucht noch eine Location für ihren Geburtstag.«

Auch wenn Frau Baumann mit Sicherheit nicht wusste, was eine Location war, nickte sie eifrig.

»*C'est vrai?*« Die flinke Französin zückte ihr Handy und machte sich eine Notiz. »Wann ist denn die Feier?«

Frau Baumann und Bénédicte tauschten im Folgenden eifrig Daten, Rezepte und Frankreicherlebnisse aus. Herr Baumann und Jo schwiegen und taten beide dasselbe: Sie grinsten zufrieden.

»Ich glaube, Rita wird begeistert sein. Ich sag ihr, dass

sie Sie morgen anrufen soll, *d'accord*? Wir können einen richtigen französischen Abend organisieren.«

Am Beispiel Bénédicte wurde deutlich, dass Menschen, die am falschen Ort waren und keine Herausforderung hatten, schnell auf Stand-by schalteten, so wie ich in den schätzungsweise vergangenen fünf Jahren. Gab es aber einen Ansporn, wuchsen ihnen Flügel. Durch Kleinigkeiten, die sich im Leben auftaten. Man musste diese kleinen Dinge nur erkennen. Apropos.

Unauffällig sah ich auf mein Handy. Immer noch keine Nachricht von meinem Vater. Ich hatte den Anrufbeantworter bis zum Anschlag bequatscht und ihm im Viertelstundentakt SMS geschickt. Zuerst mit der freundlichen Bitte, doch mal zurückzurufen, zuletzt mit dem Befehl, sich sofort zu melden. Im entscheidenden Moment war mein Vater verschollen. Typisch. Als es jedoch vor zwanzig Jahren darum ging, ohne zu klopfen in der Tür aufzutauchen, als ich dachte, sturmfreie Bude zu haben, da war er zur Stelle.

Wenn ich es richtig mitbekommen hatte, war die Baumann'sche Feier so gut wie geritzt. Fehlte nur noch die Familienzusammenführung. Aber man sollte keine Wunder erwarten.

Die Gesellschaft löste sich genauso schnell auf, wie sie sich eingefunden hatte. Übrig blieb Jo, dem Frau Baumann den Vortritt ließ.

Es muss das Herz bei jedem Lebensrufe
Bereit zum Abschied sein und Neubeginne
AUS HERMANN HESSE, ›STUFEN‹

Nachdem ich zuerst Jo und dann Frau Baumann verarztet und die Sardinendose von Behandlungsraum wieder für mich allein hatte, atmete ich tief durch. Mein Handy zeigte zwei neue Nachrichten an. Die erste war von meinem Vater: »Kann mich nicht melden. Bin beim Suchobjekt in Hannover!«

Fast fiel mir das Handy aus der Hand. Mein Vater war bei meinem Unbekannten? In Hannover? Wieso dort? O je, ich wollte ihn doch vergessen. Und erst mal meine wirklich wichtige Baustelle angehen. Wieder wählte ich die Nummer meines Vaters, erreichte aber nur die Mailbox, auf der ich ein verzweifeltes Schnaufen hinterließ.

Hatte er eine Ahnung, wie das für mich war, dass er *ihn* ausfindig gemacht hatte und sich seitdem nicht mehr meldete? Und hätte Andreas bitte schön mal ein Sterbenswörtchen verlauten lassen können? Und was, um alles in der Welt, hatte Papa bei *ihm* zu suchen? Wieso war er ohne Rücksprache gefahren? Die Formulierung »ohne Rücksprache« brachte mich zur zweiten WhatsApp, die eingegangen war. Von Kai. Am liebsten hätte ich sie ungelesen gelöscht. Meine Neugier siegte.

»Liebe Charly. Der Spanier hat heute Ruhetag. Aber am Hafen gibt es einen guten Tapas-Laden. Heute Abend um

20 Uhr?« Es war wie eh und je, und ich lächelte darüber, wie berechenbar er war. Selbstredend hätte Kai sich niemals für seinen erneuten Makler-Alleingang entschuldigt, stattdessen ging seine Wiedergutmachung wieder einmal über meinen Magen. Ich stöhnte und befragte meinen Bauch. Nicht nur nach dessen Hungergefühl, sondern nach dem allgemeinen Zustand. Ja, ich würde mich mit Kai treffen, Tapas essen und ihm sagen, was mir nicht schmeckte.

Auch Ines war telefonisch nicht zu erreichen, ich schickte ihr eine Nachricht, dass wir uns heute Abend nicht sehen könnten, ich später kommen würde, und dankte ihr noch einmal für den Ersatzwohnungsschlüssel, den sie mir überlassen hatte.

»Andreas passt auf Matti auf«, simste sie zurück. »Bis später.«

Mir gefiel es äußerst gut, dass Andreas sich so oft in Ines' Wohnung aufhielt, nur leider taten die beiden das so selten gemeinsam. Die Hoffnung, dass aus meiner Freundin und dem Gründer der »Suchmaschine« doch noch etwas werden konnte, hatte ich aber noch nicht aufgegeben.

Dann kam mir ein anderer Gedanke: Wenn Andreas den Babysitter machte, konnte er schlecht in Hannover sein. Sprich, mein Vater war allein zum Suchobjekt gefahren. Mich schauderte. Papa würde ihn wohl oder übel auf etwaige »Störungen« abklopfen: Sind Sie Massenmörder, Drogendealer – oder Schwarzfahrer?

Mir wurde schwarz vor Augen. Was zum Teufel wollte mein Vater in Hannover? Warum hatte er mich nicht mitgenommen? Mit einer entschiedenen Geste wischte ich diese Gedanken zur Seite, schnappte mir mein Handy und tippte als WhatsApp an Kai nur ein Wort: »*Olé!*«

»Das Schwarzwaldhaus ist jetzt weg. Da hätten wir einfach am Ball bleiben müssen!«

Die Oliven standen noch nicht einmal auf der rot-weiß karierten Tischdecke, da hatte Kai mir diese Information schon um die Ohren geballert.

Der Mann, mit dem ich seit fünf Jahren liiert war, schaute frustriert und beleidigt. Darüber, dass ihm das Haus im Vorort durch die Lappen gegangen war, anstatt sich zu freuen, dass seine Freundin, mit der er sich in eine Hängematte im eigenen Garten legen wollte, überhaupt noch mit ihm Abendessen ging. Er hatte rein gar nichts verstanden. Kais Aussage war so ähnlich wie die Frage meiner Mutter, ob wir zum Sonntagskaffee kämen. Dass wir gerade miteinander im Streit lagen, war ihr dabei vollkommen egal.

»Aha!«, antwortete ich nur. »Wer hat es denn nun?«

Kai wusste erstaunlich gut über die Familie Bescheid, die den Zuschlag fürs Glück im Grünen bekommen hatte. Kein Wunder, der Makler war ja auch zu einem seiner besten Freunde mutiert. »Die haben den Preis sogar noch um einiges runterhandeln können«, erklärte er vorwurfsvoll.

»Das ist ja super für sie.« Ich schob mir ein knuspriges, vor Öl triefendes *Pan con tomate* in den Mund und ließ ein Stück Serrano-Schinken folgen.

»Du verstehst es nicht, Charly!«, erboste sich Kai. »Das ist nicht gut für diese Leute. Das ist schlecht für uns! Fünfzehntausend sind die noch runtergegangen.« So aufgebracht hatte ich ihn selten gesehen. Immer hatte ich mir gewünscht, er möge mehr aus sich herauskommen und vielleicht auch mal lauter werden oder mit Gegenständen um sich schmeißen. Zugegeben, Letzteres hatte ich mir vor allem gewünscht, weil ich selbst nach einem Streit mit einem gezielten Kissenwurf sein Lieblingsbild von der Wand geholt hatte.

»*Du* verstehst es leider nicht, Kai!«

Der Kellner unterbrach mich und stellte weitere Schüsselchen mit spanischen Leckereien auf den Tisch. Ich freute mich vor allem auf die Tortilla und die *Albóndigas*.

Sollte ich es vorher oder nachher machen? Ich beschloss, ein wenig egoistischer zu werden, und genoss wortlos meine Tapas. Danach entschied ich mich gegen die *Crema catalana*, tupfte mir mit einer Serviette den Mund ab und schaute Kai direkt an.

»Ich glaube, wir verstehen uns gegenseitig nicht. Wir haben unterschiedliche Vorstellungen. Und nur, weil ich keine Lust auf die Apfelbäume im Schwarzwaldgarten habe, heißt es ja nicht, dass es schlecht ist. Nur *ich* möchte das nicht. Ich stelle mir momentan etwas anderes vor.« Ich nippte von meinem Wein. Ein edler Tropfen, hätte Kai jetzt normalerweise kommentiert. Er kam mir trotzdem sauer vor. »Ich finde, wir hatten eine gute Zeit, aber vielleicht war ich zu bequem, um früher zu erkennen, dass du …« Ich rang nach den passenden Worten. »… dass du nicht der Richtige für mich bist. Du bist auch nicht der Falsche, aber das reicht mir nicht. Ich hoffe wirklich, dass du jemanden findest, der zu schätzen weiß, wie sehr du dich für ein Eigenheim engagierst. Nur mit mir wirst du nicht darin wohnen.« Ich atmete tief durch, aber ich war noch nicht fertig. »Ich werde meine Sachen aus der Wohnung holen und erst einmal bei Ines unterkommen und mir dann etwas Eigenes suchen. Es tut mir leid, Kai! Und wenn ich darf, würde ich gerne das Tortellini-Rezept mitnehmen.« Den letzten Satz hätte ich mir sparen sollen. Ich wollte eigentlich jede Ironie weglassen und ihn nicht beleidigen. Er bemerkte allerdings nicht einmal, dass es ein kleiner Seitenhieb war.

Kai nahm einen Schluck Bier und schaute mich lange an. Er trank noch einen Schluck, kratzte sich an der Schläfe und sagte dann: »Okay!« Nicht mehr und nicht weniger. Ich überlegte, ob: okay, Tortellini-Rezept? Oder: okay, alles? Offenbar war es ein allgemeingültiges Okay. Kai trank noch einen Schluck.

Ich ließ mein halb volles Weinglas stehen und den Mann sitzen, mit dem ich fünf Jahre lang Bett, Tisch, Küche und Einkaufskorb geteilt hatte.

Freundschaft zwischen zwei Frauen:
nicht viel mehr als ein Nichtangriffspakt.
HENRY DE MONTHERLANT

Ich setzte mich in Bewegung. Nicht nur meine Füße. Meinen ganzen Körper, meinen Geist. Mit jedem Schritt, den ich mich von der Tapas-Bar entfernte, warf ich Ballast ab. Eine Portion Trägheit kickte ich in den Rinnstein, eine Prise Unsicherheit warf ich in den nächsten Mülleimer. Ein Kilo falsche Geborgenheit floss in die Kanalisation. Ich entsorgte fünf Jahre. Ich wollte sie nicht aus meinem Gedächtnis, aus meinem Leben streichen, aber ich war heilfroh, dass ich diesen Schritt gegangen war. Es war ein merkwürdiges Gefühl, nachdem ich so lange gezaudert und mich jetzt endlich entschieden hatte. War es tatsächlich dieser eine Satz, war er der berühmte Tropfen gewesen, der das Fass zum Überlaufen gebracht hatte?

Oder war ich eine andere geworden? Jede Reise begann mit dem ersten Schritt, hieß es.

Ich ging energischer, schneller, einem neuen, unbekannten Ziel entgegen. Ich atmete tief durch, und meine Mundwinkel wanderten mit jedem Meter, den ich zurücklegte, weiter nach oben. Ich strahlte, ich freute mich, ich war glücklich über meine Entscheidung. Nichts würde mich noch stoppen können. Ich konnte es kaum erwarten, Ines davon zu berichten. Sicherlich hatte sie Kai immer gemocht, andererseits hatte sie auch gemerkt, dass ich mehr wollte. Nein, mehr klang so vermessen. Dass ich etwas anderes wollte.

Ich brannte geradezu darauf, meine beste Freundin einzuweihen, mich von ihr aufbauen zu lassen, wenn mich die Realität einholte (und das würde sie), und gemeinsam Pläne zu schmieden. Wir beide ganz allein. Es traf sich außerordentlich gut, dass Ines in diesem Moment nicht nur in meinen Gedanken, sondern leibhaftig vor mir auftauchte. Außerordentlich schlecht traf sich, dass Ines in Begleitung war.

Sie war Teil einer großen Runde von knapp zehn Leuten, alle fein gekleidet, die Wein tranken und es sich schmecken ließen. Ich hatte noch nie jemanden der anderen Gäste am Tisch gesehen. Obwohl, Verzeihung, das stimmte nicht ganz. Von den acht Leuten am Tisch hatte ich sechs noch nie gesehen, bemerkte ich gerade.

Meine Freundin Ines, na klar, die hatte ich schon ein paarmal gesehen. Und den Mann, der lachend neben ihr saß und dem sie gerade fröhlich zuprostete, hatte ich zumindest schon einmal in meinem Leben gesehen. Es war in einem Bahnabteil gewesen. Wir waren auf dem Weg von Berlin nach Hamburg gewesen. Wir hatten uns angesehen, und mein Herz war sofort angesprungen. Wir hatten uns eine Sesambrezel geteilt, nur leider hatte er mir seinen Namen nicht mitgeteilt. Dafür schien Ines umso besser zu wissen, wie er hieß.

Wenn man gemeinsam Abendessen ging, sich vom anderen nachschenken und es sich gefallen ließ, dass er einen wie unabsichtlich mit der Hand streifte, dann kannte man ja wohl auch seinen Namen. Vermutlich war dies eine Nebensächlichkeit, ich aber klammerte mich an die

Namensfrage, weil ich die Ausmaße der gesamten Katastrophe noch etwas von mir fernhalten wollte.

War ich eben noch erfreut auf das Restaurant zugelaufen, versuchte ich mich nun im Schatten eines Kleinlasters zu verstecken. »O Frango« stand auf dem Wagen. Das war der Name gewesen. Das portugiesische Restaurant, das er mir empfohlen hatte. »O Frango«. Den Namen hatte er genannt, er war mir nur partout nicht mehr eingefallen. Und nun saß er hier und amüsierte sich mit meiner besten Freundin.

Niemand in der heiteren Runde bemerkte, dass sich draußen vor dem Restaurant eine Frau herumdrückte, die mit zusammengekniffenem Mund und einer steilen Falte auf der Stirn zwei Personen genauestens inspizierte. Er sah noch besser aus, als ich ihn in Erinnerung gehabt hatte. Wie oft hatte ich mir in den vergangenen Tagen und Wochen ausgemalt, wie es wohl wäre, wenn er mir plötzlich gegenüberstehen würde. Ich hatte mir so viele Szenarien überlegt.

Dass ich alle Hebel in Bewegung setzen würde, um ihn wiederzufinden, es mir aber einfach nicht gelang, der Mann für immer verschollen blieb, bis wir uns im Rentenalter durch Zufall an einem *All you can eat*-Buffet auf Mallorca wiedertrafen, weil wir mit zittrigen Händen beide nach derselben Sesambrezel griffen. Schluchzend fiel ich ihm in die Arme, er tätschelte mich bloß, strich mir durch mein vor Kummer und Gram weiß gewordenes Haar und flüsterte mir nur ein Wort ins Ohr: seinen Namen. Oder aber ich würde sein Bild in der Klatschpresse entdecken, wo stand, dass er kurz davor sei, eine Baronesse zu heiraten, und alle Welt sei schon gespannt, ob die Farbe des Brautstraußes sich in den Socken des Bräutigams wiederfinde. Ich ritt in letzter Sekunde auf einem weißen Schimmel in die Kirche oder fuhr in einem ICE ein und verkuppelte die Adlige mit dem Schaffner und rettete ihn. Irgend so etwas in der Art. Vielleicht würde in einem Paralleluniversum auch er *mich* ausfindig machen, nachdem er einer Spur folgend über die Galapagos-Inseln, Grönland und Guinea zurück nach Hamburg eilte, um dann neben mir bei Penny an der Kasse zu stehen.

Mir war es doch im Grunde egal, wie wir uns wiedertrafen. Nur *so* hatte ich es mir in keinem einzigen Traum vorgestellt, weder tags noch nachts. So war es nicht geplant gewesen.

Es war auch komplett unlogisch, flüsterte ich mir nach meinem allerersten Schock zu. Meine Freundin hatte mich doch die ganze Zeit unterstützt. Wie konnte sie sich da den Mann schnappen, den sie geholfen hatte zu suchen? Für *mich*? Oder war Ines in Wahrheit ganz anders? So eine Scheinheilige, die mit dem Ticket der anderen ins Glück spazierte? Hatte sie vielleicht sogar schon einmal etwas mit Kai laufen gehabt? Stets lobte sie ihn. Ich, die blöde Charly, ertrug seine Macken und Rezepte, während er Ines womöglich ganz anders verwöhnte? Ich, die gutgläubige Charly, suchte in der ganzen Stadt nach einem Mann, den Ines schon längst duzte? Oder noch viel mehr?

»Bleib bei Sinnen!«, ermahnte ich mich halblaut.

Wie waren die beiden denn an den Tisch da gekommen? Spielte mein Vater vielleicht ein doppeltes Spiel, steckte er mit meiner Freundin unter einer Decke? Hatte er Mister Unbekannt gefunden, seine Adresse an Ines weitergegeben, damit sie ihm zeigte, dass nicht *ich* die Richtige für ihn war?

»Herr Wagner, Charly hat sich da in etwas verrannt!« Vielleicht hatte Ines sich heimlich mit meinem Vater getroffen und ihm von meiner ungewöhnlichen Fahndung berichtet. Und Papa, der keinen Ärger wollte, noch weniger mit seiner Frau als mit mir, hatte Ines recht gegeben. Gemeinsam hatten sie beschlossen, den Mann in Ines' Arme zu lotsen. Damit ich bei Kai blieb. Und wir doch in dieses gruselige Haus zogen. Wer war hier wohl scheinheilig?!

Ich blickte durch eine dicke Tränenschicht und blinzelte zweimal. Doch, er war es wirklich. Kurz lachte ich dämonisch auf, weil ich gehofft hatte, es wäre ein anderer, und ich hätte mich getäuscht.

Was, wenn sie wüssten, dass ich gar nicht mehr mit Kai zusammen war? Dann würde das ganze Kartenhaus zusammenfallen. Meins tat es gerade.

Vielleicht hatte Ines sich wirklich in ihn verliebt. Ob sie ein schlechtes Gewissen hatte, mir meine große Hoffnung auszuspannen? Ich musste Gewissheit haben. Mit bebenden Händen zog ich mein Handy aus der Tasche und ging in Deckung. Es tutete.

»Ja, hallo?!«, hörte ich eine aufgekratzte Stimme. Es war sehr laut im Hintergrund. Kein Wunder. Das Restaurant war rappelvoll, und alle hatten beste Laune. Ich atmete tief durch und befahl mir, nicht sofort rauszuplatzen mit wilden Anschuldigungen und Beschimpfungen. Dass sie eine Verräterin war, konnte ich ihr auch später noch kräftig gewürzt servieren.

»Ich bin's«, sagte ich mit gepresster Stimme.

»Charly! Alles klar?« Ines kannte mich so gut, dass sie sofort merkte, dass etwas nicht stimmte. Ich war ein offenes Buch für sie und sie ein Brief mit sieben Siegeln.

»Ja, na ja. Wollte nur mal fragen, was du so machst«, sagte ich betont lässig. Ich konnte Ines durch die Fensterscheibe beobachten.

Jetzt würde sie mir die Wahrheit sagen, in Tränen ausbrechen und die ganze Schuld meinem Vater, oder noch besser: meiner Mutter in die Schuhe schieben.

»Nett, dass du anrufst«, sagte sie. »Ich bin mit einer Bekannten essen. Wir entwickeln ein Konzept für einen möglichen gemeinsamen Laden.«

Sie stammelte noch nicht einmal. Log wie gedruckt, ohne den Hauch eines schlechten Gewissens. Ich überlegte, ob ich ihr sagen sollte, dass ich mich von Kai getrennt hatte. Ich unterließ es und legte stattdessen auf. Als ich durchs Fenster sah, wie sie sich wieder der Runde am Tisch widmete und meinen, ich wiederhole: *meinen* Traumtypen anstrahlte, wurde mir klar, dass wir genug Worte miteinander gewechselt hatten.

Da hatte ich in einer 1,8-Millionen-Stadt so verzweifelt nach meinem Mann im Heuhaufen gesucht. Und was musste ich mir eingestehen? Dass ich nichts als Stroh im Kopf hatte. Wie konnte man so dumm sein, zu ignorieren, was sich vor den eigenen Augen abspielte?

Im Grunde war ich nah am Wasser gebaut, war aber so geschockt, dass ich bisher nur einen Schleier vor Augen hatte. Als mein Handy zweimal piepste, flossen mir die Tränen in Sturzbächen über die Wangen. Ich wischte sie weg und versuchte, die erste Nachricht zu entziffern.

Sie kam von meinem Vater: »Suchobjekt in Hannover getroffen, alles wird gut!«, verkündete er. Mir wurde schlecht. Dass eine Freundin ihre Freundin anlog, kam ja in den besten Familien vor, aber der eigene Vater seine einzige Tochter? Die Schmach mit Ines würde ich eines

Tages verdaut haben. Aber die mit Papa? Der einzige Mann, von dem ich felsenfest überzeugt gewesen war, er würde immer zu mir halten.

Schluchzend hastete ich an Menschen vorbei, die den lauen Abend genossen und gleich in eine Bar, ein Restaurant oder eine Kneipe einkehren würden, um dort mit ihren Liebsten und einem Glas Rotwein auf eine rosige Zukunft anzustoßen. Am Fuße der U-Bahn-Station Landungsbrücken blieb ich kurz stehen, um durchzuschnaufen. Mein Handy hatte zweimal gepiepst, es musste eine weitere Nachricht eingetroffen sein.

Wenn sie von Kai war und ihm auch nur ein halbwegs einleuchtender Grund einfiel, warum wir es weiter miteinander versuchen sollten, wieso ich zurück in mein gemütliches Aquarium könnte, ich würde mich unter Umständen hineingleiten lassen in die lauwarme Brühe und alles andere, was an diesem Tag und in den letzten Wochen geschehen war, ersatzlos aus meinem Gedächtnis streichen. Die Nachricht war tatsächlich von Kai: »Wenn du deine Sachen aus der Wohnung holst, nimmst du dann bitte das Altpapier mit. LG, Kai.«

Ich war der einsamste Mensch der Welt und konnte nirgendwo hin.

In meinem Ex-Zuhause packte ich flugs einen Koffer und schnappte mir die Tüte mit dem Altpapier. Zu Ines konnte und wollte ich auf gar keinen Fall. Nie wieder. Nach Berlin zu Britta wäre ich nicht einmal gegangen, wenn mein Vater versucht hätte, mich zu vergiften. Meine Kollegin Maren war so in den neuen Patienten verschossen, dass ich ungefähr so gelegen gekommen wäre wie ein Magen-Darm-Virus im Sommerurlaub. Vielleicht konnte ich bei Frau Baumann um Asyl bitten? Ihr Mann hätte das sicherlich unpassend gefunden und es als Eingriff in die Privatsphäre angesehen. Zum Kaffee einladen, schön und gut, aber jemanden bei sich beherbergen, in den eigenen vier Wänden? Lieber nicht.

Wo sollte ich dann hin? Wenn ich nur erst eine Nacht drüber schlafen könnte. Ha! Jetzt dachte ich schon das, was *sie* immer sagte.

Auch wenn ich Schluss gemacht hatte: Ich konnte nur zu ihr.

Sie öffnete mit einem Lächeln und leckte den Teig von einem Quirl ab. »Der Kuchen ist gleich fertig, du kommst genau richtig!«

Ihre Begrüßung klang so, als nähme sie mir nicht die Bohne krumm, dass ich mich so lange nicht hatte blicken lassen. So kannte ich meine Mutter gar nicht. Ich hatte sie eher als eingeschnapptes Wesen in Erinnerung, das immer seinen Willen durchsetzen wollte.

»Kuchen wäre prima!«, erwiderte ich. Und wenn die ganze Welt wankte, ich würde heute noch ein Stückchen Apfelkuchen essen. Der süße Duft aus der Küche zog mir in die Nase, und ich sog ihn dankbar ein.

Mit dem Geruchssinn klammerte man sich am stärksten an die Vergangenheit. Man konnte alte Schwarz-Weiß-Fotos anschauen vom Dänemark-Urlaub 1986 und sich dabei freudig daran erinnern, dass man damals noch einen Handstandüberschlag im Sand gekonnt hatte oder dass Papas Haare genauso voll gewesen waren wie sein Bauch heute. Man konnte eine alte Tonbandaufnahme hören, wenn man denn so etwas Hochmodernes anno dazumal schon gehabt hatte, und sich darüber wundern, dass die Stimme im Vergleich zum Körper kaum alterte. Man konnte eine alte Decke anfassen, die gefühlt schon seit zehn Jahren in den Müll gehörte, und wehmütig daran denken, wie man mit seinem ersten Freund darunter zum ersten Mal Händchen gehalten hatte. All das war Nostalgie pur.

Was aber all diese Sinneswahrnehmungen noch toppte, war der Geruch von scheinbar niemals Vergänglichem. Das Haus der Eltern roch wie das Haus der Eltern vor dreißig Jahren und würde dies auch in fünfzig Jahren noch tun. Genauso wie man einige Orte der Welt immer an ihrem Geruch würde erkennen können, selbst mit verbundenen Augen. Die Pariser Metro mit ihrem leicht modrigen Geruch, der von einer Mischung aus Hasch, Urin und Laissez-faire durchzogen war. Der Hamburger Hafen, der nach Rost, Salz, Schweröl und weiter Welt roch. Oder das Klassenzimmer nach Angstschweiß, Kreide und Lebenslust. Oder eben die Küche der Mutter, in der schon so viele Apfelkuchen höchst verlässlich ihren idealen Garpunkt samt goldig-brauner Farbe erreicht hatten.

Es trieb mir prompt die Tränen in die Augen.

»Setz dich doch! Ich hatte gehofft, du antwortest auf die Nachricht, aber dass du wirklich kommst. Toll!« Mama nahm mir meine Jacke, die Taschen und den Beutel mit dem Altpapier ab und drückte mich auf die kleine Bank hinter dem Küchentisch. Es war ein ganz schönes Geschleppe gewesen mit der U-Bahn von der City bis hierher. Ich hatte so viel wie möglich aus meinem alten Zuhause mitnehmen wollen und auf dem Weg natürlich vergessen, das Altpapier zu entsorgen. Vermutlich würde ich es jetzt so lange mit mir herumschleppen, bis es zu Staub zerfiel. So durcheinander war ich.

»Ist Papa da?«, fragte ich.

»Nein, er ist mit seinem neuen Freund, diesem Andreas, irgendwohin. Sag mal, ist das eigentlich Ines' Freund?«

Meine Mutter hatte die Frage nichts ahnend in den Raum gejagt, und sie war direkt in meiner Magengrube gelandet. Ich heulte ohne Vorwarnung los.

»Was ist denn nur?« Sie eilte vom Herd zu mir und quetschte sich neben mich auf die Bank.

»Ach!«, schluchzte ich. »Ines hat einen anderen!«

Meine Mutter schaute mich besorgt an. »Wie, einen anderen?«

»Sie hat meinen«, entgegnete ich und schniefte.

»Ines ist mit Kai zusammen?«, kürzte sie durchaus logisch ab.

»Doch nicht mit Kai. Mit meinem anderen.« Alle Dämme waren gebrochen, und es war mir egal, was meine Mutter von mir dachte. Irgendwann würde ohnehin rauskommen, dass mein Status von »In einer festen Beziehung lebend« auf »Aussortiert und nicht mehr vermittelbar« gewechselt war.

»Mit welchem anderen?« Sie stellte zu viele Fragen, weil sie nicht mehr durchblickte, was bei neutraler Betrachtung verzeihlich war.

»Na, mit dem anderen. Ich weiß nicht, wie er heißt.« Ja, ich wusste, was sie jetzt fragen würde, und ich nahm es ihr nicht einmal übel.

»Du weißt nicht, wie er heißt? Also deiner?« Dafür, dass sie mindestens ein Dutzend Fragezeichen auf der Stirn hatte, blieb sie erstaunlich ruhig.

»Ach, Mama, lass gut sein. Das ist eine sehr lange Geschichte.«

»Ich habe sehr viel Zeit für sehr lange Geschichten.«

Erstaunlicherweise brachte mich der Gedanke, meiner Mutter mein Privatleben zu erzählen, nicht gleich auf die Palme. Bisher hatte es mich immer abgestoßen. Vielleicht ließ ich mich jetzt verbal in Mutters Schoß fallen, weil mir alle anderen abhandengekommen waren.

»Also gut!«, sagte ich. »Beziehungsweise alles schlecht. Also beziehungstechnisch alles schlecht.« Ich faselte ein wenig wirr und fand nicht so recht den Faden. Dies entging auch meiner Mutter nicht.

»Wir essen erst mal ein Stück Apfelkuchen!«, erklärte sie bestimmt, erhob sich, stellte den Ofen aus, öffnete die Türen des uralten Küchenschranks, legte die guten, silbernen Kuchengabeln auf den Tisch neben die Teller mit den grünen Blumenmustern und servierte mir ein Stück.

Die Handgriffe kannte ich aus dem Effeff, sie waren mir so vertraut. Gleich fühlte ich mich etwas besser. Wäre ich vor einer Woche noch schreiend davongelaufen, waren diese gewohnten Abläufe im Leben meiner Mutter genau der Anker, den ich jetzt brauchte.

»Lecker!«, bemerkte ich, nachdem ich den ersten Happs gegessen hatte.

»Das Rezept ist noch von Oma. Man muss die Äpfel kurz in Butter und Zucker anbraten, das gibt dem Ganzen Pfiff.« Ich lächelte und aß weiter. Kai hätte vermutlich gesagt, man müsse die halb reifen *pommes* mit einem hauchzarten Butterflöckchen an peruanischem Rohrzucker karamellisieren, was der *tarte* eine besondere Geschmacksnote verleihe. Und er hätte genau dasselbe gemeint wie meine Mutter.

»Ach, möchtest du Sahne?« Meine Mutter war schon wieder halb von ihrem Stuhl hoch, als ich abwinkte.

»Nee, lass mal. Ist schon gut so.«

Und dann erzählte ich meiner Mutter, was mir an diesem Tag alles passiert war. Und in meinem ganzen Leben. Sie nickte gelegentlich, hörte geduldig zu und sprach erst, als ich geendet hatte.

»Dann hast du mit Kai Schluss gemacht!«, stellte sie nüchtern fest.

Ich bejahte und sorgte mich zugleich um meine Mutter, weil ich ja wusste, dass Kai ihr Ein und Alles war. Vermutlich schockte sie diese Trennung mehr als mich selbst, und ich befürchtete schon, dass sie gleich einen Nervenzusammenbruch erleiden würde.

»Ich glaube, ihm hat mein Kuchen sowieso nie geschmeckt«, konstatierte meine Mutter trocken, die von einem Zusammenbruch so weit weg war wie ich von meinem alten Leben.

»Da bin ich ja froh, dass du es so locker nimmst. Ich dachte, du hättest Kai so sehr gemocht.« Nicht mal mehr auf seine eigene Mutter konnte man sich verlassen. Ich hätte sonst was darauf verwettet, dass sie mich beschimpfen und enterben würde.

»Ja, ich fand ihn schon nett, aber eigentlich ging es gar nicht so sehr um Kai, sondern ...« Mama stockte, und ich forderte sie mit einem Kopfnicken auf, weiterzureden. »Sondern darum, dass ihr beieinander bleibt und keinen Streit habt.«

Ich hörte auf, meinen Kuchen in mich hineinzustopfen, und starrte meine Mutter entgeistert an. Wie meinte sie das denn jetzt?

»Versteh ich nicht.«

»Haaaachhh!« Das klang so ungefähr nach dem verzweifeltsten Seufzer, den eine Frau zwischen Alaska und

Argentinien jemals ausgestoßen hatte. »Wahrscheinlich hatte ich einfach nur Angst, dass dir so etwas geschehen könnte wie uns damals. Das war natürlich naiv. Man kann ja nicht erzwingen, dass zwei Menschen auf immer glücklich sind. Und schon gar nicht sollten sich andere Menschen einmischen. Es tut mir leid. Ich …« Diesmal unterbrach ich den Wortschwall.

»Moment, Moment. Was meinst du mit: dass mir so etwas passieren könnte wie euch? Was ist euch denn passiert? Oder *uns*?!« Meine Stimme überschlug sich fast.

Die wildesten Fantasien machten sich in meinem Kopf breit. Was könnte das Geheimnis meiner Eltern sein? War mein Vater vielleicht gar nicht mein Vater? Die jüngsten Erlebnisse würden mich diese Nachricht recht locker wegstecken lassen. Oder meine Mutter war in Wahrheit nur meine Pflegemutter, vielleicht war ich adoptiert? Oder Mama und Papa in Wahrheit gar nicht verheiratet, sondern Cousin und Cousine? Schluss jetzt.

»Papa und ich hatten mal eine schwierige Zeit, vor allem war es meine Schuld.«

Worüber redete meine Mutter? Ich musste träumen. Wieso sollten meine Eltern eine schwierige Zeit gehabt haben? Meine Eltern gingen seit ich denken konnte freitags zum Kegeln, aßen sonnabends Rollbraten, sonntags Apfelkuchen mit Sprühsahne, und dienstags traf sich Papa mit Hermann und Lothar zum Skat. Wo sollten da noch Probleme hinpassen?

»Erinnerst du dich an die Zeit, als du mit Papa alleine zu Hause warst?«, fragte Mama vorsichtig.

»Na klar. Als du im Krankenhaus warst«, gab ich sofort zurück. Erst neulich hatte ich daran denken müssen, wie Papa damals das Kaffeemalheur gelöst hatte.

»Nein. Ich war damals nicht im Krankenhaus. Das haben wir nur so gesagt.« Mama sah mich direkt an und hatte offenbar beschlossen, dass ich jetzt in einem Alter war, in dem man mich nicht mehr schonen musste, sondern Tacheles mit mir reden konnte.

»Ich habe bei meinem Freund gewohnt.«

»Bei deinem *Freund*?«, fragte ich lauter als nötig.

»Ja, ich habe mich damals in einen anderen Mann verliebt. Ich hatte ihn im Theater getroffen, an der Bar. Er hat mir einen Baileys ausgegeben und mich auch sonst sehr verwöhnt.«

Igitt, das war ja abscheulich. Also, das mit dem Getränk meinte ich. Ich hasste Baileys. Ob Mama das ausgesucht hatte oder ob der Mann gedacht hatte, das sei das Richtige für meine Mutter? Da kannte er sie aber schlecht. Ich ertappte mich selbst dabei, wie ich mich an einem altmodischen alkoholischen Getränk abreagierte, nur um die eigentlichen News nicht verarbeiten zu müssen.

Meine Mutter hatte ein Verhältnis mit einem anderen Mann gehabt. Als ich das allmählich realisierte, schaute ich sie fragend an und öffnete den Mund.

»Du kennst ihn nicht«, nahm sie mir sofort den Wind aus den Segeln. »Es war auch nur eine kurze Sache. Kurz und heftig.«

»Aber …« Ob ich meine Mutter um Details bitten durfte, war mir nicht so klar. Bisher war die Mutter-Tochter-Beziehung immer eindeutig definiert gewesen. Mama sagte, was richtig war, und ich zweifelte das nicht an. Ich stellte keine Nachfragen und nahm alles eins zu eins hin, was mir vorgelebt und erzählt wurde. Ein eingerostetes Modell, fand ich.

»Aber, wieso kam es dazu?«

Wieder seufzte die Frau, die über die Jahrzehnte eine perfekte Fassade rund um Häuschen im Grünen, Rentenversicherung und hautfarbenem Twinset aufgebaut hatte.

»Heute würde man es wohl eine Depression nennen.« All das wurde mir irgendwie doch zu intim, dachte ich, als meine Mutter ihr Innerstes nach außen kehrte. »Ich wollte so gerne noch mehr Kinder haben. Es klappte aber nicht.« Davon hatte ich nichts gewusst. »Du warst noch sehr klein damals. Es gab da auch noch nicht so die Möglichkeiten wie heute, den genauen Grund ausfindig zu machen. Es könnte sein, dass Papa das Problem war, weil er …«

»Kann ich noch ein Stück Kuchen haben?«, grätschte ich dazwischen. Mir reichte schon die Information, dass meine Eltern eine Krise gehabt hatten, da wollte ich nicht auch noch in Einzelheiten über die mögliche fehlende Potenz meines Vaters eingeweiht werden.

»Wie auch immer«, tat mir meine Mutter den Gefallen und ging nicht weiter ins Detail. Sie legte mir ein zweites Stück Kuchen auf den Teller.

»Der Arzt hat immer gesagt, dass es schon ein Wunder war, dass du auf die Welt gekommen bist. Und dann hat Papa gestrahlt und gemeint, dass er der glücklichste Mensch der Welt war, weil es dich und mich gab. Trotzdem war ich deprimiert.«

Ich war also ein Wunder. Und ich wunderte mich, dass ich nie auch nur den blassesten Schimmer davon gehabt hatte, dass etwas nicht stimmte.

»Deswegen war ich vielleicht auch so erpicht drauf, dass du endlich Kinder bekommst. Um diesen Fluch loszuwerden. Um zu sehen, dass bei dir alles glattläuft. Das war sehr dumm von mir.«

Was ich von dieser Geschichte halten sollte, wusste ich noch nicht. Genauso wenig, ob ich es egoistisch fand, dass Mama sich Enkelkinder wünschte, um selbst von der Last frei zu sein, ihrer Tochter möglicherweise »schlechte Gene« mitgegeben zu haben. All das war mir irgendwie ein paar Nummern zu groß. Ich würde mich wieder auf handfestes Terrain begeben. Was damals zwischen ihr und dem Mann gelaufen war, wollte ich gar nicht so genau wissen.

»Wieso bist du denn zu Papa zurückgekommen?«

Mama zuckte mit den Achseln. »Ich hab euch vermisst. Und Papa hatte ja auch so Probleme mit der Kaffeemaschine.« Zum ersten Mal bei diesem Mutter-Tochter-vier-Augen-Gespräch lachte ich laut auf. War das mal wieder typisch?

»Ich finde es gut, dass du die Entscheidung getroffen hast, du warst mit Kai ja nicht richtig glücklich, oder?«

Ich nickte.

»Hoffentlich hast du es nicht nur gemacht, um mir eins auszuwischen?«

»Nein, Mama, das hatte doch nichts mit dir zu tun.« So ganz aus ihrer Haut konnte sie nicht und würde wohl immer denken, alles hätte auch ein wenig mit ihr zu tun.

Es war ein gewaltiger Schritt, dass wir dieses Gespräch geführt hatten.

»Sag mal, hast du deswegen neulich gemeint, dass das, was Papa zurzeit macht, die Strafe für damals ist?« Ich erinnerte mich daran, dass mir der Satz so merkwürdig vorgekommen war.

»Ja, das habe ich gedacht. Dass er nun seinen dritten Frühling erlebt.«

Erst jetzt, da wir über Papa redeten, fielen mir meine eigentlichen Probleme wieder ein. Dass ich sauer auf meinen Vater war, weil ich einen Zusammenhang zwischen seinen Recherchen und Ines' neuem Freund sah.

»Kann es sein, dass Papa in Wahrheit auch gerne mehr Kinder gehabt hätte? Oder dass er und Kai gemeinsame Sache gemacht haben? Und er auf jeden Fall verhindern wollte, dass ich mich neu verliebe?« Ich schleuderte meine Vermutungen unreflektiert in den Raum.

»Wie kommst du drauf?«

Kurz schilderte ich meiner Mutter, was sie noch nicht wusste: Wie verzweifelt ich in den vergangenen Wochen versucht hatte, den Mann aus der Bahn zu finden. Und dass ich ihn vorhin gemeinsam mit Ines entdeckt hatte. Im Hollywoodfilm hätten wir uns schon längst in den Armen gelegen, Sturzbäche geflennt und uns geschworen, dass wir uns liebten, und zwar *very, very much*. Mama stattdessen stand langsam auf und strich mir sanft über die Wange.

»Und dann hat Papa mich eine Heuchlerin genannt, in einer SMS. Das ist so unfair!«

»Aber Charly, so was würde Papa doch nicht tun. Bestimmt ist es ein Missverständnis«, sagte sie. Ich vergaß kurz meinen Zorn. Denn das war viel mehr wert als jedes noch so dramatische mütterliche Liebesgeständnis in einem Blockbuster. Meine Mutter hatte mich Charly genannt. Und nicht Charlotte.

»Was willst du denn jetzt machen?« Sie sah mich besorgt an.

»Kann ich erst mal hier schlafen?«

»Natürlich. Wir müssen nur ein bisschen Platz schaffen in deinem Zimmer.«

Wir gingen gemeinsam ins neue Arbeitszimmer meines Vaters und bezogen das Bett frisch.

»Dein Herr Vater hat sich ja hier breitgemacht. Und ich habe keine Ahnung, was genau er hier treibt.«

Plötzlich sah ich die Augen meiner Mutter schimmern. Hatte ich sie eigentlich jemals weinen sehen?

»Was ist denn?« Nun war es an mir, meine Mutter sanft an der Schulter zu berühren.

»Ich glaube, er hat eine andere!«, stieß sie endlich ihre größte Sorge hervor.

»Mama!« Ich musste grinsen, weil ich die Vermutung wirklich absurd fand. »Papa hat vielleicht die Adresse meines Traumtypen an Ines weitergegeben. Aber er betrügt *dich* doch nicht. Niemals!«

Sie unterbrach ihre konzentrierte Arbeit am Kopfkissen, das von ihr penetrant und ohne Unterlass aufgeschüttelt worden war, und wandte sich zu mir.

»Meinst du wirklich?«, fragte sie zeitgleich mit dem Klacken des Schlüssels im Haustürschloss.

»Hallo, bin zurühück!«

Einige Sekunden später tauchte Papa in meinem Kinderzimmer/seinem Arbeitszimmer auf. Meine geplante wütende, laute Schimpftirade konnte ich gar nicht erst starten. Das hätte ich unhöflich gefunden. Der eleganten Frau gegenüber, die hinter ihm stand.

Eine Maske erzählt uns mehr als ein Gesicht.
OSCAR WILDE

Endlich war das alte Rollenverhalten wieder da. Meine Mutter sagte, ich solle in meinem Kinderzimmer bleiben, und schob sämtliche anwesenden Erwachsenen ins Wohnzimmer. Die Tür wurde verriegelt, ich blieb draußen. Das hatten meine Eltern früher immer gemacht, wenn ein Film im Fernsehen lief, den sie mir nicht zumuten wollten. Jedes Mal, wenn die Wohnzimmertür geschlossen war, war dies das untrügliche Zeichen gewesen, dass Kinder keinen Zutritt hatten. Ohne Kommentar, ohne Erklärung.

»Schlaf gut, Kind«, sagte meine Mutter jetzt noch und schloss dann die Tür hinter sich.

Irgendwie war mir das lieb so. Ich würde mich in mein Kinderbett verkrümeln und mich tot stellen. Ich wollte gar nicht wissen, was sich im Wohnzimmer abspielte. So ließ ich meine Eltern wie eh und je ihre Sorgen unter sich ausmachen, stellte meinen Handywecker, zog mein Nachthemd an, rollte mich in die Decke und schlief ein. Tief und fest wäre übertrieben. Die Nacht war unruhig, ich wälzte mich hin und her, wurde von unausgegorenen Träumen heimgesucht und schwitzte stark.

Trotzdem merkte ich nicht, wie mein Vater zur Tür hereinkam, leise meinen Namen flüsterte, mir eine nasse Haarsträhne aus der Stirn strich und dann wieder verschwand. Auch sah ich am nächsten Morgen, nachdem ich in aller Herrgottsfrühe so leise wie möglich geduscht und mich angezogen hatte, den Zettel auf dem Küchentisch nicht. In der Handschrift meines Vaters, die ich so sehr mochte, weil ich so selten einen Brief von ihm bekam, stand: »Charlylein, was denkst Du denn nur von Deinem alten Papa? Es ist alles ganz anders, als Du glaubst! Weck mich, wenn Du wach bist!«

Obwohl ich aus Wellingsbüttel einen viel weiteren Anreiseweg hatte als sonst, war ich die Erste in der Praxis. Vorne auf dem Empfangstresen lag das heilige Buch. Darin waren alle Termine von Maren, Antje und mir vermerkt. Mit einem Coffee-to-go-Becher machte ich es mir auf dem Sessel gemütlich und las nach, welche Patienten heute kommen würden. Antje hatte ihre Stammkundschaft abzuarbeiten. Auch zu mir kamen die üblichen Verdächtigen, Lindmann, Schulze, Baumann, während Maren zwei neue Patienten hatte; einmal ihren neuen Schwarm Björn Hesel und einen Mann, der nur unter »Schmidt« geführt wurde. Das musste einen stutzig machen.

Maren hatte mir hinter vorgehaltener Hand zugeraunt, dass das nur ein Tarnname war, weil es sich um einen Politiker handelte, der sich bei einer Tätigkeit, die nicht näher beleuchtet werden durfte, den Halswirbel verrenkt hatte. Ich hätte so gerne gewusst, wer das war. Vielleicht würde ich ihn zu Gesicht bekommen. Er war aber absichtlich sehr spät angemeldet.

»Wahrscheinlich könnte ich mit der Info zur Presse gehen und richtig abkassieren!«, hatte sie gefeixt.

»Aber das tust du nicht, weil du so ein guter Mensch bist und dem lieben Gott sowieso unendlich dankbar, dass er dir den richtigen Mann vorbeigeschickt hat.« Ich neckte sie gerne. Das Gute an Maren war, dass sie so etwas nie persönlich nahm. Sie hatte gelacht und genickt.

»Genau so ist es, Charly. Was soll ich mit dem Geld von der Zeitung für das Enthüllungsmaterial, wenn ich es mit niemandem ausgeben kann?«

Bevor die ersten Patienten erschienen, zog ich meine Schuhe aus und die bequemen Behandlungslatschen an. Gerade wollte ich mein Handy in den Spind legen, als es zu klingeln begann. Auf dem Display sah ich, dass Ines versuchte, mich zu erreichen. Ich drückte ihren Anruf weg. Kurz darauf klingelte es erneut. Wieder wählte ich die Taste: Anruf ablehnen. Wie lange würde sie das Spielchen weiterspielen? Was wollte sie überhaupt? Mir morgens auf nüchternen Magen gestehen, was für einen Mist sie gebaut hatte? Es piepste. Die SMS las ich: »Ist alles in Ordnung? Du hast letzte Nacht gar nicht hier geschlafen und klangst so komisch am Telefon. Bist du wieder bei Kai?«

Ach so, ich klang also komisch am Telefon? Wieso wohl? Nicht den Hauch eines schlechten Gewissens verströmte ihre Nachricht. Wütend knallte ich das Handy in den Spind, dass es nur so krachte. Auch ignorierte ich das nächste Klingeln. Diesmal war es mein Vater. Ich frönte auch hier meiner Lieblingsbeschäftigung: dem Anrufer-Wegdrücken. Auf seine Erklärungen hatte ich keine Lust. Ich würde ihn nicht zurückrufen.

Und natürlich würde ich auch Ines nicht antworten, viel zu unehrlich und scheinheilig erschien mir ihr Auftritt. Wollte sie nur erfragen, ob mit Kai alles wieder im Lot war, um für sich selbst grünes Licht zu bekommen? Sie wusste ja noch gar nicht, dass ich mit ihm Schluss gemacht hatte. Ich musste ihr unbedingt den Schlüssel zurückbringen. In den Briefkasten würde ich ihn werfen. Kommentarlos. Gleich heute Nachmittag nach der Arbeit wollte ich das erledigen, um ihn los zu sein. Und um sie los zu sein. Um einen Schlussstrich unter alles zu ziehen.

Der Einzige, der mich in Ruhe ließ, war Kai, fiel mir auf. Er hatte sich nicht mehr gemeldet.

Es war schon erstaunlich, wie Männer schlechte Nachrichten offenbar einfach akzeptierten, ohne großes Wehklagen. Sei es nun eine Kündigung oder eine Trennung. Dafür musste ich ihn auch mal loben. Seine Freundin, die mit ihm fünf Jahre zusammen gewesen war, hatte gesagt, sie wolle das alles nicht mehr, und so war es dann auch, zack. Kein großes Lamentieren, hundertfaches Hinterhergelaufe, Geheule und Gesimse. Nein, das hatte man so hinzunehmen, solange die Müllfrage geklärt war. Ich hätte das nicht so gekonnt, dieses Akzeptieren. Man konnte es als stolz bezeichnen. Oder als stumpf.

Immer noch war niemand in der Praxis erschienen. Es war auch noch nicht einmal acht Uhr. Ich loggte mich in den Computer ein und googelte den Begriff: »Physiotherapeutin im Ausland«.

Sofort stieß ich auf die Seite des Deutschen Verbandes für Physiotherapie mit der allerersten Frage: »Spielen auch Sie mit dem Gedanken, als Physiotherapeut im Ausland zu arbeiten?« Ich spielte nicht nur damit, ich war gedanklich schon so gut wie ausgewandert.

Wo sollte ich sonst auch hin? Hinter meinem alten Leben mit Kai hatte ich die Tür selbst zugeknallt, Ines hatte sich erledigt, der Bahnfahrer erst recht, und meine Eltern wollte ich nicht länger belästigen. Die hatten genug eigenen Kram zu regeln.

Ich überflog die Tipps zur beruflichen Anerkennung innerhalb Europas. Außerdem gab es spezifische Informationen zu nicht europäischen Ländern und zu Übersee. Ha! Übersee. Das war es. Möglichst weit weg. In irgendein Land, in dem ich meine gesamte Vergangenheit vergessen konnte. In dem mich nichts an früher erinnerte. Ein Land, in dem es keine Blumenläden, Tapas-Bars, Friseursalons und Bahnhöfe gab. Das dürfte doch nicht zu schwer zu finden sein. Und musste eine ziemlich einsame Gegend sein, dachte ich trübe, schob den Gedanken aber schnell beiseite.

Bevor ich mich auf der Website in den Unterpunkt »Programme und Stipendien in Entwicklungsländern« vertiefen konnte, klingelte es an der Praxistür. Ich drückte den Türöffner und wartete auf das gewohnte Klacken. Marens Neuer betrat die Praxis mit einem strahlenden Lächeln. Er sah so aus, wie ich mich nicht fühlte.

»Oh, ich bin ein bisschen zu früh. Entschuldigung!«

Ich winkte ab, loggte mich aus und erhob mich.

»Macht doch nichts. Maren ist bestimmt gleich da. Kommen Sie mit.« Ich führte ihn in den Behandlungsraum A.

»Möchten Sie einen Kaffee?«

Er nickte begeistert. »Das wäre wirklich klasse. Habe ich heute noch keine Zeit für gehabt, weil ich pünktlich da sein wollte.«

Ich lächelte ihn an. »Dann machen wir uns mal einen.« Ich konnte auch noch einen gebrauchen.

Gott sei Dank hatten Maren und ich uns bei der Anschaffung der Kaffeemaschine durchgesetzt. Antje wollte uns tatsächlich so ein olles Filterteil andrehen.

»Das hab ich auf dem Dachboden meiner Eltern entdeckt«, hatte sie begeistert erzählt. »Funktioniert einwandfrei. Nur ein bisschen verstaubt.« Genau wie du, dachte ich.

Maren schaffte es aber, ihr ohne gehässige Bemerkungen klarzumachen, dass die Filtermaschine auf dem Dachboden auch weiterhin besser aufgehoben war als in unserer Praxis. Daraufhin hatten wir zusammengelegt und uns eine moderne Maschine gegönnt.

»Diesen leckeren Kaffee haben Sie Maren zu verdanken«, sagte ich jetzt zu Marens Lieblingspatienten. Ich stand mit zwei dampfenden Tassen vor ihm.

»Eigentlich ja eher dir, oder?«

Ich verstand nicht ganz, wie er das meinte, vielleicht weil ich ihn zubereitet hatte. Außerdem: Seit wann duzten wir uns?

»Ich wusste überhaupt nicht, dass du Björn heißt«, sagte ich, als wir einen Schluck genommen hatten und ich auf seine Krankenakte starrte, die zuoberst in dem Ablagefach auf Maren wartete.

»Nein, wusstest du nicht mehr?« Er sah mich über den Rand des Kaffeebechers an und wartete. Offenbar auf eine Reaktion.

»Nein!«, sagte ich zögerlich. »Ich habe deinen Namen eben zum allerersten Mal im Patientenbuch gelesen. Neulich haben wir uns irgendwie gar nicht richtig vorgestellt. Also, ich bin Charlotte.«

»Weiß ich doch«, sagte er nur. »Ich wollte mich mal bei dir bedanken.«

Mir erschloss sich nicht genau, was der Mann hier eigentlich wollte. Ich hatte ihm Kaffee gebracht, was ja nun wirklich nicht weiter der Rede wert war.

»Danke wofür? Hierfür?« Ich deutete auf seinen Becher.

»Dafür natürlich auch, aber noch viel mehr für Maren.« Ich fand ihn wirklich klasse. Wie er mich so freundlich angrinste. Eine Wohltat nach dem gestrigen Tag und all den Katastrophen. Aber was ich mit seiner neuen Freundin zu tun haben sollte, war mir ein Rätsel.

»Ich verstehe nicht ganz …«

»Suchst du ihn eigentlich immer noch?«, unterbrach er mich und beobachtete interessiert meine Reaktion.

»Wen?«, fragte ich, und mir schwante nichts Gutes.

»Deinen Bahnbegleiter«, sagte er frech. Mir glitt beinahe der Kaffeebecher aus der Hand.

»Woher …?« Bevor ich weitersprach, ging ich in Gedanken die Personen durch, denen ich davon berichtet hatte. Ich kam auf Andreas, Ines, Maren und meine Mutter. Immerhin konnte ich Ines in diesem Fall nicht die Schuld geben. Dafür Maren. Der letzten Person auf diesem Planeten, der ich noch vertraute. Von der ich *gedacht hatte*, ich könnte ihr vertrauen. Sie hatte mir doch hoch und heilig versprochen, niemandem davon zu erzählen.

»Nein, nein«, wehrte er sofort ab. Er schien zu ahnen, dass ich eins und eins zusammenzählte. Und mich verrechnete. »Das hat mir nicht Maren erzählt. *Du* hast es mir erzählt!«, sagte er.

Okay, ich war wahnsinnig geworden. Ich lag noch immer im Bett im Haus meiner Eltern, die gerade frischverliebt in ihre zweiten Flitterwochen aufbrachen, und träumte, dass mir ein Mann etwas erzählte, dem ich nicht folgen konnte. Ich musste hohes Fieber haben.

»Ich? Dir?« Ich blickte ihn lange an und war mir ganz sicher, dass ich ihn vor unserem Zusammentreffen neulich noch niemals gesehen hatte. Björn Hesel, las ich erneut auf seiner Akte. Ich grübelte und grübelte. Björn ließ mir die Zeit, bis bei mir nicht nur der Groschen, sondern mein gesamtes Kleingeld fiel.

»Du bist der Esel!«, rief ich laut.

»Genau!«, antwortete er und freute sich, dass ich doch noch darauf gekommen war. »Du musst ja ganz schön durch den Wind sein, wenn du so lange brauchst«, meinte er neckend. »Maren hat gesagt, dass du sonst so fix bist. Aber zurzeit eben ein paar Sachen schieflaufen. Mehr hat sie aber wirklich nicht gesagt«, verteidigte er wieder seine neue Freundin.

»Kein Problem, alles gut.« Ich lachte.

Das war ja wohl nicht zu glauben. Ich hatte es ihm wirklich selbst erzählt, am Telefon. Björn hatte ich bei meiner illegalen Autokennzeichen-Recherche angerufen. Er war so wahnsinnig nett gewesen. Wir hatten Wortwitze über unsere Namen gemacht. »Einmal Wagner, immer Wagner!« Und am Ende hatte ich ihn übermütig gefragt, ob die Leute ihn statt Hesel manchmal Esel nannten. Das hatte er mir glücklicherweise nicht übel genommen, weil es den Tatsachen entsprach.

»Ich Esel!«, sagte ich nun kopfschüttelnd und kratzte mich an der Schläfe.

»Nein, ich«, verbesserte er, und wir lachten weiter.

»Aber wieso bist du hier Patient? Das warst du doch vorher noch nicht, oder?«

Er schüttelte den Kopf, beugte sich leicht vor und machte ein zerknirschtes Gesicht.

»Nein, war ich nicht. Ich habe mir absichtlich hier einen Termin geholt.«

Ich kniff die Augen zusammen, um ihm folgen zu können. Es fiel mir zugegebenermaßen schon wieder etwas schwer.

»Wieso denn? Und woher hattest du die Nummer?«

Er nahm einen Schluck Kaffee und legte dann los. Mit einem Geständnis, das von mir hätte stammen können. So bescheuert war es. Nett bescheuert.

»Du hast mich ja angerufen, weil du diese Liste abtelefoniert hast«, begann er. Ich nickte. »Ich hatte deine Nummer in meiner Anrufliste und hab am nächsten Tag einfach zurückgerufen.« Ich spürte, dass das noch nicht alles war. »Weil ich noch mal mit dir sprechen wollte.«

»Mit mir?«, platzte ich hervor.

»Ja, ich fand das Telefonat so lustig und wollte dich kennenlernen. Du hast mir von dieser Suche erzählt, da hab ich irgendwie Feuer gefangen und gedacht, dann such ich doch mal *dich*.«

»Ehrlich?«, brachte ich nur hervor. Ich konnte mich nicht daran erinnern, wann ein Mann das letzte Mal so etwas Grandioses für mich getan hatte. Einfach auf den Wiederwahlknopf am Telefon zu drücken, nur weil ihm meine Stimme gefiel. »Und dann?«, fragte ich weiter, weil in dieser Lovestory noch nicht alle Personen ihren richtigen Platz eingenommen hatten.

»Dann meldete sich eine Physio-Praxis. Ich dachte, ich würde bei dir zu Hause landen, hatte ja keine Ahnung. Ich musste kurz schlucken und hab dann behauptet, dass ich einen Termin brauche. Möglichst schnell. Die Frau am anderen Ende der Leitung klang nicht sonderlich freundlich. Das konntest also nicht du sein.« Vermutlich hatte er mit Antje telefoniert. »Sie sagte dann, dass sie selbst ausgebucht ist, dass aber bei Maren einer abgesagt hat. Ich also kommen kann.« Die Geschichte gefiel mir zunehmend. Auch, wenn das Happy End nicht so gelaufen war wie geplant, schmunzelte ich.

»Und du dachtest, ich bin Maren?«

»Na ja, ich war zuerst überhaupt froh, dass ich nicht zu der am Telefon musste.« Björn grinste. »Als ich Maren dann sah, war es um mich geschehen. Später habe ich erst gemerkt, dass sie eigentlich gar nicht die war, nach der ich gesucht hatte.«

Ich nickte vor mich hin und starrte auf den Boden. Wie sollte ich reagieren? Beleidigt, dass er so schnell von mir abgesprungen war und sich in Maren verliebt hatte? Nein, das wäre ja zu albern.

»Das ist ja ein dolles Ding! Als du mich dann gesehen hast, wusstest du, dass ich die Eigentliche bin?« Ich beschloss, offen mit dem Thema umzugehen, nicht dass ich bis an mein Lebensende daran herumknapste.

»Maren hat mir ganz kurz gesagt, dass es bei dir momentan privat drunter und drüber geht, und da war mir schon klar, dass du die Bahnfahrerin sein musst. Bist du sauer?«

Ich blickte auf. »Nein, echt nicht. Irgendwie ist es ja verrückt. Und ich fühle mich schon geschmeichelt, dass du so was auf die Beine gestellt hast. Vor allem freue ich mich für Maren. Weiß sie das alles?«

»Nein, habe ich ihr noch nicht verraten. Wie würde das denn klingen? Ich wollte dich mal fragen, was du meinst. Na ja, und eigentlich wollte ich mich bei dir bedanken!« Er hielt mir die Hand hin, die ich schüttelte. »Das Schicksal ist ein Lump, oder?«, sagte er.

Da konnte ich ihm nur zustimmen.

»Hast du ihn denn nun gefunden?«, hakte er nach.

»Ach, vergiss es. Ja, aber dann auch wieder nicht. Meine beste Freundin hat ihn sich geschnappt. Also im Grunde wie bei uns zwei beiden, verstehst du«, fasste ich zusammen und sah bedröppelt in die Runde. Charly, die Ausgebootete.

»Was?«, fragte er. »Wie kommst du darauf?«

»Weil ich die beiden zusammen gesehen habe.«

»Und das kann keinen anderen Grund haben?«, fragte er, ganz Mann, der nicht nur seinen irrationalen Gefühlen folgen wollte.

»Mir fällt ehrlich gesagt keiner ein.«

Er fasste mich leicht am Arm. »Denk doch noch mal drüber nach. Manchmal gibt's doch die irrsten Zufälle. Haben wir ja an dieser Geschichte gemerkt.«

Ich schnappte mir seine Tasse und wandte mich um, weil mich das alles überforderte. Ich wollte nicht, dass Björn Hesel sah, wie meine Augen sich mit Tränen füllten. Nachher dachte er noch, es wäre seinetwegen.

»Ich find dich toll, Charlotte«, sagte er. »Wer setzt schon so viel in Bewegung? Die meisten sind doch viel zu träge.«

Spontan umarmte ich Björn. Er hatte mir gerade den größten Gefallen getan, den ich mir nur wünschen konnte. Er hatte mir gesagt, dass ich nicht träge war. Also vielleicht doch keine Seegurke.

»Vielleicht spreche ich doch mal mit Ines«, murmelte ich vor mich hin, was Björn erfreut hörte.

Unser Plausch war beendet, als die Tür aufging und Maren gemeinsam mit zwei Patienten die Praxis betrat. Sie strahlte, als sie Björn sah, und zog sich noch im Gehen die Jacke aus. Das hieß ja wohl, dass sich mein Einsatz gelohnt hatte. Und auch wenn die Sache mit dem Bahnfahrer vielleicht danebengegangen war, hatte sie doch zwei andere Menschen zusammengebracht.

»Ich überlege mir, ob ich's ihr irgendwann erzähle«,

flüsterte Björn mir zu. »Aber verrat du mich bitte nicht, okay?« Ich versprach es ihm.

»Vor allem«, raunte ich ihm noch amüsiert zu, »werde ich ihr nicht erzählen, dass du ein Behandlungsschmarotzer bist und in Wahrheit gar nichts mit dem Rücken hast.«

»Was tuschelt ihr denn da?«, fragte Maren und fügte ein Drittel scherzhaft, zwei Drittel ernst hinzu: »Schnapp mir bloß nicht den Mann weg!«

In der kurzen Frühstückspause sprintete ich zum Bäcker, der die besten Croissants der Stadt machte, wie ich fand. Herrlich knusprig und mit einem Gefühl auf der Zunge, als hätte man gerade eine halbe Packung Butter inhaliert. Genau das hatte ich mir verdient.

Ich setzte mich draußen auf eine Bank neben ein mit Margeriten bepflanztes Beet und zog mein Handy hervor. Ines hatte bestimmt weiter versucht, mich zu erreichen. Es war wie verhext. Kaum sah ich Blumen, musste ich an meine beste Freundin denken, oder besser: Ex-beste Freundin!

Und richtig: Ich hatte drei WhatsApp von ihr. »Wo steckst du denn?«, lauteten gleich die ersten beiden.

In der letzten berichtete sie mir, dass sie an der Schule tatsächlich für eine Elbfährfahrt zum Ausspionieren der Kinder eingeteilt werden sollte. Unter anderen Umständen hätte ich Ines völlig überdreht geantwortet oder angerufen, und wir hätten uns gekringelt darüber, dass diese Eltern sich aufregten, anstatt in Ruhe Kaffee zu trinken. Apropos: Ich musste dringend Frau Baumann fragen, ob in Sachen Geburtstagsfeier im »Café au lait« alles lief. Das fiel zwar nicht direkt in meinen Arbeitsbereich, andererseits fühlte ich mich aber dazugehörig und auch ein wenig verantwortlich. Ich wollte ihr gern helfen, so wie eine Enkelin ihre Großmutter unterstützte. Oder eine Tochter ihre Mutter.

Die drei Nachrichten von Ines waren nicht die einzigen. Mein Vater hatte mehrfach versucht anzurufen und einige WhatsApp hinterhergejagt.

»Hast du den Zettel in der Küche nicht gesehen?«, wollte er beispielsweise wissen.

Natürlich nicht, ich hatte ja nicht gefrühstückt. Was für einen Zettel konnte er meinen? Die Scheidungspapiere von ihm und Mama, die ich als nun volljährige Tochter ebenfalls unterschreiben musste?

»Als du draußen warst, hat Frau Baumann angerufen und ihren Termin abgesagt«, empfing mich Maren zurück in der Praxis.

»Oh!«, reagierte ich erstaunt. »Hat sie gesagt, wieso?«

Maren schüttelte den Kopf. »Nö. Hier war aber auch grad viel los. Ich soll dich grüßen!«

»Danke.«

Ich versuchte, sie zu Hause zu erreichen, es hob aber niemand ab. Hoffentlich war nichts Schlimmes passiert. Ich machte mir schon Sorgen wie eine Mutter um ihre Tochter! Verquere Rollen.

Wenn Frau Baumann nachher nicht kam, konnte ich früher Feierabend machen, mich vor den Fernseher legen und eine DVD schauen. Darauf freute ich mich wie auf die Einschulung und den ersten Kuss zusammen, bis mir aufging, dass eine Kleinigkeit in dem Puzzle fehlte. Vor welchen Fernseher sollte ich mich legen? Den meiner Eltern? Die würden sich bedanken, wenn ihre Tochter nachmittags vor der Glotze hing und das Wohnzimmer blockierte.

Mit einem Schlag fühlte ich mich wieder wie ein Teenie, der am liebsten von zu Hause ausreißen würde, weil er dort das Gefühl hatte, fehl am Platze zu sein. Und sich fremd vorkam wie ein Nilpferd auf dem Catwalk.

Ich musste unbedingt wieder raus aus dem Haus meiner Eltern, bevor ich dort festwuchs und Mama und Papa mich als Inventar betrachteten. Und womöglich damit rechneten, dass ich vor meiner Pensionierung nicht mehr auszog.

Die Jobmöglichkeit als Physiotherapeutin in Übersee hatte ich noch nicht ad acta gelegt, aber zunächst beiseitegeschoben. Erst wenn sich in Hamburg gar nichts fand, weder Wohnung noch mein Verstand, dann würde ich wieder ans Auswandern denken. Ich musste hier in meiner Stadt die Fühler ausstrecken. Nicht mehr für andere, sondern für mich selbst. Ein bisschen mehr Egoismus war gefragt, Frau Wagner!

»Torben, nun komm schon. Du bist dran!« Schrill riss mich Torbens Mutter aus meinen Überlegungen.

»Jaha, Mama, ich komme ja schon!«

Ein Lächeln setzte sich auf meine Lippen. Zum einen, weil ich stolz darauf war, dass wir Torbens Freundin doch noch zum Abtanzball schicken konnten, und zum anderen, weil ich darüber lachen musste, wie angeödet Torben wieder war. Er schlurfte in die kleine Behandlungskammer und ließ sich von Maren untersuchen, während ich nebenan Tapes und Verbände sortierte. Wieder konnte ich alles durch die dünnen Wände hören.

»Na, das sieht ja alles schon viel besser aus«, ermunterte meine Kollegin ihn.

»Dann kannst du bald wieder zum Tanzen«, freute sich Torbens Mutter.

»Da gehe ich nicht mehr hin. Kein Bock!«

»Papa und ich wollten dich aber so gerne mal im Anzug sehen.«

Die arme Torben-Mama. Sie hatte es wirklich nicht leicht mit ihrem Sprössling, der einfach nicht so wollte wie sie! Trotzdem: Ich fühlte mit *ihm*.

Ich klopfte an Marens Behandlungskabine. Irgendwie waren wir in den vergangenen Wochen ja alle zusammengewachsen.

»Ah, die liebe Frau, äh ...« Torbens Mutter hatte mich sofort erkannt, aber Namensfindungsschwierigkeiten.

»Wagner!«

»Genau! Torben ist wieder auf den Beinen, hat aber seinen eigenen Kopf. Will nicht mehr tanzen, was soll's.« Sie schüttelte ihren Gram ab wie eine Raupe ihren Kokon. Nachtragend schien sie nicht zu sein. »Danke noch einmal, dass Sie und Ihr Vater das mit dem Tanzpartner geregelt haben.«

Mein Lächeln erstarrte zur Grimasse, weil sie Papa und mich in einem Atemzug nannte, so als wären wir ein Team.

»Nichts zu danken. Leider habe ich noch gar kein Foto vom Abtanzball gesehen.« Es hätte mich schon interessiert, wie Pia sich im Abendkleid neben Fabian machte.

»Steht doch im Internet«, nuschelte Torben, während er auf seinem Smartphone daddelte.

»Wie? Steht im Internet?«, fragte ich.

»Benny hat Ihrem Vater und dem anderen doch eine Website gebaut.«

»Was hat Benny wieder angestellt?«, ging Torbens Mutter scharf dazwischen, die offenbar nur die Hälfte mitbekommen hatte. Wie viele Missverständnisse sich wohl vermeiden ließen, wenn die Menschen einander besser zuhörten?

»Gar nichts, Mama. Lass Benny endlich mal in Ruhe. Er ist voll das Genie am Computer.«

»Den ganzen Tag hängt er vor dem Ding!«, kritisierte sie.

Ich mischte mich ein, weil meine Neugier viel zu groß war. Klar hatte Papa mir davon erzählt, dass es eine Website für die »Suchmaschine« geben sollte. Dass sie schon online war, war mir entgangen. Da war ich in den vergangenen Tagen wohl leicht abgelenkt gewesen.

»Hier, das ist die Seite. Und da sind die beiden.« Torben reichte mir sein Handy. Maren stellte sich hinter mich, um mir über die Schulter zu blicken.

»Oh«, sagte ich nur, nachdem ich die Seite inspiziert und mir verschiedene Fotos angeschaut hatte. »Das ist ja ein Ding!« Mehr brachte ich nicht heraus, weil mich prompt das schlechte Gewissen packte und mir einige Dinge klar wurden.

Worüber hatte ich mich gedanklich gerade noch beklagt? Dass die Menschen einander nicht richtig zuhörten? Die liebe Charlotte Wagner, welche ganz eindeutig ich war, sollte sich mal schön an die eigene Nase fassen. Ich sollte nicht so viel hineininterpretieren in Sätze, sondern bei der Wahrheit und beim Gesagten bleiben.

»Na, die sehen doch süß aus«, sagte Maren. Ich nickte. Pia und Fabian wirkten tatsächlich sehr fröhlich in ihrer schicken Aufmachung. Unter der Kategorie »Gesucht, gefunden, unsere Erfolge« prangte groß das Foto auf der

Startseite der »Suchmaschine«. Allerdings nicht ganz so groß wie das darüber.

»Und wer ist das?« Maren deutete mit ihrem Finger in Richtung Display. »Ist das nicht Frau Baumann, deine Patientin, die neulich hier war?«

Wieder nickte ich. Zu Frau Baumanns linker Seite strahlte mein Vater wie ein Honigkuchenpferd. Zu ihrer Rechten stand eine Frau, die ich schon einmal gesehen hatte. Gestern Abend in meinem Kinderzimmer.

Erstens war sie nicht die Geliebte meines Vaters. Und zweitens wurde mir schlagartig bewusst, wen er mit »Suchobjekt« gemeint hatte. Jedenfalls nicht meinen Zugbegleiter. So viel zum Thema richtig zuhören und nicht so viel interpretieren.

Über dem Foto prangte in dicken Lettern: »Familienzusammenführung: Schwestern nach Jahrzehnten wieder vereint.«

Bei der Freundschaft fängt's erst an interessant zu werden.
Sich paaren können auch Hunde.
HILDEGARD KNEF

Das letzte Mal hatte ich so gestammelt, als ich meinen Eltern in der achten Klasse weismachen wollte, die vier minus, die ich in Mathe geschrieben hatte, sei die beste Note der Klasse. Mein Vater hatte mich sofort durchschaut, aber anstatt mich auszuschimpfen, erzählte er mir, dass er im Notenbuch seines Geschichtslehrers mal heimlich eine Zensur geändert hatte.

»Äh, Papa! Hallo.« Mehr brachte ich für den Moment nicht heraus. Ungewiss war ja auch, ob mein Vater überhaupt wusste, was ich ihm alles angelastet hatte. Die Sache mit Ines, die Geliebte, die heimliche Suche nach meinem Bahnfahrer. Und eine Sache, die noch ungeklärt war.

»Da bist du ja, Charly. Ich hatte mir schon Sorgen gemacht. Du hast auf meine Nachrichten nicht reagiert und warst heute Morgen so früh weg. Hast du den Zettel in der Küche nicht gesehen?«

»Tut mir leid«, antwortete ich. »Ich hatte so viel in der Praxis zu tun.«

Im Hintergrund war es sehr laut, offenbar war Papa in einem Raum, in dem viele Leute durcheinanderredeten. Ich hatte ihn auf seinem Handy erwischt.

»Ja, Mama hat mir schon alles erzählt. Was dir passiert

ist, also mit Kai. Ich finde, das hast du gut gemacht, Charly.« Ich meinte, einen gewissen Stolz aus seiner Stimme zu hören.

Er spuckte kein stereotypes »Tut mir leid« heraus. Als feinsinniger Mensch war ihm schon lange klar gewesen, dass ich nicht mit dem Richtigen unter einem Dach hauste, und so beglückwünschte er mich zu meinem Handeln und zu meinem Mut.

»Und Mama hat mir auch erzählt, dass du jetzt alles weißt!« Papa klang verlegen. Bestimmt wäre es ihm lieber gewesen, wenn ich niemals von den Eskapaden meiner Mutter erfahren hätte. Durchs Telefon hätte ich meinen Vater am liebsten umarmt, den Mann, der trotz seines Liebeskummers mit mir diese Zeit ohne Mama gewuppt hatte. Auf seine ihm eigene humorige Art und Weise. Das Wort Liebeskummer mochte auf den ersten Blick für Eltern unpassend erscheinen, aber sicherlich hatten auch die Menschen, die man sich als Kind stets als Neutrum vorstellte, genau solche Gefühle.

»Ja, stimmt. Mann, Papa, wir und die Kaffeemaschine damals, nicht?« Ich lächelte wehmütig. Papa war offenbar ein paar Meter von der Gruppe weggegangen, da es plötzlich leiser wurde. »Das hast du toll hingekriegt!«, sagte ich nur und stellte mir vor, wie er tapfer nickte. Er sagte nichts.

Für uns beide war es ein Riesenschritt, so ein intimes Gespräch zu führen, und die Entfernung durch die Handys war genau der richtige Abstand für einen leicht verklemmten Vater und seine verquere Tochter.

»Papa, du weißt aber auch nicht alles. Ich, äh, wo bist du überhaupt?« Ich beschloss, ihn erst mal für die Suche nach der Baumann-Schwester zu loben.

»Wir sind hier in diesem Café, das du vorgeschlagen hast. Ich hab die Schwester von Frau Baumann gefunden, das weißt du ja. Du hast sie ja gestern kennengelernt.«

»Ja, äh, genau.«

»Sie wohnt in Hannover. Nach dem Radiobeitrag haben sich einige gemeldet, und ich konnte sie über ein paar Querrecherchen ausfindig machen.« Querrecherchen. Mein Vater war wieder in seinem Element. Gut so.

»Sie hätte niemals gedacht, dass ihre Schwester noch Kontakt zu ihr möchte. Charly, die beiden alten Damen haben so viel geweint. Mehr als du damals, als dieser Hanswurst von Rolf mit dir Schluss gemacht hat. Na ja, egal.«

Papa stoppte sich selbst in seinem Übermut und hoffte, dass er nicht zu weit gegangen war. Erst das Aus mit Kai, und dann erinnerte er mich noch an die Schmach mit Rolf Keseler aus der 9b.

»Oha!«, sagte ich lachend. »Dann müssen ja wahre Sturzbäche geflossen sein.«

»Das kannst du wohl laut sagen.« Er klang erleichtert. »Aber das kann dir Frau Baumann alles selber erzählen. Sie hat den Termin bei dir abgesagt, weil sie so durch den Wind war. Andreas und ich haben die Damen ins ›Café au lait‹ gebracht. Wir besprechen hier alles wegen der Feier. Die Französin ist hier. Macht das prima.«

Das klang nach einem verdammt schönen Happy End!

»Papa?«, unterbrach ich ihn. »Und du hast nicht hinter meinem Rücken nach jemandem für mich gesucht?« Ich hielt mich vage.

»Wie meinst du das? Mama hat gestern schon so eine Andeutung gemacht.« Er wusste wirklich nicht, wovon ich sprach.

»Na ja, ich habe so ein bisschen, quasi nebenbei, nach einem Mann aus einem Zug gesucht. Aus rein beruflichen Gründen.«

»Ach so, der!«, meinte Papa nur. Er wusste es also doch. Sofort gingen meine Alarmglocken an. »Von dem hast du ja neulich am Telefon Ines erzählt.« Hatte er also doch mitgehört, als ich in meinem Kinderzimmer lag und er angeblich auf den Petersen musste. »Aber nein, ich würde doch niemals eigenmächtig …« Er brach ab, und ich glaubte ihm sofort, so entrüstet wie er klang. Plötzlich fiel mir noch etwas ein, das ich verdrängt hatte.

»Papa? Was sollte das mit der Heuchlerin?« Meine Stimme klang auf einmal streng.

»Was? Ja, das hab ich mich auch schon gefragt, warum du mich einen Heuchler nennst.«

Ich wollte es nicht, regte mich nun aber doch auf.

»Weil *du* mich so genannt hast. In deiner SMS!«

Papa machte einen auf schwer von Kapee. »In welcher SMS?«

Inzwischen konnte ich die Nachricht inklusive orthografischer Besonderheiten auswendig. Also zitierte ich. »Und die letzten Worte waren: Mein Heuchlerchen. Deswegen habe ich doch gedacht, dass du ihn gefunden hast.« Ich hatte mich in Rage geredet, aber Papa würgte mich ab.

»Habe ich nie geschrieben!«

»Guck's doch in deinem Speicher nach. Da muss die Nachricht ja drin sein.«

Papa sagte, das könne er nur, wenn er auflege. Er würde sich in dreißig Sekunden wieder melden.

Aus den dreißig Sekunden wurden fünf Minuten.

»Ja?«, fragte ich gehetzt und ungeduldig, als es wieder

klingelte. Ich hörte nur ein Lachen. So hatte ich meinen Vater lange nicht mehr lachen gehört.

»Charly, du hast recht. Die Nachricht ist hier drin!«

»Sag ich doch!«, antwortete ich genervt. Ich wusste nicht, was es da zu lachen gab.

»Sie ist aber nicht von mir!«

»Von wem denn dann?«

»Von Mama!«

»Hä?«, fragte ich nur. Wieso von meiner Mutter? Die wusste zum Zeitpunkt der WhatsApp doch noch gar nicht von meinem Zug-Unbekannten, konnte folglich also auch nicht nach ihm gesucht haben.

Jetzt war ich schwer von Kapee. Mein Vater klärte mich auf. Er erzählte unter Prusten, dass meine Mutter sich sein Handy gemopst hatte, um mir eine Nachricht zu schicken.

»Bitte sei nicht böse auf sie. Sie hat das doch noch nie gemacht. Sie wollte dir eine Entschuldigung simsen, weil du nicht mehr mit ihr gesprochen hast.« Ich rief mir den Inhalt ins Gedächtnis. »Sie wollte sagen, dass sie nicht mehr als dein Glück möchte, und dann hat ihr dieses komische Dings, wenn die Wörter vom Handy verändert werden, na, wie heißt denn das?«

»Autokorrektur!«, belehrte ich ihn. Auch er hatte offenbar noch nicht alle Finessen drauf.

»Genau, das hat den ganzen Text verändert. Sie wollte fragen, ob du bald kommst. Daraus wurde er.«

»Und das Heuchlerchen?«, fragte ich. So schnell gab ich mich nicht zufrieden. »Das sollte ›mein Töchterchen‹ heißen!« Ich stellte mir durchs Telefon vor, wie Papa weiter grinste und über seine Frau den Kopf schüttelte, die durch eine unbedachte Aktion für so viele Missverständnisse gesorgt hatte.

Mir wurde jetzt auch klar, wieso Mama neulich, als ich mit Sack und Pack bei ihr vor der Tür stand, gar nicht so überrascht gewesen war. Schließlich hatte sie mich ja per WhatsApp gefragt, ob ich bald käme. Verrückt. Dagegen war der *Herr*, aus dem per Autokorrektur eine *Hure* geworden war, ja gar nichts.

»Charly. Was soll ich machen? Sie köpfen?«

Ich lachte jetzt auch. »Nein, schick sie zur Volkshochschule. WhatsAppen für Anfänger!«

Na klar hatte mein Vater das Wort »glücklich« nicht geschrieben. Darüber war ich ja gleich gestolpert. So etwas taten Väter einfach nicht. Mütter vielleicht. Natürlich nur, weil die es gut meinten.

Mein Kopf schwirrte. Es war reinste Ironie, dass meine Mutter in Zeiten der Funkstille für Unruhe gesorgt hatte. Aber viel wichtiger: Papa war nicht der Übeltäter, und darüber war ich ehrlich erleichtert. Wenn aber nicht er dahintersteckte, wie war Ines dann an den Zug-Unbekannten gekommen? Vielleicht über Andreas? Oder sie hatte meine Liste heimlich abtelefoniert. Das erschien mir unsinnig, weil sie ja nicht wusste, was sie erwartete. Es gab nur einen Weg, die Wahrheit herauszufinden.

»Kommst du vorbei, Charly? Die haben hier richtig leckeren Kuchen. Nicht ganz so gut wie bei Mama, aber fast«, sagte Papa, der immer noch am Telefon war.

Meine Eltern würden bis an ihr Lebensende zusammenbleiben. Dessen war ich mir sicher.

»Heute nicht, Papa. Grüß alle, ich muss noch was erledigen.«

Ich würde es ihr nicht durch die Blume sagen, sondern direkt und geradeheraus. Aber vorerst musste ich mich noch gedulden, da eine Kundin sie in Beschlag nahm. Die Frau trug eine überdimensionale Sonnenbrille, die von der Größe her nur noch von der farblich dazu passenden Handtasche getoppt wurde. Ich wettete, die Handtasche wog mehr als die Frau selbst.

»Was sind denn die Blauen da, dieser Lavendel da.«

»Das ist kein Lavendel«, antwortete ich, ohne lange nachzudenken. »Das sind Traubenhyazinthen.« Ines sah mich mit überraschtem Gesichtsausdruck an, war aber nicht halb so erstaunt über mich wie ich selbst. Offenbar hatte ich ins Schwarze getroffen. Ich blickte verlegen auf die Straße und fand, dass der Mazda MX5, der gerade vorbeifuhr, ein klasse Wagen war.

»Ach so!«, sagte die Frau. »Würden Sie denken, ich soll diese Hyazinthen nehmen oder die Fresien? Und die dann mit Eukalyptusblättern oder einfach schlicht, also natürlich? Vergessen Sie nicht, die Frau ist Waage.«

Ines zuckte mit den Schultern und holte nacheinander Rosen, Tulpen, Nelken aus den einzelnen Vasen, um sie nach dem vernichtenden Kopfschütteln der Kundin wieder zurückzustellen.

»Ach, ich weiß nicht. Sie ist ja so der ausgeglichene Typ, auch vom Sternzeichen her. Da finde ich die Ranunkeln zu mächtig, zu verwegen, allein vom Namen her.«

Ines entdeckte mich zwischen Palme und Farn. Unter anderen Umständen wäre ich ihr zur Seite gesprungen, hätte einen Schwächeanfall simuliert oder eine Vase umgekippt, um sie vor der nervenden Frau zu retten. Aber ich dachte nicht daran. Sollte sie sich doch mit der abquälen, lieber wäre mir jedoch gewesen, ich hätte schnellstens zum Zug kommen, sie ordentlich beschimpfen und dann für immer verschwinden können.

»Wie wäre es dann mit Sonnenblumen?«, bot Ines nicht sonderlich leidenschaftlich an.

»Sonnenblumen?!« Die Kundin klang so entsetzt, als hätte Ines ihr gerade vorgeschlagen, die Blumenempfängerin solle ihre fleischfarbene Unterwäsche gegen sündig rote Strapse eintauschen. »Für eine Waage-Frau?! Sie wissen doch, dass die Blumen sich immer mit der Sonne drehen. Das hat so was Verruchtes, Billiges. Finden Sie nicht?«

»Och, die sind recht teuer mit drei Euro pro Stück.« Ines hatte einen durchaus trockenen Humor, den viele nicht verstanden. Ich *wollte* ihn heute nicht verstehen, weil ich sie einfach nicht mehr lustig finden wollte. Mein Fast-Freund aus der Bahn fand sie ja schon amüsant genug, da musste ich nicht auch noch den Claqueur für sie spielen.

»Hier hätten wir noch Disteln. Die passen zu allem und sind schön pieksig und rustikal. Scheint prima zu Ihrer Bekannten zu passen.«

Die Kundin, die in hautengen Lederleggins steckte, rümpfte die Nase.

»Das ist mir zu ordinär. Es soll zu ihrem Sternzeichen passen. Haben Sie keinen Astro-Kurs gemacht? Beim Yoga achtet man jetzt auch immer mehr aufs Sternzeichen. Widder-Frauen beispielsweise sollten auf keinen Fall den schlafenden Diamantsitz ausprobieren.«

Ines tat der Frau den Gefallen und ließ sich auf das abgehobene Spielchen ein.

»Sicherlich. Ich habe allerdings das Seminar ›Einfluss des floralen Aszendenten‹ belegt. Damit kann man noch genauer die passende Blume bestimmen.« Die Frau riss den Mund auf und bekam ihn nicht wieder zu.

»Der Aszendehent?!«, schrie sie beinahe. »Das muss ganz neu sein.« Sofort zückte sie ihr Handy, streichelte über die weißen Rittersporne und roch an einer lilafarbenen Gladiole.

»Martina, welcher Aszendent ist Regine? Wie, du weißt es nicht? Dann kann ich keine Blumen besorgen. Was sagst du? Du hast schon einen Strauß Tulpen im Supermarkt gekauft? Ja, gut, also, dann bis später.«

Sie legte auf und drehte sich wieder zu Ines um. »Wir überdenken das Ganze noch einmal und kommen auf Sie zurück.«

»Ist gut«, sagte Ines. »Was sind Sie denn eigentlich vom Aszendenten?« Die Dame hielt inne und erzählte bereitwillig, dass sie Wassermann sei. Ines blickte auf ihre Stilettos und stellte fest: »Dann ist *Paphiopedilum Leeanum* das Richtige für Sie.«

Die Frau schaute interessiert auf. »Was ist das?«

»Frauenschuh«, erklärte Ines der Beinahe-Kundin, bevor diese aus dem Laden stöckelte.

Zum Kaputtlachen hätte ich es gefunden, wenn mir nicht so zum Heulen gewesen wäre. Ines zog mich hinter der Pflanze hervor.

»Hey, hallo. Mit solchen Bekloppten hab ich es häufig zu tun. Man müsste Schmerzensgeld verlangen.« Sie lachte. »Na, egal. Ich hab ganz oft versucht, dich zu erreichen. Wo hast du denn die ganze Zeit gesteckt?«

»Wo hast *du* gesteckt, ist ja wohl die viel entscheidendere Frage«, merkte ich spitz an. Mein Blick war so eiskalt wie möglich. Es konnte ihr keineswegs entgehen, dass dies hier kein quietschfideles Frauenkränzchen würde.

»Wie, wo ich war?« Vorsichtig trat Ines einen Schritt

zurück und beschloss, mich zur Begrüßung lieber doch nicht zu umarmen.

»Das weißt du ganz genau!«, giftete ich sie an.

»Du machst Witze«, sagte sie und bemerkte zugleich, dass mir noch nie etwas so ernst gewesen war.

Tief holte ich Luft und zum Rundumschlag aus.

»Verkaufe mich bitte nicht für blöd, Ines. Was soll das, und vor allem, wie hast du ihn gefunden?«

Ines bewegte sich langsam zu ihrem Verkaufstresen, ohne mich aus dem Blick zu lassen, fischte einen Schlüssel aus der Schublade und schloss die Ladentür ab, obwohl ein Kunde gerade eintreten wollte.

»Jetzt mal langsam und der Reihe nach. Was soll ich gemacht haben?«

»Das weißt du ganz genau!«, herrschte ich sie an. Wie erbärmlich, dass sie auf Zeit spielte und selbst jetzt nicht zugab, dass sie mich hintergangen hatte. »Spiel nicht die Unschuld vom Lande. Wieso hast du es mir denn nicht wenigstens gesagt?«

Ines stemmte die Arme in die Hüften. »Was meinst du, Charlotte? Und wen soll ich gefunden haben?«

»Hör auf jetzt. Du hast dich mit meinem Traumtypen getroffen, hinter meinem Rücken. Ich hab euch gesehen!« Nach dieser Eröffnung wartete ich keine Erklärung ab, sondern stürmte zur Tür. Ich drückte die Klinke hinunter, tat einen Schritt nach vorn und prallte mit voller Wucht dagegen. »Aua!«, rief ich und drückte mir die flache Hand auf die schmerzende Stirn. »Mach sofort die Tür auf«, forderte ich sie auf. »*Mach – sie – auf!*« Jetzt schrie ich.

»Ist ja schon gut.« Ines schloss so schnell wie möglich auf, und ich stürmte auf die Straße.

»Du irrst dich, Charly. Es ist nicht so, wie du denkst.«

Auf der Straße drehte ich mich kurz um und stöhnte verächtlich auf. Einige Passanten waren stehen geblieben und beobachteten das Spektakel vor dem schönsten Blumenladen des Stadtteils.

»Ach so, nicht so, wie ich denke«, blaffte ich sie an. »Weißt du was, Ines? Es ist *immer* so, wie man denkt.«

»Denkst auch nur du«, sagte sie leise und ging zurück in ihr Blumenreich.

Der Torero pfiff wieder. Wie eh und je. Als ich die Wohnungstür aufschloss, hörte ich das Gepfeife schon. Noch bevor ich durch die Tür trat, hatte ich die Bilder vor Augen. Er würde in der Küche stehen, mit einer Schürze um den Bauch und in einem dampfenden Topf rühren.

»Charly, holst du noch ein paar Sachen ab?« Er fragte das so pragmatisch und gefühllos wie jemand von einem Umzugsunternehmen, der in einer Kiste noch ein paar Aktenordner von mir gefunden hatte.

»Ja, ich habe nicht alles auf einmal geschafft.«

»Macht ja nichts. Hast du Hunger?«, fragte er. Ich würde mich nicht hinsetzen. Es war nicht so, dass die Gefahr bestand, ich könnte wieder schwach werden. Meine Gefühle für Kai waren verpufft, das merkte ich in just diesem Moment. Unter Umständen hätte ich wehmütig an unsere gemeinsamen Jahre gedacht, wenn er mit hängenden Schultern in der kalten Küche am Tisch gesessen und gedankenverloren ins Nichts gestarrt hätte. Oder wenn er im Wohnzimmer in verknittertem Hemd auf dem Fußboden gelegen hätte zwischen zwei leeren Pizzakartons, einem vollen Aschenbecher und einer Asiashop-Tüte. So jedoch vermittelte er mir den Eindruck, als wäre bloß ein alter Teppich im Schlafzimmer entsorgt worden, den er schon immer hatte loswerden wollen.

»Nein, danke, ich habe schon gegessen. Wie geht's dir?«, fragte ich ihn, nicht ganz ohne schlechtes Gewissen.

»Gut. Danke, Charly. Ich schreibe gerade den Einkaufszettel für den Markt.« Tatsächlich lag auf dem Tisch ein Stück Papier mit den üblichen Verdächtigen: »Kartoffeln, Basilikumpflanze, Makrele, Tomaten: halbe Menge«.

»Ah ja, gut«, meinte ich nur. Ich wusste nicht, was ich sonst sagen sollte. Vermisste er mich denn gar nicht? Hatte er keine schlaflose Nacht hinter sich? Wie konnte man eine Trennung nach fünf Jahren so wegstecken? Hatte ich wirklich »halbe Menge« gelesen?

»Wir müssen dann mal besprechen, wer welche Möbel bekommt. Willst du in der Wohnung bleiben?«, fragte ich nun genauso pragmatisch.

Er schaute von der Pfanne auf. »Nein, werde ich wohl nicht. Ich habe ein Angebot für eine Eigentumswohnung, in der ich auch ein Büro einrichten könnte. Vielleicht ziehe ich aber auch nach Hildesheim.«

»Nach Hildesheim?«, fragte ich dann doch emotionaler als geplant.

»Ja, neulich hat mich ein Headhunter angerufen, für eine Unternehmensberatung. Vielleicht mache ich das.«

Meinen Freund, Verzeihung, Ex-Freund hatte ein Headhunter angerufen, und ich wusste nichts davon? Ich fand, von einem Headhunter angerufen zu werden war in etwa so, als würde mich der FC Bayern München anrufen und als persönliche Spieler-Physiotherapeutin engagieren. Ich dachte, nein, ich wusste ganz sicher, dass ich das nicht nur mit einer Silbe erwähnt hätte. Ich hätte es laut aus dem Fenster gebrüllt.

»Und trotzdem hast du dich noch so um das Haus und alles gekümmert?«

Kai nickte, so als hätte er gewusst, dass der Einwand kommen würde.

»Da war es mit Hildesheim noch nicht sicher. Ich hatte noch keine feste Zusage.«

»Aha!«, entgegnete ich nur stupide. Kai hatte doch tatsächlich Geheimnisse vor mir gehabt.

Und ich wollte gar nicht die entscheidende Frage stellen. Was geschehen wäre, wenn ich »Ja« zum Schwarzwaldhaus und einen Tag später die Unternehmensberatung »Ja« zu ihm gesagt hätte. Der Mann war mir ein Rätsel. Ich meinte, sogar schon seit Anbeginn.

»Die Entscheidung ist, glaube ich, gut!«, fand Kai.

Sieh mal einer an. Ob er mit der guten Entscheidung meinte, dass ich Schluss gemacht hatte oder dass er sich ein eigenes Büro aufbaute oder nach Hildesheim ging, blieb unklar. Jedenfalls stellte ich fest: Anstatt zur Therapie zu laufen, um die zerbrochene Beziehung mit seiner Freundin zu verarbeiten, hatte Kai sich mit seinem Lieblingsmakler und einem Headhunter getroffen und seine berufliche Zukunft durchgeplant. So war er wohl. Und so war ich eben nicht.

Papa und ich saßen bis spät in die Nacht zusammen. Nach einem Stündchen hatte Mama uns allein gelassen und war ins Bett gegangen. »Und tu mir einen Gefallen, Dörte«, hatte er ihr noch nachgerufen, und wir hatten alle gelächelt. »Lass die Finger von meinem Handy!« Nebenher lief der Fernseher, damit wir im Notfall auf die Flimmerkiste schauen konnten, wenn es zu intim wurde. Zum Beispiel, als ich Papa fragte: »Kanntest du den Mann?«

Er schaute peinlich berührt auf den Boden und spielte an der Fernbedienung herum.

»Ja, es war einer aus dem entfernteren Bekanntenkreis. Der war auch eigentlich ganz in Ordnung, netter Kerl.«

Das konnte auch nur mein Vater sagen. Ich hätte vermutlich auch Jahrzehnte später noch Blut und Galle gespuckt, wenn mein Ehepartner mich betrogen und mich mit meinem Kind sitzen gelassen hätte. Nicht so Papa. Er fand vielleicht sogar, Mama hätte etwas Besseres verdient.

»Sag mal, wie war es denn nun im ›Café au lait‹, und wie hat Frau Baumann reagiert?«

Ich lenkte absichtlich ab, weil ich Papa nicht noch tiefer in den Verlegenheitssumpf hineintreiben wollte.

»Es war toll. Frau Baumann hat sich gefreut wie ein Kind. Und ihre Schwester auch. Die haben sich so lange nicht gesehen.«

»Hat sie eigentlich neulich hier übernachtet?«, fragte ich. Ich erinnerte mich an die unangenehme Szene in meinem Zimmer, als ich dachte, Papa hätte seine Mätresse mit nach Hause gebracht.

»Ja, wir wollten Frau Baumann nicht so spät am Abend überraschen. Und ein Hotel wäre so teuer gewesen. Tat ja nicht Not. Sie hat im Gästezimmer übernachtet. Mama hat das sehr schön hergerichtet, obwohl es so spät war.«

»Was ist nun mit dem Geburtstag?«

»Frau Baumann hat das Café für die Feier gemietet. Mama und mich hat sie auch eingeladen, ist das nicht freundlich?« Ich nickte. Fand aber auch, dass Papa es absolut verdient hatte, dabei zu sein, wenn nicht sogar mit einem Orden für besondere Suchdienste ausgezeichnet zu werden.

»Du hast ja auch ihre Schwester gefunden«, sagte ich.

»Ohne dich wäre das nichts geworden. Du hast die Fäden zusammengeführt. Ohne das Kochbuch von der Radiomoderatorin bei euch wäre ich gar nicht auf diese Rundfunksendung gekommen.«

»Ach, hör doch auf«, winkte ich ab.

»Doch, doch. Wir haben schon Werbepartner gefunden. Schau mal auf die Website. Es gibt jede Menge Aufträge. Wir können deine Hilfe gut gebrauchen. Und Benny ist ein Ass mit der Homepage. Aus dem Jungen wird mal was.« Das sah Torbens Mutter anders. »Überleg's dir. Die ›Suchmaschine‹ läuft jedenfalls gut an. Ach ja, und du sollst natürlich auch zu der Feier kommen. Frau Baumann wollte wissen, wen du nun mitbringst.«

Ein herzergreifendes Stöhnen erfüllte unser Wohnzimmer, und ich ließ mich tiefer ins Sofa fallen. »Wenn ich das wüsste.«

»Na ja«, tröstete Papa mich. »Lass dir Zeit. Du hast nur den Besten verdient. Einen, der dich so mag, wie du bist.« Einen, der nicht nach Hildesheim ging, fügte ich gedanklich an. Ich kicherte.

»Was ist denn?« Papa schaute mich neugierig an. Ihm gefiel es, dass seine Tochter noch lachen konnte, egal worüber.

»Kai geht vielleicht beruflich nach Hildesheim«, sagte ich, und mein Bauch bebte.

»Oha! Ganz große Nummer!« Papa wusste sofort, was ich meinte.

»Andere gehen nach Barcelona«, begann ich und machte eine weite Handbewegung in den Raum hinein.

»Oder nach New York!«, fügte Papa lachend hinzu. Er sprach es »Jujork« aus, und ich musste noch mehr lachen.

»Oder nach Sydney. Und wohin geht Kai?«

»Nach Hildesheim!«, sagten wir unisono.

»Dann nimm doch einen, der mehr will«, wagte sich mein Vater vor. Er meinte es gewiss nur gut, erinnerte mich aber daran, dass der, den ich wollte, nicht zur Verfügung stand.

»Was ist denn das nun mit Ines für eine Geschichte?«

»Lass uns nicht drüber reden.« Ich nahm einen tiefen Schluck aus der Cola-Dose. Das spritzige Getränk weckte neue Kräfte in mir. »Sie ist keine richtige Freundin.«

Papa drehte mir den Bildschirm seines Computers kommentarlos hin.

»Ich weiß ja nicht, worum es genau geht, und will mich auch nicht einmischen, ich habe aber das Gefühl, hier läuft irgendwas ganz gewaltig schief. Das hat Ines Andreas gewhatsappt. Er hat es mir mal als Mail weitergeleitet, obwohl ich das nicht so gut finde. Datenschutz, du weißt schon.« Mich wunderte nicht einmal, dass mein bodenständiger Vater »gewhatsappt« gesagt hatte. Widerwillig schaute ich auf den Bildschirm. Die Neugier hatte dann doch gesiegt.

»Es ist alles schiefgelaufen. Das war offenbar Charlys Mann aus dem Zug. Woher sollte ich denn das wissen? Bitte hilf mir. Sie will nichts mehr von mir wissen. Ich glaube, ich muss es ihr jetzt erzählen.«

»Was meint sie damit?«, wollte ich wissen. »Denkt sie etwa, dass …«

»Bitte keine haltlosen Vermutungen mehr«, unterbrach mein Vater mich ungewohnt bestimmt. »Frag sie einfach. Und danach könnten wir mal wieder ein ordentliches Steak essen gehen.«

Die Kindheit ist jene herrliche Zeit,
in der man dem Bruder
zum Geburtstag die Masern schenkt.
SIR PETER USTINOV

»Das klingt alles verdammt lecker!«

Luise Baumann und ihre Schwester Marianne zählten gerade zum zehnten Mal auf, was es auf der Feier geben sollte. Und was sie früher am liebsten gegessen hatten.

»Vanillepudding!«, riefen beide wie aus einem Mund, um danach in schallendes Gelächter auszubrechen. Man konnte das Gefühl gewinnen, hier hätten sich zwei beste Freundinnen wiedergefunden, die einander jahrzehntelang tot gewähnt hatten.

Frau Baumann war mir um den Hals gefallen, als sie vorhin gemeinsam mit ihrer Schwester die Praxis betrat.

»Liebchen, schauen Sie. Das ist meine Schwester Marianne.« Stolz zeigte sie auf ihre Begleiterin, die mir herzlich die Hand schüttelte.

»Marianne Schrader, hallo Frau Wagner.« Man hätte nicht gleich auf den ersten Blick gedacht, dass es sich um Geschwister handelte, bei genauerem Hinsehen erkannte man aber beim Lachen einen ähnlichen Zug um den Mund. Generell waren Mimik und Gestik der beiden oft wie aus einem Guss.

»Wir haben uns ja schon einmal kurz gesehen«, merkte ich halblaut an. Ich war nicht sicher, ob Marianne Schrader wusste, welchen Verdacht Mama und ich gehabt hatten.

»Ihr Vater ist eine Wucht. Einfach so diesen Radiosender anzurufen, das war toll.«

Mich interessierte brennend, wie diese Nachricht vom Hamburger Stadtsender bis nach Hannover durchgedrungen war. Deswegen hatte ich die beiden in das kleine Café neben der Physio-Praxis eingeladen. Wir saßen in einer Ecke und rührten in unseren Kaffees.

»Das war reiner Zufall«, begann Marianne und hörte gar nicht mehr auf, die Verstrickungen rund um den Zufall auszuschmücken.

Mir schlackerten die Ohren. Gegen Marianne Schrader war Mamas und Papas Nachbarin Frau Kroh (die mit der Katze) ja geradezu ein stilles Wasser. Ich musste mir eingestehen, dass ich nicht ganz folgen konnte, aber unterm Strich stand ja das Ergebnis. Luise und Marianne hatten sich gefunden. Und neckten sich weiter wegen des Vanillepuddings.

»Du hast immer mehr bekommen von Mama«, sagte Marianne gerade. »Nein, du«, beschwerte sich Frau Baumann scherzend.

»Haben Sie deswegen den Kontakt zu Ihrer Mutter abgebrochen?«, warf ich vorlaut die Frage in den Raum, die mir am meisten unter den Nägeln brannte.

»Nein«, entgegnete Frau Schrader lachend. »Man weiß ja nie, was genau der Auslöser ist. Ich hatte schon immer das Gefühl, nicht als vollwertiges Mitglied der Familie wahrgenommen zu werden. Vielleicht weil ich ein wenig anders war.«

»Und als du gingst«, meinte Luise Baumann, »hat Mama so viel Böses über dich gesagt, dass ich mir sicher war, sie musste recht haben. Eltern sagen ja immer die Wahrheit, oder?«

Ich kannte dieses Phänomen, dass man alles, was die Eltern sagten, für allgemeingültig hinnahm. Das war ein ungeschriebenes Gesetz. Es dauerte einige Jahrzehnte, weit ins Erwachsenenalter hinein, bis man realisierte, dass man sich ein eigenes Leben aufbauen konnte. Nicht nur konnte, sondern auch durfte, ganz ohne schlechtes Gewissen.

»Ich habe es dir zuerst übel genommen, dass du Mama im Stich gelassen hast, aber ich habe jetzt verstanden, warum du gegangen bist.«

Luise und Marianne strichen einander über die Schulter und hörten gar nicht mehr auf zu lachen.

Die Behandlungsstunde war heute eine reine Plauderstunde. Mir war es recht. Das Auftauchen ihrer Schwester war die beste Medizin der Welt. Sie hatte mich ja immer gebeten, sie schneller zu machen. So flink auf den Beinen hatte ich Frau Baumann noch nie gesehen.

»Und haben Sie nie überlegt, Ihre Schwester mal ausfindig zu machen?«, wagte ich mich weiter vor.

»Doch, ich habe schon mal an sie gedacht. Mich aber nie getraut. Ich dachte, sie würde mir nie verzeihen.«

»Ach, Janne!«, rief Luise Baumann. Marianne guckte sie so beseelt an, als hätte sie ihr gerade sämtliche Last von den Schultern genommen. Bestimmt freute sie sich, dass ihre kleine Schwester sie beim Kosenamen nannte. »Und ich habe gedacht, du hättest mit uns allen gebrochen.«

Marianne schüttelte nur den Kopf. »Na, und dann hatte ich ja auch meine eigene Familie. Mein Mann und Michael, unseren Sohn. Er wohnt in England«, erklärte sie.

Jetzt schüttelte Luise Baumann den Kopf. »Dass ich deinen Sohn nur als kleines Kind kannte, ist fast noch schlimmer, als dass ich deinen zweiten Mann nicht kennengelernt habe.«

Marianne erklärte, dass er vor sechs Jahren gestorben war.

»In den sechs Jahren habe ich häufiger dran gedacht, dich zu suchen. Ich war sogar mal in der Straße, in der wir groß geworden sind. Und Michael hat mal im Internet für mich nach deinem Namen gesucht. Aber ich wusste ja nicht, wie du jetzt heißt.« Wenn sie sich etwas mehr bemüht hätte, wäre es gewiss möglich gewesen, ihre Schwester ausfindig zu machen. Aber konnte man es ihr übel nehmen? Die Lebensmühle hielt einen so gefangen, dass es schwer war, ihr zu entrinnen. Da mochten sechs Jahre noch so lange klingen, und man würde denken, dass man in der Zeit dreimal die Welt umrunden und neben der Schwester auch noch nach dem achten bis elften Weltwunder suchen konnte. Aber so war es im Leben. Seegurke statt Piranha.

»Und was ist mit Ihrem Mann?«, wandte ich mich an Frau Baumann, weil sich eine gewisse Schwere über den Raum gelegt hatte.

»Ja, er hätte dich bestimmt auch gerne mal gesehen!«, sagte Luise zu Marianne.

Begeistert mischte ich mich ein, weil ich die Stimmung gerne wieder anheben wollte.

»Ach, hat er noch nicht? Na, das wird dann ja bald klappen!« Freudig sah ich von einer zur anderen.

»Liebchen«, meinte Frau Baumann sanft. »Das ist ja nun leider zu spät.«

Was hatte ich denn nun schon wieder verbrochen? Ich befürchtete, eine wunde Stelle getroffen zu haben. Vielleicht war Herr Baumann todkrank und hatte nicht mehr lange zu leben? Dies konnte auch der Grund dafür sein, dass Frau Baumanns Familiensinn erwacht war.

Luise Baumann hatte sich schnell wieder gefangen und lenkte vom Thema ab, wofür ich ihr dankbar war. »Wie steht's denn nun bei Ihnen mit den Männern?«, wollte sie wissen. Marianne sah mich neugierig an.

»Momentan nicht so gut«, gab ich zu. »Ich habe mich von meinem Freund getrennt. Wir haben einfach nicht zusammengepasst.«

»Das ist gut«, nickte Luise Baumann mir aufmunternd zu. »Ich kenne ihn zwar nicht, aber ich ahnte, dass er nicht der Richtige ist.«

Marianne wollte gerade einen Schluck ihres Latte Macchiato trinken, hielt aber in der Bewegung inne. »Woher willst *du* denn das wissen?« Jahrzehnte nicht gesehen, dachte ich amüsiert, aber gleich wieder so einen direkten Tonfall drauf, den man sich nur unter Geschwistern leistete.

»Ihre Augen haben nicht geleuchtet, als sie von ihm erzählt hat!«, klärte Luise Baumann ihre Schwester über mein nicht vorhandenes Liebesleben auf.

»Ach nein?«, fragte ich nur.

»Nein. Sie sind einfach nicht der Chicorée-Typ!«

Mit Frau Baumann als Therapeutin hätte ich mir die Langeweile der vergangenen fünf Jahre meines Lebens vielleicht ersparen können.

»Marianne bleibt jetzt bis zu meiner Geburtstagsfeier hier und hilft mir bei den Vorbereitungen.« Marianne war eine, die anpacken konnte. Sie war sich für nichts zu schade, vermutete ich, eine, die auch mal auf einen Schlag drei Getränkekisten von A nach B schleppte. Also vor dreißig Jahren bestimmt.

»Das Essen im ›Café au lait‹ ist gut, oder?« Ich freute mich, dass sie sich meine Lieblingslocation ausgesucht hatten.

»Ja, diese Quiche, ein Traum. Es gibt auch französische Musik. Wenn wir schon so eine Feier machen, dann soll es auch richtig schön werden.«

»Wollen Sie noch schmücken? Soll ich helfen?« Ja, ich fühlte mich verantwortlich für diese Frau, die eigentlich nur meine Patientin war. Für mich aber viel mehr geworden war. Wie hieß es noch mal? Seine Patienten kann man sich nicht aussuchen, seine Freunde schon.

»Ja, die Besitzerin des Cafés hat mir auch einen Tipp gegeben. Eine Frau, die ein Händchen für Dekoration hat. Die könnte alles französisch gestalten, mit Lavendel und so.«

Das klang sehr gut, fand ich.

»Sie hat auch einen Blumenladen, und Sie beide kennen sich offenbar.«

Das klang sehr schlecht, fand ich. Na klar hatte Rita Ines vorgeschlagen für die Blumendeko. Hätte ich unter anderen Umständen ja auch getan.

»Würden Sie mit ihr die Blumendeko absprechen?«, bat mich Frau Baumann. Schließlich hatte ich voreiliger Trottel meine Hilfe angeboten. »Sie ist doch eine Freundin von Ihnen?«

»Mal mehr, mal weniger«, nuschelte ich.

Rosen polarisieren:
Sie duften und piksen.
VON UNBEKANNT

Ich würde mich selbst aufklären. Genauso wie damals, als meine Mutter vor Scham beinahe im Boden versank bei der Frage, was eigentlich Geschlechtsverkehr sei. Was war die Frau prüde gewesen. Sie hatte mir tatsächlich eingebläut, es gebe Dinge, über die nicht offen geredet werden dürfe. Damit war jetzt Schluss! Ich wollte aufgeklärt werden. Auch wenn es wehtat.

Ines war nicht allein in ihrem Laden. Matti saß neben ihr auf dem Fußboden zwischen einer blauen Hortensie und einem Kübel voller roter Rosen und kaute an seinem Bleistift.

»Hey, Matti!«, begrüßte ich ihn. »Was machst du?« Ich war heilfroh, dass der Kleine da war, so konnte ich den ersten Moment der Peinlichkeit überbrücken.

»Mathe!«, gab er einsilbig zurück, während er eifrig Zahlen in seinem Heft wegradierte.

»Er übt, weil er morgen zur Mathe-Olympiade geht«, erklärte Ines mir in einem ganz normalen Tonfall. Sie schien auch froh, Matti als Schutzschild im Raum zu haben.

»Oh, Mathe-Olympiade«, sagte ich, und irgendetwas klingelte tief in meinem Gedächtnis. »Das klingt sportlich. Hast du eine Goldmedaille gewonnen?«

»Noch nicht!«, meinte Ines lachend. »Stell dir vor, er ist unter die Besten seiner Altersklasse in Hamburg gekommen. Und meinst du, ich wusste das?«

Nein, wusstest du nicht, dachte ich. Weil ich vergessen habe, es dir zu sagen.

»Wusstest du nicht?«, gab ich ihr das Stichwort zum Weitererzählen.

»Nein, ich hab das nur durch Zufall erfahren. Matti erzählt so was ja nicht. Er hat sich schon durch zwei Runden gekämpft und ganze einunddreißig Punkte erreicht«, berichtete sie stolz.

»Zweiunddreißig«, korrigierte ich flink und biss mir sofort auf die Zunge.

»Wie bitte?«, fragte sie abgelenkt.

»Nix, schon gut. Und?«

»Die Lehrerin hat behauptet, eine Mutter hätte mich angerufen und mir das alles erzählt, hat sie aber nicht. Die Schule ist wirklich eine Katastrophe. Nie informieren die einen. Die Putzfrau weiß eher als die Eltern, ob das Kind sitzen bleibt.« Ines echauffierte sich so sehr, dass ich mich nicht traute, meinen Murks einzugestehen. Nicht in der aktuellen angespannten Lage. »Und nun muss er üben. Hat sie angeblich alles erzählt.« Ich stöhnte leise auf. Stimmte ja. Sie konnte mir die Schuld geben, wenn Matti durch meine Unachtsamkeit eine Karriere als binomische Formel verwehrt bleiben würde.

Der Kleine hätte mich gut und gerne verpetzen können.

»Charly, wie viel sind 12 mal 14?«, fragte er stattdessen. Das war schon Strafe genug.

»Äh? 144?«, bot ich an.

»Nee, 12 mal 12 ist 144«, korrigierte er mich kopfschüttelnd. Ines lächelte. »12 mal 14 ist 168.« Er war wirklich richtig aufgehoben bei dieser Mathe-Olympiade.

»Soll ich dir ein Eis ausgeben?« Ich hielt Matti ein Zwei-Euro-Stück hin und hoffte, dass er jubelnd losdüsen würde, damit ich mich in Ruhe mit Ines unterhalten konnte. Den Gefallen tat er mir nicht.

»Erst sagst du Mama nicht, dass die wegen der Olympiade angerufen hat, und dann lenkst du mich vom Lernen ab.« Matti wollte mich nicht verpetzen, es war ihm in seinem Multiplizier- und Dividier-Eifer einfach so herausgerutscht.

Ines fixierte mich, während ich knallrot anlief. »Wann war denn das?«, fragte sie nur.

»Als ich neulich mit Papa und Andreas bei dir zum Babysitten war. Da war so viel los. Ich hab's einfach vergessen. Auch wegen der Bratkartoffeln.«

»Macht nix!«, fand Ines. »Gibt Schlimmeres. Außerdem lege ich mich eh gerne mit der Lehrerin an.« Damit war die Sache für sie vergessen. Ob unser anderes Problem auch so schnell aus der Welt zu räumen war?

»Matti, mach das mal bitte mit dem Eis, wenn Charly schon so nett ist und dich einlädt.«

Murrend packte er seine Federtasche zusammen und wollte gerade sein Heft schließen.

»Sieben Heuhaufen und elf Heuhaufen werden zusammengetragen. Wie viele Heuhaufen ergibt das?«

Matti wartete ungeduldig auf unsere Antwort.

»Einen!«, diktierte ich ihm. Er strahlte.

»Wusst ich's doch. Unser Lehrer stellt immer so Scherzfragen.«

»Einen Heuhaufen ergibt das. Einen ziemlich großen. Da findet man seinen Mann im Heuhaufen noch schwerer. Und manchmal ist jemand anderes schneller«, meinte ich noch bedeutsam hinzufügen zu müssen.

Matti zog es vor, sich jetzt schnell in Richtung Eisdiele zu verdrücken. Würde er später einmal gefragt werden, wie denn Tante Charly früher so gewesen sei, würde er sagen, dass sie einen an der Latte gehabt habe, nicht mehr ganz frisch unterm Pony. Aber dass ihr Vater ein ganz netter Typ gewesen sei.

»Ines, ich habe euch gesehen«, kam ich direkt zur Sache, als Matti verschwunden war.

Sie nickte, also wollte sie es gar nicht abstreiten. Kein Leugnen, kein Schreien, kein Vasenwerfen.

»Ja, das habe ich inzwischen auch mitbekommen. Es tut mir wahnsinnig leid.«

»Was tut dir leid?!«, fragte ich, und meine Stimme wanderte ungewollt in höhere Tonlagen. »Dass du mir meinen Zugfreund ausgespannt hast?«

»Nein. Charly, das ist alles etwas kompliziert. Aber bitte glaube mir, dass ich überhaupt nicht wusste, dass das der Mann war, den du gesucht hast.«

Um nicht zu explodieren, sah ich mich im »Flora« um. Ines hatte wirklich viel mehr als nur einen Blumenladen daraus gezaubert. Die Sträuße, die sie bereits gebunden hatte, waren wahre Kunstwerke. Wie sie selbst auch. Vielleicht ärgerte ich mich auch nur so sehr, weil die schöne Ines mir einen Mann weggeschnappt hatte. Einen, den ich wirklich mochte. Andererseits hatte ich überhaupt kein Anrecht auf ihn. Er wusste ja noch nicht einmal, dass ich ihn mochte, dass ich ihn überall gesucht hatte. *Sie* hatte es aber umso mehr gewusst.

»Das ist doch unlogisch«, fasste ich sachlich zusammen. »Du musst es ja irgendwoher gewusst haben. War es doch mein Vater?«, warf ich kurz ein. Sie schüttelte den Kopf, so als hätte ich gerade die unsinnigste Frage der Welt gestellt. Beispielsweise, ob die Queen das entscheidende Tor im WM-Endspiel 1966 geschossen habe.

»Nein, Quatsch. Doch nicht dein Vater. Und noch einmal. Ich wusste es nicht.«

»Du bist nicht die Telefonliste mit den Autokennzeichen weiter durchgegangen und hast ihn so gefunden?«, hakte ich penetrant nach. Ines lachte, obwohl sie so aussah, als wäre ihr überhaupt nicht danach zumute.

»Ich habe echt Besseres zu tun, als so eine Liste durchzutelefonieren. Außerdem hast *du* diese Liste.«

Ich sprach schnell weiter. Zum Glück ersparte ich mir die demütigende Unterstellung, dass sie heimlich Kopien gezogen haben könnte. »Stimmt, du hast Besseres zu tun. In geselliger Runde sitzen und meinen Mann anschmachten.«

»Na, na, na, nun mal halblang!«, wies Ines mich zurecht. Nicht ganz unbegründet. »Ich finde es echt bewundernswert, dass du ganz Hamburg auf den Kopf gestellt hast, um ihn zu finden. Aber um von *deinem* Mann zu sprechen, ist es vielleicht etwas früh.«

Mit einer ungeduldigen Handbewegung wischte ich den Einwand weg.

»Ja, ja. Mag ja sein. Aber darum geht es jetzt gar nicht. Sondern um dich. Und ihn.« Ich räusperte mich. Das klang beinahe schon nach dem gemeinsamen Gang zum Altar. »Dann erklär doch mal bitte, wie es zu dem Treffen gekommen ist.« Mir wurde in diesem Moment schmerzhaft klar, dass sie tatsächlich neben ihm gesessen hatte, vermutlich sogar länger als ich in der Bahn.

»Also!«, begann Ines zögerlich, und mir fiel auf, dass

ihr das Gespräch äußerst unangenehm war. »Es war im Grunde ein Auftrag.« Mein Gesichtsausdruck glich gerade vermutlich dem, den ich als Zwölfjährige aufgesetzt hatte, als ich erfuhr, dass die Dinger vor den Fenstern gar nicht Rouladen, sondern Rollläden hießen.

»Wieso ein Auftrag?« Mit allem hatte ich gerechnet, aber nicht mit diesem Wort. Tausend Fantasien schossen mir durch den Kopf. Auftrag … Auftragsmord, oder was? »Ist er tot?«, schob ich schnell hinterher, wobei ich schwankte zwischen einem ängstlichen »Bitte nicht« und einem gehässigen »Hat er auch verdient«.

»O Gott, Charly. Was redest du da?« Ines bekam einen Lachanfall, der nicht echt klang. Eher hysterisch, weil ihre stinksaure Freundin sich in ihrem konfusen Hirn ein unglaubliches Konstrukt zusammenspann. »Er lebt noch. Zumindest neulich in dem Restaurant. Was jetzt ist, weiß ich nicht. Ich habe ihn nicht wiedergesehen.«

»Nicht?«, fragte ich dümmlich.

»Nein, ich habe ihn nur ein einziges Mal gesehen. Ich bin halt für den Tag angefordert worden.« Jedes Wort, das sie sprach, stürzte mich in tiefere Konfusions-Täler. Ich wollte nicht, dass sie weiter in Rätseln redete.

»Wieso angefordert worden? Ich verstehe kein Wort.«

»Okay. Ich arbeite nebenbei für einen Begleitservice und gehe mit Männern für Geld aus, die ich nicht kenne. Solche, die keine Partnerin haben, für bestimmte Zwecke, sei es geschäftlich, wie bei Jan, oder auch privat.«

»Waaas?«, rief ich nach einer kurzen Schockstarre. Ines' Geständnis haute mich um. »Er heißt Jan?!«

»Du bist klasse, Charly.« Ines' Körper bebte, weil sie über mich lachen musste. »Da gesteht man, dass man dir seit Jahren eine nicht ganz unentscheidende Info vorenthalten hat. Und du hörst nur, dass ich den Namen Jan gesagt habe. Oh, Mann.«

»Na ja, ich wusste ja nicht, wie er heißt. Und wenn man so lange nach jemandem sucht …«

»Ich bin mir gar nicht sicher, ob er wirklich so heißt. Die Kunden geben manchmal falsche Namen an. Ich bin auch nur eingesprungen bei ihm.«

»Du bist nur eingesprungen? Du warst gar nicht seine erste Wahl?«

»Eine Kollegin von mir ist krank geworden, und deswegen musste ich kurzfristig ran.«

Noch hatte ich Probleme, das Gehörte zu verarbeiten. Dass Ines als, ja, wie nannte man das denn nun eigentlich, als was sie da arbeitete?

»Bist du so eine Art Escort-Lady?« Ich versuchte, den Satz so neutral wie möglich zu formulieren, befürchtete aber, dass ich sehr voreingenommen klang. »Wieso tust du das, und vor allem, was genau tust du da?« Noch viel mehr Fragen schwirrten in meinem Hirn umher, allen voran: Hast du es mit *ihm* getan?

»Auch wenn es merkwürdig klingt. Ich mache das rein aus pragmatischen Gründen. Der Blumenladen läuft zwar ganz gut, aber um mit Matti über die Runden zu kommen, reicht es nicht richtig. Und sein Vater zahlt auch nicht so regelmäßig. Da kam mir ein flexibler Nebenjob gerade recht.« Ich schnaufte kurz. Flexibler Nebenjob. So konnte man es auch nennen.

»Eine Kundin hat mich mal im Laden angesprochen, ob ich mir das vorstellen könnte. Sie ist die Chefin. Eine sehr nette Frau. Und es ist überhaupt nicht so, wie du es dir in deiner überbordenden Fantasie vorstellst.«

»Wieso, was soll ich mir denn groß vorstellen?«, fragte ich beleidigt und stellte mir Sado-Maso-Kammern und dickbäuchige Typen mit Halsband vor, die einer Domina die Schuhspitzen ableckten.

»Ich kenn dich doch. Es geht wirklich sehr zivilisiert zu. Viele Studentinnen machen das als Nebenjob. Es geht nicht um Sexuelles, sondern darum, eine gebildete, nette Begleiterin zu finden. Eine, mit der man sich gut unterhalten kann und die auch etwas hermacht, vielleicht auch Fremdsprachen spricht. Für Geschäftsmänner, die nur übergangsweise in der Stadt sind zum Beispiel.«

»Und da sind sie auf dich gekommen?«, fragte ich, um gleich darauf kleinlaut hinzuzufügen: »Du bist genau die Richtige für so was.« Meine Freundin Ines hatte all die Eigenschaften, die sie gerade aufgezählt hatte: Sie war attraktiv, lustig, schlagfertig, präsentabel. Ich schniefte kurz und nahm eine gerade Haltung an. Ob ich wohl auch für so einen Job infrage kam? Wieso hatte sie mich nie vorgeschlagen?

Es war so typisch. Meine Freundin hätte mir gestehen können, dass sie seit Jahrzehnten für die Drogenmafia illegale Stoffe über die mexikanisch-amerikanische Grenze schmuggelte, und ich wäre beleidigt gewesen, dass man mich nicht mitmachen ließ.

»Man verdient ganz gut damit, und es macht auch Spaß. Ich habe schon viele nette Männer kennengelernt. Unter anderem auch Jan.«

»Wie war es denn genau mit ihm?«, wagte ich mich an das Terrain heran, das mich aktuell am meisten interessierte.

»Er wohnt erst seit Kurzem in Hamburg und hatte mehrere Geschäftstreffen hier. Es ging um ein Computerprojekt mit einer amerikanischen Firma. Alle waren mit den Ehefrauen da. Und da hat er sich an unsere Agentur ›*Très Honorable*‹ gewendet.«

»›*Très Honorable*‹?« Das klang *très* verrucht, wie ich befand.

»Sehr ehrenhaft, heißt das übersetzt.«

»So, so!« So ganz überzeugt war ich noch nicht. »Und wieso ist er nicht mit seiner Freundin hingegangen?« Ich klang trotzig und erinnerte mich deprimiert an die Schönheit, die ihn am Bahnhof abgeholt hatte. In meiner Erinnerung waren ihre Beine viel länger und ihre Haare viel seidiger, als sie vermutlich in Wirklichkeit waren.

»Wahrscheinlich hat er keine«, stellte Ines lapidar fest.

»Doch. Die Frau am Bahnhof. Hab ich dir doch alles erzählt, als wir die Liste ...«, ereiferte ich mich und stockte mitten im Satz. »Sag noch einmal. Wie heißt diese Agentur, für die du arbeitest?«

»›*Très Honorable*‹«, wiederholte Ines geduldig und war offensichtlich froh, dass ich sie noch nicht verbal geköpft hatte.

»TH?!«, rief ich in dem Moment, als eine Kundin den Laden betrat und ein Bund Pfingstrosen bezahlte. Es konnte mir gar nicht schnell genug gehen, bis Ines die Blumen verpackt und kassiert hatte. Hoffentlich gehörte die Dame nicht zu den gelangweilten Frauen, die nur Blumen anhäuften, um sich damit ein ausgiebiges Pläuschchen mit der Ladenbesitzerin zu erkaufen.

»Jetzt wird's so richtig Sommer, oder?«, sagte sie, und ich stöhnte. Umsatzschädigend laut.

»Ja, ja, ist ganz schön heiß geworden«, ließ Ines sich auf das inhaltlose Schwätzchen ein.

»Wie lange halten die Rosen denn so?«

»Wenn Sie sie richtig positionieren, können die zwei Wochen durchhalten.« Die Frau hörte interessiert zu. »Am besten so stellen, dass sie die Abendsonne voll abkriegen und ein kleines bisschen von der Mittagshitze, also südwestlich in der Wohnung aufstellen. Leben Sie im Altbau?«, fragte Ines mit einem Tonfall, der nichts Gutes verhieß.

»Ja, wieso?«

»Dann nehmen Sie für die Blumen bitte kein Leitungswasser.«

»Nicht? Ist das nicht gut?«

»Na ja, morgens geht's gerade noch. Abends auf keinen Fall. Nicht bei dieser Sorte.«

»Das wusste ich gar nicht.« Die Kundin war hocherfreut, endlich aufgeklärt worden zu sein. Sie gehörte zu dem Typ Frau, der man auch sagen konnte, all ihre Diäten seien bisher nutzlos gewesen, weil sie die Tüte Chips, die sie abends nach zwölf Stunden Hungern aß, im falschen Winkel zum Mondaufgang aufbewahre.

»Deswegen gehen die bei mir immer so leicht ein. Gut zu wissen. Ich werde das mal googeln. Vielleicht kann man spezielles Brunnenwasser kaufen. Danke für die Info!«

Sie griff nach den Pfingstrosen und eilte glücklich auf die Straße.

»Und das Wasser aus dem Brunnen ist zehnmal so teuer wie die Blumen selbst«, sagte ich höhnisch.

»Na klar. Aber die ist froh und hat einen neuen Trend für ihre Freundinnen. Die gehen mir manchmal so auf die Nerven, diese Frauen, deren Hauptjob es ist, zu Hause Blumen zu arrangieren.« Ich liebte meine Freundin für ihre klaren Worte, ihren trockenen Humor und die gesunde Lebenseinstellung, die es ihr verbot, sich in den Sog von banalen Trends ziehen zu lassen.

Okay, neu: Ich *hatte* sie bisher geliebt.

»Können wir bitte noch einmal auf deine Agentur zu sprechen kommen?«, brachte ich uns wieder zur Ausgangsposition. »*Très Honorable.* Und das Auto, mit dem er am Bahnhof abgeholt wurde, hatte das Kennzeichen TH«, fasste ich für uns zusammen, während mir langsam etwas aufging.

»O ja«, sagte Ines nur.

»Habt ihr da Autos für die, äh, Kunden?«

Sie überlegte und nickte dann. »Ja, ich glaube schon. Aber den Service habe ich noch nie benutzt. Und auf das Kennzeichen habe ich nie geachtet. Keine Ahnung, ob das wirklich TH ist.« Würde sich ja anbieten bei dem Namen, dachte ich, während ich die Liste, die ich seit Anbeginn mit mir herumtrug, aus meiner Tasche kramte. Sie war noch nicht einmal zur Hälfte abgearbeitet. Ich überflog eilig die Namen.

»Da!«, stieß ich plötzlich hervor. »Tatsächlich, da steht's. ›*Très Honorable*‹. Das heißt, er wurde am Bahnhof nicht von seiner Freundin abgeholt. Sondern von einer, also so einer wie dir.« Ich wusste nicht, ob ich darüber erleichtert oder erschüttert sein sollte. Er hatte also nicht nur einmal eine Dame aus der Agentur gebucht.

»Das könnte schon sein«, sagte Ines nachdenklich. »Ich sagte ja, ich habe ihn übernommen, weil Sabina an dem Tag krank war.« Aha. Sabina also.

»Ist Sabina sehr gut aussehend, hat blonde Haare und verboten lange Beine?«, fragte ich geradeheraus.

»Ja, das kommt hin.« Ines grinste, weil sie merkte, wie

schwer es mir fiel, diese Traumfrau vom Bahnhof zu beschreiben, ohne mich sofort mit ihr zu vergleichen.

»Und hat diese Sabina gesagt, ob es was Ernstes war mit ihm?«

Ines schüttelte den Kopf. »Nein, sie hat sich auch nur einmal mit ihm getroffen, so viel ich weiß. Es ging genauso um einen Geschäftstermin.«

Ich bat Ines, ihre Kollegin anzusimsen und nachzufragen, ob sie Näheres wusste. Seinen Nachnamen oder die Telefonnummer.

»Charly, das geht nicht.«

Ich sah sie mit flehenden Augen an.

»Schon gut. Ich mach es ja.« Sie begann auf ihrem Handy zu tippen. »Aber auch nur, weil ich Sabina ganz gut kenne und sie mir noch was schuldet. Die hält dicht. Ich kann dir aber keine großen Hoffnungen machen. Ich kenne seinen Nachnamen auch nicht. Und die Handynummer hab ich erst recht nicht. Das gehört auch so zu den Abmachungen.« Ich war Ines so dankbar. Schließlich konnte ich nicht wie selbstverständlich von ihr verlangen, dass sie für mich und meine Flausen ihren Job riskierte. Andererseits wusste ich, wie pragmatisch sie war. Wenn die Risikoabwägung nicht gestimmt hätte, wäre sie trotz Bitten und Betteln hart geblieben.

»Danke!«, sagte ich nur.

Gebannt starrte ich auf Ines' Handy. Was würde ich mit den Informationen anstellen, die ich bekäme? Wenn ich denn etwas herausbekam.

»Aber du musst doch gewusst haben, dass er es ist«, platzte ich wieder heraus. »Du hast ihn schließlich gezeichnet.«

»Charly!«, ermahnte Ines mich. »Nach deinen Beschreibungen konnte man ihn gar nicht erkennen. Geschweige denn zeichnen. Da hätte Brad Pitt wie Miss Piggy ausgesehen.«

»Ja, ist ja gut«, gab ich zu und wechselte besser das Thema. »Ich glaube, ich habe viel zu viele Vorurteile!«, sagte ich und schaute ein paar Zentimeter an Ines' Gesicht vorbei. »Ich weiß nicht genau, was ich davon halten soll, was du da machst. Aber irgendwie finde ich es cool. Du bist toll, weil du anders bist. Und weil du alles für Matti tun würdest.«

Da ich Ines nicht direkt ansah, konnte ich nur aus dem Augenwinkel erkennen, dass sich in ihren Augen etwas tat. Da schimmerte etwas. Allerdings war ich mir nicht sicher, vermutlich täuschte ich mich doch.

Meine Freundin Ines hatte ich noch nie weinen sehen. Bestimmt war sie nur allergisch. Gegen Blumen oder so.

»Es ist schon verrückt, dass du ausgerechnet mit ihm unterwegs warst, oder?«

»›Zufälle sind unvorhergesehene Ereignisse, die einen Sinn haben.‹ Hat schon Diogenes gesagt.«

Ich winkte lachend ab. »Nie um einen Spruch verlegen, oder?« Dann senkte ich meinen Blick und suchte den Fußboden im Blumenladen nach Blättern, Blüten oder Geldscheinen ab. »Und wie fandest du ihn?«, fragte ich flüsternd.

»Wen?«, fragte sie und grinste.

Ich riss die Augen weit auf und warf ihr eine Grimasse kurz vorm Explodieren zu.

»Ich fand ihn wirklich super. Lustig und männlich«, fügte sie noch schnell an. Damit hatte sie recht, dachte ich, froh darüber, dass ich mich offenbar nicht komplett in Sachen Geschmack vergaloppiert hatte. Plötzlich fiel mir aber die Kehrseite der Medaille ein. »Äh, wart ihr, habt ihr, seid ihr …?«, stammelte ich los. Diesmal erlöste sie mich schneller.

»Nein, Charly. Er war total nett, aber nicht mein Typ.« Das gefiel mir. Die Frage, ob sie denn mit anderen Klienten, Kunden oder was auch immer weiter gegangen war, blieb unbeantwortet. Sie war ja frei. So wie ich auch.

»Mit Kai ist wirklich endgültig Schluss«, fasste ich für sie die letzten Tage zusammen. »Seit ich bei dir raus bin, wohne ich bei meinen Eltern.« Ich verdrehte die Augen, erklärte ihr aber, dass sich an der Elternfront auch einiges getan hatte. Dass ich in den letzten Tagen mehr über mein ganzes Leben erfahren hatte als in den fünfunddreißig Jahren davor.

»Das ist gut, Charly. Endlich bist du so weit. Du kannst jederzeit wieder bei uns wohnen«, sagte sie noch.

»Das ist nett. Ich will meinen Kram so schnell wie möglich bei Kai rausholen und mir eine eigene Wohnung suchen.«

Meine Freundin freute sich, so schien es, über meinen Elan und meine erwachten Lebensgeister.

»Übrigens, machst du die Blumen für Luise Baumanns Geburtstag?« Mir fiel ein, dass es noch so viel anderes zu besprechen gab, jetzt da wir wieder miteinander redeten. Ehrlicherweise musste man sagen, dass ich ja diejenige gewesen war, die den Kontakt unterbrochen hatte. Ines hatte sich nichts zuschulden kommen lassen. Ich hatte mal wieder zu emotional reagiert. Irgendwie mochte ich das aber auch an mir. Es war das Gegenteil von träge und zeigte, dass ich am Leben war.

»Ja, sie war mit ihrer Schwester hier. Wir haben alles besprochen. Ich kann mich voll an der Lavendelfront austoben. Ganz reizend beide. Sie haben mich auch gleich mit eingeladen, weil du ja auch kommst, meinten sie. Ist ja irre, was dein Vater und Andreas da hingekriegt haben. Die Damen haben sich, glaube ich, richtig in deinen Papa verknallt. Aber die Idee zur ›Suchmaschine‹ kam ja von dir. Toll, Charly. Steigst du da ein?«

Ich musste lächeln, weil ich Ines schon lange nicht mehr so unbeschwert drauflosplappern gehört hatte. Ich hatte Ines vermisst. Vielleicht war sie die Schwester, die ich nie gehabt hatte. Die, die mich über meine Grenzen gehen ließ.

Ich zuckte die Achseln. »Weiß nicht, hatte bisher andere Sorgen«, antwortete ich.

»Andreas und dein Vater wollen das als Firma eintragen lassen. Der startet noch mal richtig durch.«

Da war er schon beinahe auf seinem Rentenstuhl festgetackert, hatte aber im letzten Moment den Allerwertesten noch hochbekommen, nicht zuletzt dank meines Einsatzes. Dafür könnte Papa mich wirklich mal zum Essen einladen. Vielleicht würde Mama ja mitkommen …

»Sie weiß es auch nicht.« Ines schreckte mich aus meinen Gedanken hoch und deutete auf ihr Handy. Sabina hatte geantwortet. »Sie hat weder Nachnamen noch Adresse oder Handynummer.« Ich seufzte.

»Es tut mir echt leid, dass ich dir nicht weiterhelfen kann«, sagte Ines noch. »Vielleicht können wir ihn irgendwie anders finden. Möchtest du ihn denn überhaupt noch finden?«

Das war wirklich eine gute Frage. Keine Ahnung. Ob er mich überhaupt sehen wollte? Ob er sich an mich noch erinnerte? Der Unbekannte aus der Bahn war so ein schönes Traumbild. Jetzt, da ich erste Einzelheiten über ihn wusste, musste ich erst mal überlegen, wie ich es fand, dass er sich Frauen »mietete«. Auch wenn das heutzutage offenbar gang und gäbe war. Mir war jedenfalls sehr warm bei dem Gedanken an ihn, meine Lippen verzogen sich zu einem Lächeln. War das Beweis genug?

»Ich glaube«, setzte ich an und verdrehte innerlich die Augen, weil Kinder wohl doch viel mehr von ihren Eltern annahmen, als sie dachten (oder wollten). »Ich glaube, darüber muss ich eine Nacht schlafen.«

Man schließt die Augen der Toten behutsam. Nicht minder behutsam muss man die Augen der Lebenden öffnen.
JEAN COCTEAU

Wir fühlten uns wie zwei ertappte Kinder. Antje hatte mit einem Ruck den Paravent zur Seite gezogen. »Und hier alles okay?«, fragte sie mit einer Stimme, die keinen Zweifel daran ließ, dass bei ihr gar nichts okay war.

Luise Baumann und ich hatten zum x-ten Mal durchgesprochen, wie viele Quiches gebraucht würden für ihre Feier und welche Art von Musik gespielt werden sollte. Gut, die Behandlung hatte darunter etwas gelitten. Das fuchste meine Chefin. Im Laufe der Jahre hatte ich aber gelernt, dass es gar nicht immer das Offensichtliche war, was einen Menschen störte. Möglicherweise war Antje schon lange auf keiner Feier mehr gewesen und würde zu gern wieder ein bisschen Leben in ihr tristes Dasein hauchen.

Ich hielt Frau Baumann am Arm zurück. »Alles in Ordnung, Antje. Frau Baumann ist schon wieder richtig gut unterwegs. Wunderheilung!«, sagte ich noch. Ich war mir sicher, dass meine Lieblingspatientin im Begriff gewesen war, meine unzufriedene Chefin einzuladen. Und das wäre ja nun wirklich zu viel des Guten gewesen. Oder besser: zu viel des Griesgrämigen.

Antje verschwand zähneknirschend. Ich machte Frau Baumann ein Zeichen, mir nach draußen zu folgen.

Am Wochenende würde die Party steigen, und alles war unter Dach und Fach. Rita und Bénédicte würden im »Café au lait« für den richtigen Rahmen sorgen, die Quiches waren schon so gut wie im Ofen, Ines hatte ein prächtiges Blumengebinde fabriziert, und es würden französische Chansons von CD laufen. Zu vorgerückter Stunde, so stellte ich es mir in meiner blumigen Fantasie vor, würde Bénédicte zum Mikrofon greifen und selbst ein Liedchen aus ihrer Heimat anstimmen, wozu der Rest der Bande tanzen würde. Auf, unter und neben den Tischen. Dabei übersah ich, dass die meisten der Gäste die siebzig weit überschritten hatten.

Inzwischen war es doch eine größere Runde geworden, aber das »Schwanencafé« hatte uns ja nicht gewollt, pah! Da sprach ich schon von »uns«, obwohl ich mit Luise Baumann weder verwandt noch verschwägert war. Aber sie war mir fest ans Herz gewachsen, und zur Feier kamen ja die Menschen, die mir am nächsten standen. Meine, nun ja, Eltern, Ines, Andreas – und meine Lieblingspatientin war der Stargast.

»Telefon für dich, Charly«, rief Maren mir vom Empfangstresen zu, als ich Frau Baumann zum Abschied winkte. Sie war inzwischen so gut zu Fuß, dass sie auch spielend bis nach Oberammergau hätte laufen können.

»Ja, Wagner«, meldete ich mich.

»Hier ist Schulze, hallo.« Einer meiner Patienten, der Kalauer-Bauarbeiter, wollte einen Termin ausmachen.

»Nein, deswegen ruf ich nicht an«, korrigierte er mich. »Suchen Sie noch eine Wohnung?«

Ich bejahte sofort. In den vergangenen Tagen war ich zwischen dem Haus meiner Eltern und Ines' Wohnung gependelt. Das war natürlich auf die Dauer kein Zustand.

»Ich hätte da vielleicht was«, sagte Hugo Schulze. »In Eimsbüttel, zweieinhalb Zimmer und für die Gegend noch recht erschwinglich. Mit dem Eigentümer habe ich schon gesprochen.« Jubelnd fragte ich nach Adresse, Namen und Nummer des Hausbesitzers, also all jenen Daten, die ich von meinem Unbekannten noch immer nicht hatte. »Kann ich da gleich anrufen?«

»Ja, der weiß, wer Sie sind. Die Mauern hab ich verputzt. Normalerweise sagen wir ja immer: Na, ich muss hier ja nicht wohnen. Aber in dem Fall hab ich mir Mühe gegeben.« Er presste sein kehliges Lachen hervor. »Also, wenn Sie da dann in der Küche sitzen, können Sie mal an mich denken!«

»Na, da bin ich aber froh, dass Sie mal eine Ausnahme gemacht und richtig gearbeitet haben«, stieg ich in das Schulze-Vokabular ein und setzte noch einen drauf: »Denn wer glaubt, dass ein Bauleiter den Bau leitet, der glaubt auch, dass ein Zitronenfalter Zitronen faltet, oder?« Hugo Schulzes dröhnender Bariton hallte so laut durchs Telefon, dass ich es einen Meter vom Ohr weghalten musste.

»Frau Wagner, Sie sind mir ein Herzchen.« Hatte es sich doch gelohnt, bei Google einmal den Begriff »Bauarbeiter-Witze« einzugeben.

Kurz darauf hatte ich einen Besichtigungstermin für eine tatsächlich nicht überteuerte Wohnung. Es würde kein Sich-gegenseitig-auf-den-Füßen-Herumtreten mit zweihundert anderen Singles geben, die dem Vermieter sonst was anboten, um an das Objekt heranzukommen. Von zusätzlichen Barschaften unter der Hand bis hin zu Angeboten eindeutig zweideutiger Art.

»Herr Schulze hat gesagt, dass Sie die richtige Mieterin

sind«, wurde mir nur am Telefon mitgeteilt. Hugo Schulze hatte bei mir einiges gut. Vielleicht würde ich ihm mal beim Tapezieren helfen oder ihm ein Six-Pack ausgeben.

»Maren, ich hab wahrscheinlich eine Wohnung. Wollen wir das feiern?«

Sie nickte begeistert und zog sich sofort ihren Arbeitskittel aus. Antje rumorte noch in ihrer Kabine, wo sie mit einem Patienten beschäftigt war.

»Komm schnell.«

Wir fuhren auf unseren Rädern nach Eimsbüttel, in den Stadtteil also, in dem ich in Zukunft wohnen würde, wenn alles glattlief.

»Guck mal, das ist das Haus.« Wir hielten, und ich zeigte in den dritten Stock des Altbaugebäudes hinauf.

»Der Balkon ist doch super!«, fand Maren und verrenkte sich beinahe den Hals.

»Pass auf mit deinem Hals, sonst brauchst du am Ende noch einen Termin beim Physio«, neckte ich sie.

»Soll ja sogar Leute geben, die einen Termin abmachen, obwohl sie eigentlich gar keinen brauchen«, antwortete sie und warf mir einen undefinierbaren Blick zu. Ich grinste sie an, somit wusste sie, dass ich wusste, dass sie es wusste.

»Ich wünsch euch viel Glück!«, sagte ich noch.

»Verrückt alles. Ich muss mich also bei dir bedanken. Und hoffe, dass du auch noch den Richtigen findest.«

»Komm, wir gehen was trinken.« Maren und ich schwangen uns wieder aufs Rad und schlängelten uns an den Fußgängern vorbei. Hier irgendwo musste auch der Spanier sein, von dem Kai neulich erzählt hatte.

Wir ließen einen Foto-Laden links liegen und hielten

dahinter zwischen einem Supermarkt und einem Schuhgeschäft. Maren deutete auf eine Kneipe daneben. Ich schloss mein Rad an und bückte mich, um zwischen Speiche und Fahrradständer zu gelangen. Aus dieser Position hatte ich freien Blick auf mein Schloss und die Füße der Passanten. Die meisten hetzten über die Straße, weil sie nach der Arbeit noch schnell das Nötigste besorgen wollten. Zwei Füße standen still. Ich erhob mich, um zu sehen, wer der Eile trotzte. Es war der ›Hinz-und-Kunzt‹-Verkäufer, der vor dem Supermarkt stand und Zeitungen an den Mann und die Frau zu bringen versuchte. Es war ein großartiges Projekt.

Eine Redaktion erstellte monatlich ein professionelles Straßenmagazin für Hamburg, rund fünfhundert Obdachlose erwarben es beim Verlag, verkauften es und durften den Erlös und das Trinkgeld behalten. Es gab Sozialarbeiter, die sich um die Alltagsprobleme der Verkäufer kümmerten, sie halfen auch bei der Suche nach einem Therapieplatz oder einer Wohnung. Leute bekamen eine Chance, die an den Rand der Gesellschaft gelangt waren durch Schicksalsschläge oder Krankheit. Und in der Zeitung ging es um Themen, die die Menschen ansprachen und die sie mit dem Verkäufer ins Gespräch brachten. Einige Freundschaften waren so schon entstanden zwischen Obdachlosen und Käufern. Ein Schritt zurück ins Leben.

Dieser Verkäufer hatte offenbar hier seinen Stammplatz. Er war mir schon neulich aufgefallen. Etwas *an ihm* war mir aufgefallen. Er war mir irgendwie bekannt vorgekommen, aber ich hatte nicht weiter darüber nachgedacht. Diesmal schaute ich zweimal hin und traute meinen Augen kaum.

»Bist du da unten festgewachsen?«, fragte Maren.

Ich erhob mich langsam und hoffte, dass meine Kollegin nicht bemerkte, wie durcheinander ich war. Ich fühlte mich, als hätte ich ein Gespenst gesehen.

Einer Sehenden waren die Augen geöffnet worden.

»Ja, ja. Ich komme ja schon.«

Wir gingen in die Kneipe, in der ich einen Wein bestellte und penetrant aus dem Fenster starrte. Ich war froh, als Björn zu uns stieß und sich um Maren kümmerte, die ich eher vernachlässigt hatte.

Die beiden waren so sehr mit sich beschäftigt, dass ich ungestört den Zeitungsverkäufer durch die Fensterscheibe fixieren konnte, bis er zum Ladenschluss seine Zeitungen nahm und ging, wohin auch immer, und ich dachte, dass nichts so war, wie es schien.

Das Schicksal des Menschen
ist der Mensch.
BERTOLT BRECHT

Luise Baumann strahlte wie ein Kind an Weihnachten und Fasching zusammen. Sie war das Jubiläums-Geburtstagskind, die Hauptperson des Abends, hatte aber doch so viele andere im Raum zu Hauptdarstellern gemacht.

Rita und Bénédicte hatten sich selbst übertroffen. Das Essen war vorzüglich. Meine Freundin Ines hatte den Raum so geschmückt, dass wir eigentlich gar nicht mehr in den Urlaub zu fahren brauchten. Die Provence blühte in einem kleinen Café mitten in Hamburg.

Ines plauderte gerade mit Bénédicte. Der hübschen, präsentablen Französin, die weltgewandt war, attraktiv und Fremdsprachen beherrschte. Ich wollte gar nicht wissen, welches Angebot Ines ihr in diesem Moment machte.

Andreas ließ sich das Originalrezept der Quiche Lorraine schmecken, neben ihm hockte mein Vater, der einen guten Schluck aus einem Rotweinglas nahm und eifrig auf Andreas einredete. Vermutlich schmiedete Papa Pläne für weitere Kunden, Werbemöglichkeiten und Suchobjekte. Andreas hörte nur mit einem Ohr zu und hatte nur Augen für Ines.

Meine Mutter wippte mit dem Fuß zur Musik von Edith Piaf, die gerade vom Player lief. Ich würde später unauffällig eine ZAZ-CD einlegen, um dem eingestaubten Touch ein wenig Frische zu verleihen.

Marianne, die Schwester von Luise, sprach gerade in ein Diktiergerät. Die Moderatorin Jule Claussen von der Elbe-Welle war tatsächlich erschienen, schließlich konnte sich ihr Sender auch im Erfolg sonnen. Er war die entscheidende Schnittstelle gewesen. Und die Schwestern hatten dann nur noch die Weichen stellen müssen. Das fand ich so fantastisch.

»Das habe ich auch Ihnen zu verdanken, Liebes«, sagte Luise Baumann. »Ohne die Gespräche mit Ihnen hätte ich niemals nach ihr gesucht. Sie und Ihr Vater haben mir den entscheidenden Schubs gegeben.« Ich wehrte das Lob ab. »Doch, doch, man muss einfach mal machen und nicht immer nur reden. Sie haben mir das auf meine alten Tage beigebracht!«

»Ich?«, fragte ich irritiert. Ich war ja nun die lahmste Trägheitsgurke der nördlichen Seenplatte.

»Sie haben sich für mich eingesetzt, weit über Ihre Kompetenzen hinaus. Denken Sie mal nicht, dass ich das nicht wüsste. Und Sie haben auch Ihr Leben geordnet. Sich von jemandem zu trennen ist kein einfacher Schritt. Ich bin sehr stolz auf Sie!«, schloss Frau Baumann. »Sie haben nämlich mehr verdient als nur Chicorée!« Das rührte mich, dennoch kam ich mir nur halb so heldenhaft vor, wie sie mich schilderte, schließlich hatte ich noch etwas zu klären.

Ich erhob mich und schlenderte zu einem Tisch, an dem ich mich auf einem freien Stuhl neben einem Herrn niederließ.

»Wie heißen Sie denn eigentlich?«, fragte ich freundlich. Das war mein Plan für die Zukunft, keinen Mann mehr ohne seinen Namen davonkommen zu lassen. »Danach habe ich mich die letzten Male irgendwie nie erkundigt.«

»Macht ja nichts«, sagte er. »Theo Marquardt heiße ich.«

Er trug ein weißes Hemd und einen schwarzen Anzug. Nicht ganz neu, aber ordentlich gebügelt. Ich fand, Theo Marquardt standen die Sachen von Herrn Baumann gut. Frau Baumann hatte gut daran getan, sie jemandem zu vermachen, der sie gebrauchen konnte. Und dazu eine warme Dusche, ein warmes Essen und viele warme Worte. Bevor es wieder raus ins Freie ging, nur mit dem Himmel als Dach über dem Kopf. Ich wusste nicht genau, wie oft Theo Marquardt bei Frau Baumann war und mit ihr Kuchen aß, ob nun angebrannten oder nicht, oder ob er dort gelegentlich auch übernachtete. Ich wusste nur, dass ich selten ein Paar gesehen hatte, das so viel miteinander lachte. Das Lachen hatten die beiden sich wahrscheinlich gegenseitig zurückgeschenkt.

»Freut mich, dass Sie da sind. Sie und Marianne – schönere Geschenke kann man zum Geburtstag doch gar nicht bekommen.« Er lächelte und schob mir eine Schüssel Crème brulée zu.

Ich hatte versprochen, Marianne am nächsten Mittag zur Bahn zu fahren. Luise Baumanns Schwester musste sich auch mal wieder um ihre Wohnung kümmern, fand sie. »Auf dem Balkon sieht es bestimmt aus wie Kraut und Rüben.«

Mama und Papa saßen in der Küche, als ich mir die Jacke überzog.

»Kannst du bitte den Müll rausbringen?«, fragte Mama und streckte mir eine volle Plastiktüte entgegen.

»Na, klar!«, antwortete ich. »War nett gestern, oder?«

Meine Eltern nickten unisono. Als ich die Mülltüte zur Haustür trug, fiel mir etwas ein, und ich holte ein paar alte Zeitungen aus meinem Übergangszimmer. Das Altpapier, das in den vergangenen Wochen eine kleine Weltreise zurückgelegt hatte, zwischen Kais Wohnung und dem Haus meiner Kindheit. Jetzt war es höchste Zeit, es zu entsorgen.

Zwanzig Minuten später sammelte ich bei Luise Baumann deren Schwester ein.

»Danke, dass Sie das machen, Charlotte. Das ist sehr nett.«

»Kein Problem!«, sagte ich laut und dachte leise, dass ich ja eh nichts Besseres zu tun hatte. Wehmütig hatte ich am Abend zuvor beobachtet, wie Ines und Andreas zur Musik von ZAZ endlich das taten, was schon lange fällig war. Maren und Björn taten gerade bestimmt Ähnliches. Und ich? Ich fuhr eine ältere Dame zum Bahnhof.

»Du kommst bald zu mir, Luise. Oder ich wieder hierher!«, sagte Marianne zum Abschied.

»Hauptsache, es dauert nicht wieder dreißig Jahre«, witzelte ihre Schwester.

An Gleis 7 setzte ich später die dauerschnatternde Frau in den Zug. Sie bedankte sich überschwänglich und hätte beinahe ihr Gepäck und sich selbst auf dem Bahnsteig vergessen. Als sie weg war, besorgte ich mir aus dem kleinen Kiosk eine Cola und setzte mich auf eine Bank. Um mich herum wuselten die Reisenden. Ich sah auf die Anzeigetafel der abfahrenden Züge. Es ging nach Frankfurt, Lübeck, Paderborn und Berlin. Sicherlich, das waren keine so hochtrabenden Ziele, wie man sie am Flughafen fand, wenn man aufs Tableau schaute. Wenn man beispielsweise zur Kurzreise nach Italien abhob. Dafür hatte der Bahnhof dem Flughafen etwas ganz anderes voraus. Er roch nach großer, weiter Welt. Ja, auch Bahnhöfe hatten diesen typischen Geruch, so wie der Hafen oder der Apfelkuchen meiner Mutter. Ich genoss das hektische Treiben, zwischen dem ich wie ein Anker verharrte.

»Ist hier noch frei?«, fragte jemand, und ich nickte. Er setzte sich rechts neben mich.

»Ganz schön viele Menschen, die hier so rumhetzen, oder? Wer weiß, vielleicht sitzen die ja gleich im selben Abteil.«

Ich drehte mich nach rechts und drehte durch.

Da war er ja. Saß plötzlich so neben mir.

»Fahren Sie nach Berlin?«, fragte ich nur.

»Nö!«, meinte er. »Ich hatte gehofft, hier jemanden zu treffen. Möchten Sie was abhaben?« Er hielt mir ein Stück Sesambrezel hin. Im Vorbeilaufen hatte ich vorhin einen Stand gesehen, an dem Brezeln in den unterschiedlichsten Sorten verkauft wurden.

»O ja!«, sagte ich, nahm es, biss ab und starrte ihn weiter ungläubig an. Mein Handy klingelte.

»Charly, hier ist Papa. Wollen wir nachher ins Steakhouse gehen?«

Ich blickte vom Handy zu meinem Sitznachbarn hoch. »Ich weiß nicht so genau. Vielleicht habe ich keine Zeit.«

»Ach so. Dann esse ich Mamas Gulasch. Hast du eigentlich das Altpapier weggebracht?«

Ich schlug mir an den Kopf, ließ aber den Mann neben mir nicht aus den Augen.

»Schon wieder vergessen. Aber Papa, ich muss auch auflegen. Hier ist gerade jemand, also …« Ich drehte mich zur Seite und flüsterte. »Ich hab ihn gefunden. Oder besser er mich. Der Mann aus der Bahn.«

»Jan Karstens meinst du?«

»Was? Woher weißt du, wie er heißt?«, fragte ich eine Spur zu laut.

»Wie gesagt. Du solltest Zeitungen, die dein alter Vater dir gibt, nicht sofort im Altpapier versenken.«

Ohne mich zu verabschieden, drückte ich auf den roten Knopf und fischte das ›Wochenblatt‹ aus der Tüte mit dem Altpapier. Ich hatte es eigentlich hier am Bahnhof in den dafür vorgesehenen Containern entsorgen wollen, aber Frau Baumanns Schwester hatte mich mit ihrem Geplauder einfach zu sehr abgelenkt.

»Einen Moment«, sagte ich zu dem Mann neben mir, dessen Name mir nicht geläufig war, meinem Vater offenbar schon. Er nickte nur, schien es nicht eilig zu haben.

Im Schnelldurchlauf blätterte ich mich durch die Seiten. Beinahe hätte ich es überlesen, blieb dann aber doch dran hängen.

Stecker raus bei Computer-Seminar, lautete die Überschrift. Ich überflog den Artikel: *Berlin, Alexanderplatz. Bei einer Sitzung im Kongresszentrum ist der Strom ausgefallen. Klimaanlange und Kühleinrichtungen konnten nicht in Betrieb genommen werden. Die Teilnehmer des IT-Seminars »Der Weg in die Cloud« mussten auch auf ihr Catering verzichten, da dies die Nacht über ungekühlt gewesen war. Der technische Leiter des Zentrums, Ferdinand Schröder, bedauerte den Vorfall zutiefst. Die Berliner Seminarteilnehmer nahmen es mit Humor. Der einzige Gast aus Hamburg, Jan Karstens, sagte: »Na, was soll's. Wir stehen ja bei dem anstrengenden Seminar schon genug unter Strom.«*

Ich lachte laut auf.

Bis Redaktionsschluss tappten die Verantwortlichen des Kongresszentrums im Dunkeln.

»Sie stehen in der Zeitung, Herr Karstens«, sagte ich und blickte ihn direkt an. Mein Magen kribbelte. Am Hunger konnte es nicht liegen, schließlich hatte ich gerade in die Sesambrezel gebissen.

»Echt, Charlotte?«, fragte er nur, griff aber nicht nach der Zeitung.

Mein Vater hatte damals also wirklich das Telefonat mit Ines verfolgt, in dem ich von meinem Unbekannten und ein paar weiteren Details erzählte. Und er hatte eins und eins zusammengezählt, als er den kleinen Artikel in der Zeitung las. Altpapier, schoss es mir durch den Kopf. Wenn man die Buchstaben verdrehte, konnte man daraus die Worte »Alter Papi« formen. Von wegen. Ich glaubte, mein Vater war gelegentlich um einiges fixer als ich. Die Liste mit den Autokennzeichen konnte ich jetzt auch im Altpapier entsorgen.

»Ist das Zufall, dass Sie hier sind?«, fragte ich den Mann neben mir.

»Nein, diesmal nicht. Ihre Freundin Ines hat mich angerufen.«

Ich dachte, sie hatte seine Telefonnummer nicht?! Als Jan Karstens merkte, dass ich gerade dabei war, mich aufzuregen, legte er seine Hand auf meine. Wenn das so war, würde ich mich noch viel mehr aufregen.

»Sie hat alles Mögliche angestellt, um an meine Daten zu kommen. Ich nehme an, sie hat dir davon erzählt. Darf ich Du sagen?« Ich nickte. Na klar. Warum sollte man nicht jemanden duzen, dem man im Traum schon so oft begegnet war? »Ich glaube, es war auch nicht ganz legal, wie sie an meine Nummer gekommen ist. Aber egal.«

Ich grinste und stellte mir vor, wie Ines gemeinsam mit Andreas in einer Nacht-und-Nebel-Aktion bei der gediegenen Agentur ein Fenster einschlug und danach den Computer mit den Daten knackte. Sie war die beste Freundin aller Zeiten. Eine sehr ehrenhafte. *Très Honorable!* Ha!

»Dann hat sie mich angerufen und mir erzählt, was du so in letzter Zeit alles auf die Beine gestellt hast.«

Ich machte eine wegwerfende Handbewegung. »Ach, nicht der Rede wert.« Keinesfalls wollte ich als Stalkerin dastehen, die einem Wildfremden nachstellte.

»Ich finde das gut, wirklich. Ich habe nämlich auch ein paarmal an dich gedacht.«

»Ehrlich?«, fragte ich. Er bejahte und beließ seine Hand weiterhin auf meiner, obwohl ich mich gar nicht mehr aufregte. Obwohl, doch. Aufregend war es schon.

»Ich dachte, wir könnten vielleicht noch mal gemeinsam zum Zug kommen.«

Ich musste an die Liste mit den Autokennzeichen denken, an Anrufe bei Telefonanbietern, an René und an Björn Hesel und fand, dass es sich gelohnt hatte.

Dann sagten wir lange nichts. Wir bewegten uns kaum, auch unsere Hände blieben da, wo sie waren.

Ich schaute auf die vielen eilenden Menschen, die alle offenbar ein Ziel hatten, dann sah ich ihn an. Und während sich die nächste Bahn von unserem Gleis aus in Bewegung setzte, dachte ich mehr als zufrieden, dass der Zug für mich ja vielleicht doch noch nicht abgefahren war.

ENDE

Als Reisemusik empfiehlt Charlotte Wagner: ZAZ ›*Je veux*‹

Ihre Lieblingszeile daraus:

Je veux de l'amour, de la joie, de la bonne humeur
C'n'est pas votre argent qui fra mon bonheur
Moi j'veux crever la main sur le cœur
Allons ensemble, découvrir ma liberté
Oubliez donc tous voc clichés
Bienvenue dans ma réalité!

Das bedeutet so viel wie:

Ich will Liebe, Freude, gute Laune. Nicht euer Geld wird mich glücklich machen. Ich will mit der Hand auf dem Herzen sterben. Lasst uns zusammen meine Freiheit entdecken, vergesst all eure Klischees. Willkommen in meiner Realität!

Luise Baumann hingegen empfiehlt: Edith Piaf ›*La vie en rose*‹

Ihre Lieblingszeile daraus:

Quand il me prend dans ses bras
Il me parle tout bas
Je vois la vie en rose
Il est entré dans mon cœur
Une part de bonheur
Dont je connais la cause
C'est lui pour moi et moi pour lui
Alors je sens en moi
Mon cœur qui bat!

Das bedeutet so viel wie:

Wenn er mich in den Arm nimmt, leise zu mir spricht, sehe ich die Welt durch die rosarote Brille. Er ist in mein Herz gekommen, ein Stück vom Glück, und ich kenne den Grund nur zu gut. Er ist es für mich, und ich für ihn. Also fühle ich, dass mein Herz schlägt!

DANKE

Nach einem Mann wie Joachim Jessen muss man sehr lange im Heuhaufen suchen.

Bärbel Schmidt, die alles auf die richtige Bahn gebracht hat.

Elisabeth Kurath, Bianca Dombrowa und dem dtv-Team, dass sie mich haben zum Zug kommen lassen.

Susanne Gröger-Brauer für die Physio-Sprechstunde.

Und danke an all diejenigen, mit denen man das Leben in vollen Zügen genießen kann, die einen auch mal aus der Bahn werfen, aber auch immer wieder in die richtige Spur bringen.